TERRI BRISBIN

La flamme des Highlands

Les Historiques

éditions HARLEQUIN

Collection : LES HISTORIQUES

Titre original : THE HIGHLANDER'S STOLEN TOUCH

Traduction française de GERALDINE PART

ÉDITIONS HARLEQUIN
83-85, boulevard Vincent Auriol, 75646 PARIS CEDEX 13.
Service Lectrices — Tél. : 01 45 82 47 47
www.harlequin.fr
ISBN 978-2-2803-1190-8 — ISSN 1159-5981

Prologue

— Si seulement elle pouvait disparaître !

Ciara venait de murmurer son désir secret à l'oreille de sa meilleure amie sans l'ombre d'une hésitation. Elle pouvait parler avec Elizabeth à cœur ouvert. Les mots qu'elle venait de prononcer étaient terribles, elle en avait parfaitement conscience. Ils faisaient d'elle une personne fort peu recommandable… A neuf ans à peine, elle avait déjà l'âme d'une criminelle. Pis encore, la seule chose qui la troublait réellement, c'était l'idée du châtiment divin qui l'attendait si elle disparaissait pour de bon.

La femme haïe n'avait d'yeux que pour l'homme qui l'attendait à la porte de l'église. Elle se dirigeait droit sur lui sans même jeter un regard autour d'elle. Comble de malheur, lui aussi la regardait avec une intensité incroyable. Ciara la détesta un peu plus encore. Impuissante, elle assistait à une véritable scène d'amour. Son cœur se mit à saigner dans sa poitrine soudain oppressée.

— Tu veux qu'on la fasse trébucher ? chuchota Elizabeth, apparemment déterminée à lui prêter main-forte.

La flaque de boue qui bordait le chemin était terriblement tentante mais Ciara secoua la tête. Quel intérêt ? A voir la façon dont Tavis regardait Saraid, cette dernière aurait bien pu être crottée de la tête aux pieds que cela n'y aurait rien changé. La force des sentiments qui unissaient

Tavis et la femme qu'il était sur le point d'épouser était une évidence. Si on lui demandait un jour à quoi ressemblait l'amour, Ciara pourrait décrire avec précision l'expression qu'elle avait vue dans les yeux de Tavis alors qu'il regardait sa future épouse.

— Non, Elizabeth, laissons-la tranquille, cela n'en vaut pas la peine, murmura Ciara en détournant la tête.

Elizabeth suivait des yeux le couple qui entrait maintenant dans l'église.

— Que vas-tu faire alors ?

Ciara se contenta de hausser les épaules. Les portes de l'église étaient restées ouvertes et, si elle l'avait voulu, elle aurait pu observer toute la cérémonie et entendre Tavis et Saraid promettre de s'aimer et de se chérir toute leur vie. C'était trop lui demander !

Les yeux secs et le cœur douloureux, elle courut se réfugier dans sa cachette préférée pour pouvoir y réfléchir au calme. Sans un regard en arrière, elle abandonna Elizabeth sur les marches de l'église.

Quelques heures plus tard, Ciara était plus ou moins parvenue à la résignation. Qu'elle le veuille ou non, elle devait accepter la réalité. Quel choix avait-elle ? Elle ne pouvait tout de même pas tuer Saraid ! Et vouloir du mal à une femme innocente par jalousie était indigne. Aussi, il ne lui restait qu'une seule chose à faire.

Attendre.

Attendre le bon moment. Un jour, elle le savait, elle pourrait aimer Tavis au grand jour, elle parviendrait à gagner son amour. D'ici là, elle ne devait rien faire pour perdre son amitié.

Elle était encore jeune. Elle pouvait attendre.

Et elle allait commencer dès aujourd'hui.

*
* *

Par bonheur, en dépit de son mariage, Tavis continua à lui accorder son attention et leur amitié insolite se poursuivit.

De son côté, Ciara mit à profit les années qui passaient pour s'instruire. Elle aimait étudier et acquérir chaque jour de nouvelles connaissances. Son père — qui était en réalité son beau-père — l'encourageait dans cette voie. Duncan MacLerie était le négociateur attitré du clan et travaillait pour son frère, le laird Connor. Au fur et à mesure qu'elle s'instruisait, il lui parlait de plus en plus souvent des missions qu'il menait. Ainsi, elle était souvent présente lors des visites que Tavis faisait à son beau-père pour lui rendre compte des missions qui lui avait été assignées au nom du clan.

Ce jour-là justement, Tavis raccompagnait Ciara chez elle, alors qu'il rentrait tout juste de mission. Fière et enthousiaste, elle en profita pour lui débiter tout ce qu'elle avait appris durant sa semaine d'absence.

— *Amor vincit omnia*, lança-t-elle d'une voix assurée.

« L'amour triomphe de tout. » Elle adorait le latin et elle avait plutôt un bon niveau. Elle avait entendu son précepteur le dire à ses parents. Peine perdue. Tavis se contenta de rire et de hausser les épaules.

— Je ne connais pas le latin. Je ne suis pas instruit comme toi, tu le sais bien. Je ne sais parler que le gaélique et un peu d'écossais et d'anglais.

Heureusement, il avait conservé son ton enjoué. Au moins, leur différence d'instruction ne le gênait pas. Il ne paraissait jamais blessé lorsqu'elle montrait ses connaissances, et l'encourageait toujours. Les hommes n'étaient pas souvent aussi tolérants avec les jeunes filles trop instruites, son père le lui rappelait sans cesse.

— Je pourrais t'apprendre certains mots, proposa-t-elle. Je pourrais même t'apprendre à lire.

En tant qu'amie, elle devait l'aider autant que possible, n'est-ce pas ?

— Allons, allons, à ton âge, il y a d'autres choses auxquelles tu devrais consacrer ton temps, jeune fille, répliqua-t-il en lui faisant un clin d'œil entendu.

Seigneur ! Sa mère avait dû avoir une conversation avec lui, une fois de plus. Ciara imaginait sans peine Marian se plaindre auprès de Tavis que sa fille de treize ans ne pensait qu'à ses leçons de latin et méprisait ouvertement les travaux si féminins d'aiguille ou de tissage. Elle voyait la scène d'ici… De fait, sa mère disait vrai. Autant elle étudiait les langues et les nombres avec une grande application, autant elle ne parvenait pas à prendre les travaux d'aiguille au sérieux. Ils étaient d'un ennui…

— Je déteste la couture, maugréa-t-elle en croisant les bras sur la poitrine, boudeuse.

Pour faire bonne mesure, elle releva le menton dans un geste de défi. Tavis n'allait tout de même pas prendre le parti de sa mère contre elle ?

— Tu sais, Ciara, il ne faut pas sous-estimer l'importance des travaux d'aiguille. C'est une noble tâche et d'une grande utilité, par ailleurs. C'est tout aussi important que de savoir manier les nombres, que de parler cinq langues ou de lire.

Il la tira par la main et ils se remirent en route.

— Dis-moi, Tavis, il y a quelque chose que je ne comprends pas. Si la couture est un art si noble, pourquoi ne l'apprends-tu pas ? demanda-t-elle irrévérencieusement tout en repoussant la main de Tavis d'un geste capricieux.

Qu'allait-il répondre à cela ? C'était trop facile en tant qu'homme de condamner sa désaffection des corvées féminines ! Elle ne se laisserait pas faire ! Bien évidemment, elle comprenait les rôles différents qui étaient impartis aux hommes et aux femmes.

Seulement, comme elle possédait de plus en plus de connaissances et d'expérience, elle doutait de pouvoir un jour retourner à la petite existence étriquée normalement dévolue à une jeune femme de son âge. Son père avait-il seulement conscience qu'en lui permettant de recevoir une éducation qui surpassait celle des autres jeunes filles, il avait créé chez elle un besoin irrépressible d'en apprendre toujours davantage ?

— C'est fait. Sache que je sais déjà coudre, ma belle. Bien des guerriers ont recours à quelques travaux de couture après une bataille.

Ciara resta un instant sans voix. Il l'avait bien eue. Visiblement content de lui, Tavis lui adressa ce sourire exaspérant dont il avait le secret. Il sortait victorieux de leur joute et il ne lui laisserait pas l'ignorer, le goujat ! Avant qu'elle ait pu répliquer, néanmoins, ils arrivaient devant sa porte.

Ciara fit la moue, agacée. Pourquoi lui avait-elle lancé un défi aussi idiot ? Mais toute bouderie disparut lorsque Tavis lui prit délicatement le menton dans une main pour la regarder droit dans les yeux.

— Ma sœur et Saraid pourraient t'apprendre. Elles sont toutes les deux très douées en couture.

Jetant un coup d'œil par-dessus son épaule en direction de la porte de la maison, il se pencha vers elle et murmura :

— Et elles sont sûrement plus patientes que ta mère… Et surtout, ne va pas t'amuser à lui répéter ce que je viens de te dire…

Il la relâcha, et Ciara se sentit étrangement seule et glacée à présent que ce contact était rompu. Elle n'eut guère le temps de se perdre en rêveries cependant, car Tavis faisait mine d'entrer chez elle.

— Je pourrais peut-être aller en parler à Duncan et Marian. Qu'en penses-tu ?

Seigneur, ayez pitié ! Elle s'était piégée toute seule et allait se retrouver obligée de faire la chose qu'elle redoutait le plus au monde. Tout cela parce qu'elle avait voulu étaler son savoir. Son manque d'humilité la perdrait. Mais elle n'allait pas pour autant reconnaître sa défaite ! Tant que Tavis ne devinait pas son trouble, son honneur était sauf... L'air indifférent, elle opina et se dirigea vers la maison. Elle avait presque atteint la porte quand il lui souffla à l'oreille, moqueur :

— Je te laisse parler à ta mère. Je vais prévenir Saraid que tu viendras chez nous demain.

Sans se retourner, Ciara poussa la porte du pied puis fit claquer le battant derrière elle avec une telle force que l'encadrement vibra. De l'autre côté de la porte, Tavis éclata d'un rire joyeux.

Furieuse, Ciara courut jusqu'à sa chambre. Elle payait cher son orgueil. Quel calvaire de s'adonner à la couture et à la broderie ! Pis encore, en compagnie de Saraid ! Hélas, elle n'avait plus le choix. Elle laissa échapper un soupir d'exaspération et se laissa tomber sur une chaise. Son regard se posa immédiatement sur la collection d'animaux de bois qui se trouvaient sur la tablette de la cheminée.

Tavis était son ami depuis toujours, plus exactement depuis ses cinq ans. A l'époque, il était venu la chercher à Dunalastair où elle vivait avec sa mère pour les amener à Lairig Dubh, afin que Marian épouse Duncan, l'homme qu'elle considérait aujourd'hui comme son père.

Le mariage de ses parents, l'exemple qu'elle avait eu sous les yeux depuis son plus jeune âge, était un mariage d'amour. Aussi, elle savait reconnaître l'amour quand elle le voyait. Or, elle ne pouvait le nier, Tavis et Saraid s'aimaient. Tavis faisait tout ce qui était en son pouvoir pour rendre sa femme heureuse.

Cependant, en dépit des années écoulées, Ciara n'avait jamais vraiment réussi à admettre que Tavis appartenait à une autre. Sauf lorsqu'elle le voyait en compagnie de sa femme ; alors, elle ne pouvait plus ignorer qu'elle avait sous les yeux un bel exemple d'amour véritable. Et cela lui brisait le cœur… chaque fois.

Allons ! Courage ! Si Tavis aimait Saraid d'un amour sincère, elle aimait Tavis avec une passion sans limites. Elle était bien décidée à faire l'impossible pour lui. Même si cela signifiait apprendre à manier une aiguille et du fil en compagnie de sa rivale.

Le lendemain et les jours suivants, Ciara se présenta à la porte de Saraid pour apprendre à coudre. Après les leçons, elle restait même pour l'aider à effectuer ses tâches domestiques. Parfois aussi, elle restait uniquement pour profiter de l'occasion de voir Tavis. Saraid, apparemment nullement jalouse que Ciara ait une telle importance aux yeux de son mari, acceptait volontiers sa présence et son aide. Tant et si bien que Ciara finit par se lier d'amitié avec elle.

La vie s'écoula ainsi paisiblement. Ciara continua à s'instruire et à développer ses talents, car Duncan lui permettait de plus en plus de l'assister dans son travail. Son père était désormais entièrement dévoué au service du laird MacLerie, et il mettait tout en œuvre pour que Ciara puisse un jour lui succéder comme négociatrice.

Si Ciara n'était pas complètement heureuse, elle n'était pas non plus malheureuse. L'amour de ses parents, l'amitié de Tavis et même sa relation avec Saraid lui apportaient un équilibre agréable. La vie aurait pu s'écouler ainsi indéfiniment… sans le décès soudain de Saraid. Fou de chagrin, Tavis se mura alors dans le silence et prit ses distances avec elle, comme avec tout le reste du clan.

En dépit de son désespoir, Ciara n'abandonna pas. Inexorablement, elle revenait auprès de Tavis pour l'empêcher de sombrer définitivement dans la solitude et la folie. Hélas, ils avaient beau avoir été très proches, rien de ce que Ciara disait ou faisait ne semblait trouver le moindre écho en lui. Rien ne paraissait pouvoir l'aider à surmonter sa douleur.

Il fallut beaucoup de temps et d'efforts, avant de retrouver un peu de la complicité qui les liait autrefois. Hélas, lorsque Tavis s'aperçut que Ciara avait grandi et était désormais presque une adulte, leurs relations s'en trouvèrent affectées.

Il acceptait un nombre croissant de missions et passait son temps à voyager pour le compte du laird. Sans doute cherchait-il à fuir le village et sa maison qui devait lui sembler terriblement vide. Mais Ciara avait également la douloureuse impression qu'il la fuyait, elle, plus particulièrement.

Pour oublier sa mélancolie, elle se noya dans les études et continua à élargir son savoir. Son père lui permettait désormais de l'accompagner lors de ses déplacements et de lire tous les contrats et documents qu'il rédigeait dans le cadre des négociations menées au nom du laird. Cette activité avait le grand mérite de ne lui laisser que peu de temps pour les travaux d'aiguille et autres occupations réservées aux femmes. Et cela lui convenait à merveille. Hélas, Tavis se concentrait uniquement sur les missions que le laird lui confiait et ne remarquait apparemment rien de tout ce qu'elle entreprenait.

Aussi continua-t-elle à attendre son heure… Le moment viendrait pour eux, Ciara en était convaincue.

Chapitre 1

Lairig Dubh, Ecosse, printemps 1370

Ciara était assise un peu à l'écart, dans un coin de la salle que Duncan avait choisie comme cadre des négociations. C'était une pièce de belles dimensions et plutôt confortable, bien que meublée sans ostentation. Ciara se sentait bien. Les fenêtres étaient ouvertes pour laisser entrer l'air frais du printemps. On avait apporté de la nourriture et des boissons pour les invités. Mais peu se servaient : ils étaient réunis pour négocier, non pour ripailler.

A son habitude, Ciara s'arrangea pour ne croiser le regard de personne. La plupart des hommes présents pensaient probablement qu'elle était une servante. Ciara retint un petit sourire. Elle n'était pas là pour leur servir à boire et à manger ! Non, Ciara Robertson était la digne héritière de Duncan, négociateur attitré du clan MacLerie, et elle mettait à l'épreuve ce qu'il lui avait appris.

L'air de rien, elle écoutait attentivement chaque mot prononcé de part et d'autre et observait les expressions de tous les interlocuteurs, ainsi que la façon dont chacun était assis ou se mouvait pour essayer de comprendre qui détenait réellement le pouvoir dans cette négociation. Ce n'était pas forcément le plus âgé, le plus fortuné ou celui qui parlait le plus fort. Son père le lui avait expliqué bien des fois. Celui qui détenait le véritable pouvoir restait généralement dans l'ombre. Il parlait sans jamais s'énerver et déléguait certaines tâches à des subalternes pour les mettre sur le devant de la scène.

En écoutant les uns et les autres, Ciara avait acquis la certitude que c'était le benjamin des frères MacLaren qui prenait les décisions dans cette série de négociations menées en vue d'un accord de commerce avec leur clan. C'était un autre homme, plus âgé, qui parlait au nom des MacLaren, pourtant elle était persuadée que ce n'était pas lui qui dirigeait les opérations.

La réunion se poursuivit plusieurs heures, sans que Ciara sente le temps passer. Chaque partie tentait d'exposer ses arguments et jouait un jeu de dupes. Ciara s'était retenue de sourire à maintes reprises en voyant son père à l'œuvre pour obtenir le meilleur contrat possible pour les MacLerie : tour à tour, il poussait ses interlocuteurs dans leurs retranchements puis les amadouait, les complimentait…

Lorsque les négociations qui duraient depuis le début de la matinée touchèrent à leur fin, Duncan avait manifestement réussi à amener les MacLaren sur le sentier qu'il désirait leur faire emprunter. L'accord serait certainement conclu dès le lendemain. Satisfaite, Ciara se leva et fit une petite révérence aux hommes du clan MacLaren lorsqu'ils quittèrent la pièce. Elle se tenait prête, disposée à apporter son aide à Duncan s'il la lui demandait.

A présent, elle connaissait sur le bout des doigts sa façon de procéder. Son père ne prenait jamais aucune note durant les pourparlers, mais il se souvenait de chaque mot et de chaque clause approuvée. Une fois la réunion terminée, il écrivait tout ce qu'il avait en tête. Il ne parlerait à personne avant d'avoir terminé.

Entre-temps, Ciara proposa de la bière aux membres du

clan qui étaient encore présents dans la pièce. Bientôt, il ne resta plus que le laird et son intendant. Ils attendaient tous les deux le compte rendu de son père, mais celui-ci n'avait pas encore fini de rassembler ses pensées. Il allait bientôt leur expliquer comment il comptait mener ces négociations à leur terme.

Quelques minutes passèrent dans un silence concentré. Ciara en profita pour se délasser un peu les jambes après être restée immobile si longtemps. A vrai dire, le calme et la position assise ne faisaient pas partie de ses habitudes !

Soudain, elle sentit peser sur elle le regard de son oncle Connor. Le laird la fixait mais lorsqu'elle croisa son regard, il sourit et regarda aussitôt ailleurs. Ciara fronça les sourcils. Pourquoi ces mystères ? Si son oncle avait quelque chose à lui dire, il ne se gênait d'ordinaire pas pour le lui faire savoir… Au même instant, son père leva la tête et s'éclaircit la gorge. Signal qu'il était enfin prêt à discuter des progrès effectués durant la journée.

Pourtant, les mots qu'il prononça la prirent par surprise.

— Dis-moi, Ciara, peux-tu nous dire ce que tu as pensé des pourparlers ?

Eh bien, voilà qui changeait encore de l'ordinaire ! Son père aimait à discuter avec elle, certes, mais jusqu'alors il l'avait toujours fait en privé, quand les négociations étaient achevées…

La jeune femme voulut répondre, mais les mots restaient désespérément bloqués au fond de sa gorge. Impossible de dire quelque chose d'utile, de pertinent, maintenant qu'on lui demandait d'exprimer son avis. En privé pourtant, donner son opinion ou formuler des observations ne lui avait jamais causé le moindre problème. Elle appréciait même tellement les débats qu'elle en avait régulièrement avec ses parents ! Seulement, elle ne se souciait alors jamais vraiment de ce qu'elle allait dire.

Mais là, en présence du laird et de son intendant qui semblaient suspendus à ses lèvres, elle avait les mains terriblement moites et l'esprit vide.

— Penses-tu que le laird du clan MacLaren acceptera ma requête et étendra la durée de cet accord ? répéta Duncan d'une voix encourageante.

Galvanisée par cet encouragement discret, Ciara décida de faire comme si les autres n'étaient pas là et de répondre directement à son père.

— Je pense que le laird est tout disposé à étendre la durée de l'accord comme tu le lui as demandé… en revanche, je crains que son jeune frère ne soit pas du même avis. Et c'est son frère qui prendra la décision finale.

Ciara avait donné son avis d'instinct et elle s'en voulut de ne pas avoir réfléchi davantage. Et si elle se trompait ? Et si ses observations étaient complètement erronées ? C'était la première fois qu'on lui permettait d'assister à une délibération en présence des responsables du clan. Avait-elle gâché cette occasion ? Si elle échouait… Comment pourrait-elle l'annoncer à sa mère, elle qui l'avait toujours soutenue et avait même encouragé son éducation peu commune pour une jeune femme ?

Duncan la regarda intensément puis jeta un coup d'œil à Connor. Ciara frissonna. Son oncle savait se montrer intimidant lorsqu'il le désirait et, à cet instant précis, il arborait une mine sévère qui n'augurait rien de bon. Avait-elle commis une erreur ? Elle pressa ses mains l'une contre l'autre pour tenter de contrôler sa nervosité.

— Je te l'avais bien dit, Connor, non ? lança son père, le sourire aux lèvres.

Ciara baissa les yeux, rouge de honte.

— Oui, Duncan, tu me l'avais dit, répliqua le laird d'un ton enjoué. Cette jeune fille fait preuve d'une grande intelligence et voit clair dans leur jeu. Elle les a percés à jour plus rapidement que moi, ajouta-t-il en lui adressant un signe de tête admiratif.

Ciara n'en croyait pas ses oreilles. Elle ébaucha un sourire hésitant, soulagée. Apparemment, elle avait vu juste. Son père était rayonnant. La fierté brillait dans ses yeux et un large sourire fendit son visage.

— Quoi d'autre encore, jeune fille ? demanda le laird. Dis-moi tout ce que tu as remarqué d'autre pendant les discussions.

— Le bétail intéressait davantage son frère que le laird MacLaren. Et je crois qu'il surestime la capacité de ses hommes à prendre les armes en cas de besoin, ajouta-t-elle.

Un peu plus à l'aise désormais, elle expliqua comment elle était parvenue à ces conclusions et répondit aux questions que lui posaient à tour de rôle le laird, l'intendant et son beau-père. Puis, tous quatre se mirent à débattre des concessions qu'ils avaient déjà obtenues et de celles qu'ils désiraient encore obtenir de la part des MacLaren.

Ils furent interrompus un peu plus tard par des coups furieux frappés à la porte.

— Connor, ils ne serviront pas à manger tant que tu n'es pas à table, cria Jocelyne à son époux.

En entrant, elle leur jeta à tous un regard furibond, comme s'ils étaient responsables du retard du laird, même si celui-ci ne semblait pas pressé de dîner.

— Tout le monde attend, et vous, vous êtes là à traîner. Les MacLaren sont déjà à table et attendent leur dîner.

Ciara tenta de réprimer son envie de rire mais finit par laisser échapper un gloussement. Voir cet homme puissant se faire rabrouer par sa femme sans opposer la moindre résistance était irrésistible. Son père lui jeta un regard courroucé pour lui intimer l'ordre de garder sa retenue, toutefois, elle voyait bien que lui aussi trouvait la situation cocasse.

Quelle ironie, alors que sa mère ne se comportait pas

autrement avec lui ! Marian n'hésitait pas non plus à dire franchement le fond de sa pensée à son époux. D'ailleurs, elle devait être en train de l'attendre dans le hall pour lui adresser quelques reproches en privé. Tout comme Jocelyne avait tenu sa langue jusqu'au départ de ceux qui ne faisaient pas partie de la famille.

Alors que le laird prenait sa femme par la main et l'emmenait vers la salle à manger, Ciara songea que, contrairement à bon nombre d'hommes, son oncle et son père ne permettaient pas seulement à leurs femmes de se conduire comme elles l'entendaient, ils les acceptaient aussi telles qu'elles étaient. Parce qu'ils les aimaient…

Ces hommes endurcis ne craignaient pas de se montrer faibles en accordant une telle liberté aux femmes, et c'est précisément ce qui révélait leur force. Ciara était consciente que le fait d'accompagner son père pour effectuer des missions pour le laird n'allait pas de soi dans la plupart des autres clans.

Lui accorderait-on les mêmes libertés lorsqu'elle se marierait ? Ce qui ne saurait, hélas, tarder… Elle n'était pas censée être au courant, néanmoins, elle avait entendu ses parents dire à plusieurs reprises qu'elle était en âge de se marier et qu'ils devaient lui trouver un bon parti.

Le temps lui était donc compté. Sa liberté ne durerait pas toujours. La dot importante qu'on lui avait accordée ne ferait qu'accroître les propositions de mariage. Sans oublier sa parenté avec deux clans très puissants — les MacLerie du côté de son père, les Robertson du côté de sa mère — qui faisait d'elle une épouse de choix pour tous ceux qui convoitaient un rapprochement avec l'un ou l'autre de ces clans. Elle aurait droit à un mariage classique, en définitive, un mariage dicté par la raison et la politique. L'homme qui l'épouserait la choisirait en fonction de la valeur marchande qu'on lui attribuait et non pour ses qualités propres…

De toute façon, aucun homme ne saurait s'intéresser à une femme plus instruite que lui ! Une femme qui s'y connaissait en affaires par-dessus le marché ! Les hommes voulaient une femme pour leur tenir chaud au lit, se décharger des tâches domestiques et s'occuper des enfants. Bien malgré eux sans doute, ses parents l'avaient préparée à vivre une tout autre existence. Ce faisant, ils l'avaient condamnée à la solitude. Seule sa dot lui permettrait de lever la plupart des objections de ses prétendants… Ciara retint un soupir désabusé. L'homme qui pourrait l'aimer pour elle-même n'existait pas.

Enfin… il existait bien un homme capable d'apprécier sa supériorité intellectuelle sans s'en formaliser et de voir quelle femme elle était vraiment au fond. Un homme qui l'avait toujours soutenue. Et qui continuerait sûrement à la voir telle qu'elle était.

Tavis.

Toutes ces années, elle avait gardé pour elle ses véritables sentiments envers Tavis. Seule Elizabeth, son amie la plus proche, était dans la confidence. En dépit de son silence, jamais Ciara n'avait abandonné l'espoir de voir un jour Tavis partager ses sentiments. Lorsqu'elle n'était qu'une enfant, ce n'était rien de plus qu'un merveilleux rêve. Aujourd'hui, elle était désormais pleinement consciente de ce que cela impliquait.

Aujourd'hui, elle était prête…

Tavis, hélas, ne l'était pas.

Allons, inutile de s'abandonner à ces pensées moroses ! Elle ferait mieux d'aller dîner. Dans la grande salle, Ciara prit place auprès de ses parents. Le laird la présenta à tous les membres du clan MacLaren et, à part quelques sourcils froncés çà et là, personne n'exprima une quelconque réprobation en entendant son nom. Pendant les pourparlers, ils avaient pensé qu'elle n'était qu'une servante au service des

MacLerie. Ils comprenaient désormais la place privilégiée qu'elle occupait.

Et justement, une étincelle d'intérêt s'alluma dans l'œil des frères MacLaren. Seigneur ! Elle viendrait sans aucun doute s'ajouter aux termes de l'accord. Les deux frères échangèrent un coup d'œil rapide, mais éloquent. Ils allaient sûrement joindre une demande en mariage au contrat.

Bouleversée, Ciara resta plongée dans ses pensées le reste du repas. Si elle avait vu juste, il fallait à tout prix réagir rapidement. Elle ne pouvait pas prendre le risque de perdre Tavis à tout jamais. Même si celui-ci était toujours en proie à son terrible chagrin et ne s'était pas remis du décès de sa femme, le temps était venu de leur construire un avenir commun.

Les négociations aboutirent quelques jours plus tard. Le nom de Ciara avait bel et bien été évoqué au cours des discussions, heureusement, le laird s'était vivement opposé à toute union. Ciara n'était pas pour autant soulagée : elle savait que ce n'était que le début des ennuis. D'autres propositions suivraient. Et bientôt, il n'y aurait plus aucune raison légitime de refuser de considérer les offres qui lui seraient faites.

Il était temps de passer à l'action. Justement, Tavis rentrait tout juste de mission. Alors, elle allait prendre son courage à deux mains et faire la chose la plus audacieuse et la plus terrifiante qu'elle ait jamais eu à faire.

Le cœur en émoi, Ciara attendit la tombée de la nuit pour se faufiler hors de la maison d'Elizabeth et se rendre chez Tavis. Elle voulait être certaine de le trouver seul. Comme il lui serait impossible de sortir de l'enceinte une fois que les portes seraient fermées pour la nuit, elle avait élaboré un plan avec l'aide d'Elizabeth. Son amie couvrirait son absence si les circonstances l'exigeaient. Une fois arrivée devant la maison de Tavis, elle hésita un instant, soudain terrifiée.

Allons, du calme. Elle allait simplement lui dire ce qu'elle ressentait, puis lui poserait la question qui lui brûlait les lèvres depuis tant d'années. Il n'était plus temps de reculer.

Alors qu'elle restait figée devant la porte de Tavis, les mots de son père lui revinrent à la mémoire : « Tu es une femme éduquée, Ciara, tu sais lire et écrire dans cinq langues et tu es devenue habile dans l'art de la négociation. Tu as de nombreux talents et possèdes de solides connaissances dont bien des hommes n'ont même jamais entendu parler. Tu es intelligente, vive d'esprit et tout homme serait heureux de t'avoir pour femme. »

Pourtant, cette fois, ces mots ne lui donnèrent aucun courage. Tavis avait dû l'entendre, car elle l'entendait distinctement s'approcher de l'autre côté de la porte. Ciara prit une profonde inspiration et tenta de maîtriser les battements de son cœur. Lorsqu'il ouvrit la porte et murmura son nom d'une voix étonnée, elle demeura paralysée.

Dieu du ciel, à force de ne plus le voir qu'en de rares occasions, elle avait oublié combien il était beau. Et tellement viril ! Sa chevelure brune flottait librement sur ses épaules. Il était si grand et musclé qu'il remplissait tout l'encadrement de la porte. Comme elle aurait aimé se blottir contre cette poitrine solide et sentir ses bras protecteurs se resserrer autour d'elle. Et lorsqu'elle lèverait les yeux vers son visage, elle lirait l'amour et l'adoration dans son regard…

Pour l'heure, cependant, il n'y avait que de la surprise dans ses yeux verts. Tavis s'approcha d'elle, puis regarda dans l'ombre en direction du chemin d'accès. Il était si proche qu'elle sentait la chaleur qui émanait de son corps. Elle ferma les paupières et s'accorda un court moment pour sentir son odeur… Elle devait se ressaisir au lieu de se comporter comme une idiote muette et paralysée !

— Quelque chose ne va pas, Ciara ? Il est tard, tu sais.

Soudain, l'esprit de Ciara ne fut plus que néant. Elle inspira profondément et se lança.

— Je voudrais te parler, Tavis, dit-elle en entrelaçant ses doigts pour masquer le tremblement qui les agitait.

— Il serait préférable de parler demain matin… au village, dit-il en reculant d'un pas, la privant ainsi de son odeur et de sa chaleur. Ciara, tes parents savent-ils que tu te rends seule à l'autre bout du village à la nuit tombée ?

— Je ne suis plus une enfant, Tavis, et je vis ici depuis suffisamment longtemps pour connaître par cœur chaque chemin et chaque habitant de Lairig Dubh.

— Si je comprends bien, tes parents ignorent donc que tu te promènes toute seule en pleine nuit.

Terriblement nerveuse, Ciara ne répondit pas. Il n'allait quand même pas la renvoyer chez elle comme une enfant désobéissante, sans même l'écouter ? Hors de question. Mais il arborait une expression si sévère qu'elle craignit de se faire chasser sans plus de cérémonie.

— Tu ferais mieux d'entrer, tu vas prendre froid, finit-il par proposer.

Il recula, ouvrit la porte et la laissa entrer. Il ferma le loquet de la porte derrière elle et se dirigea vers la cheminée. D'un geste vague, il lui désigna un tabouret.

Non, elle était trop nerveuse pour tenir en place, mieux valait rester debout. Ciara s'approcha du feu qui se consumait lentement. Elle avait réfléchi aux mots qu'elle voulait employer pendant des jours et des jours, seulement maintenant qu'elle se trouvait chez lui, dans la maison qu'il avait partagée avec Saraid, aucun ne lui venait plus à l'esprit et elle restait désespérément silencieuse.

— Ciara ?

Sa voix grave si familière lui redonna du courage et l'obligea à rassembler ses pensées. Elle devait lui dire ce qu'elle avait sur le cœur. Elle avait toujours aimé la franchise de leurs échanges. Aussi entra-t-elle immédiatement dans le vif du sujet.

— Je suis venue te parler… mariage, Tavis.

Les jambes soudain coupées par l'émotion, elle se laissa tomber sur le tabouret qu'il lui avait proposé. Au moins, elle avait fait le premier pas. Quand elle releva les yeux vers lui, le visage de Tavis s'était rembruni.

— De mariage ? Quelqu'un a demandé ta main ? Qui ? Est-ce que Duncan voit cette union d'un bon œil ?

— Non, non, aucune proposition n'est encouragée pour le moment, répondit-elle aussitôt, inquiète de la colère qu'elle sentait bouillir chez lui. Encore que, vu ma dot et mon âge, ce n'est plus qu'une question de temps.

— Est-ce que tu redoutes le mariage alors ? demanda-t-il d'une voix plus calme. Parles-en à Marian, elle te dira les choses franchement.

Ciara ferma les yeux un instant, pria pour trouver le courage d'aller jusqu'au bout. Sans rouvrir les yeux, elle prononça les mots qui la condamneraient à jamais au désespoir ou lui ouvriraient les portes du bonheur.

— Je voudrais t'épouser, Tavis.

Elle avait dit cela très vite et le temps s'arrêta tout à coup. Elle retint son souffle, les paupières toujours closes. Elle n'entendait pas un bruit. Sauf son cœur qui cognait à grands coups dans sa poitrine. Enfin, elle releva les paupières. Tavis ne bougeait pas. Ses yeux étaient toujours braqués sur elle mais il ne donnait pas l'impression de l'avoir entendue. Il paraissait même avoir cessé de respirer. Des secondes s'écoulèrent. Des minutes peut-être… Leurs regards restaient aimantés l'un à l'autre, comme s'ils étaient incapables de rompre cet instant.

Mais Ciara attendait toujours une réponse et il ne disait absolument rien. Ses joues s'étaient empourprées et elle avait maintenant des crampes d'estomac. Le souffle court, elle repoussa quelques mèches de cheveux qui lui barraient le visage et répéta une nouvelle fois les mots qu'elle venait de prononcer. Peut-être ne les avait-il pas compris la première fois ?

— J'ai dit que je voulais t'épouser.

— Ciara, ne…

Son ton était suppliant.

— J'ai beaucoup à t'offrir, s'empressa-t-elle d'ajouter, soucieuse d'écarter ses objections. Je suis éduquée : je sais lire et écrire dans cinq langues et je m'y connais en négociations. J'ai de nombreux talents, et des connaissances solides dont bien des hommes n'ont jamais entendu parler. On dit même que je suis intelligente, vive d'esprit, et je…

Sa voix mourut dans sa gorge face au spectacle de Tavis. Son visage avait perdu toute couleur. Les choses ne se passaient pas bien… Soudain désespérée et paniquée, Ciara ne put retenir les mots qui lui brûlaient les lèvres depuis tant d'années.

— Je t'aime, Tavis.

Ciara avait bien souvent joué cette scène dans son esprit. Elle avait imaginé toutes sortes de réactions. La surprise. La compréhension. Le consentement… Or, rien de tout cela ne se lisait à présent sur le visage blême de Tavis. Il eut un mouvement de recul, comme s'il avait reçu une gifle. Puis, il se mit à secouer la tête de gauche à droite.

— Ne dis pas des choses pareilles, Ciara. Tu ne sais pas ce que tu dis.

— Bien sûr que si, c'est la vérité. Je t'aime depuis des années, avant même ton mariage avec Saraid…

Seigneur, non ! Les mots avaient dépassé sa pensée… Elle retint aussitôt son souffle et se plaqua la main devant la bouche. Mais il était trop tard. Elle avait prononcé le nom de celle dont il ne parlait jamais.

— Tu ne sais pas de quoi tu parles, Ciara. Nous ne pouvons pas nous marier, et ce pour de multiples raisons, dit-il d'une voix éteinte sans chercher à soutenir son regard.

Il pivota pour lui tourner le dos et se posta face à l'âtre, le corps tendu à l'extrême.

— Je te l'ai déjà dit. Je ne me remarierai jamais, ajouta-t-il.

En dépit du désespoir qui l'envahissait, Ciara était incapable de s'arrêter maintenant qu'elle avait commencé.

— Pourquoi ? Je serai une bonne épouse pour toi, Tavis, implora-t-elle. Et puis mes parents t'aiment bien et te connaissent. Et nous n'aurions pas à quitter Lairig Dubh.

Seul le silence lui répondit. Le cœur brisé en mille éclats, Ciara attendait. Il était insensible à l'amour qu'elle lui portait néanmoins, il allait forcément s'apercevoir que son plan était marqué au sceau du bon sens, n'est-ce pas ?

Il lui fit face tout à coup, les yeux vides et mornes, terrifiants. Elle frissonna devant la profondeur du désespoir qui semblait émaner de tout son être. Alors, elle sut que sa cause était définitivement perdue. Tavis ne serait jamais à elle, ne l'aimerait jamais.

— Tu as reçu une éducation qui fera de toi une épouse merveilleuse, Ciara. Seulement, je ne suis pas l'homme qu'il te faut. Je n'ai rien à t'offrir que tu n'aies déjà… Je ne sais ni lire, ni écrire. Je ne possède pas de fortune et je ne suis pas digne de ton rang. Le laird a de bien plus grands projets pour toi. Il a en tête un mariage qui permettrait de rapprocher des clans. Et ta fortune n'a de sens que si elle vient s'ajouter à celle de ton mari. Moi, je ne suis qu'un simple soldat au service du laird et ma situation ne me permettra jamais de t'épouser.

Il secoua la tête une nouvelle fois en la regardant. Ciara n'entendait rien de ses arguments, elle lisait simplement son refus dans ses yeux. Elle ne pouvait plus retenir ses larmes. Elle savait que le coup final allait lui être porté.

— Je ne peux pas t'aimer, Ciara. J'ai déjà donné mon cœur par le passé et je n'ai plus rien à offrir aujourd'hui.

A ces mots, un sursaut de révolte s'empara d'elle. Elle avait tant d'amour à donner ! Ce serait bien suffisant pour tous les deux…

— Tavis, je t'aime depuis…

— Arrête ! Ne dis pas de telles choses ! s'emporta-t-il.

Puis il se mit à arpenter la chaumière à grands pas. La pièce semblait minuscule, comme envahie par son grand corps. Il reprit :

— Tu n'étais qu'une enfant lorsque tu t'es mis en tête que tu m'aimais. Il est temps de grandir, Ciara. Je me suis simplement occupé d'une petite fille qu'on m'avait demandé d'accompagner à Lairig Dubh et me suis lié d'amitié avec elle lorsqu'elle a grandi. Voilà la véritable nature de notre relation, Ciara, et cela n'ira pas plus loin. Tu dois oublier ces enfantillages maintenant, il n'y aura jamais rien d'autre entre nous.

Ciara vacilla. Les mots qu'il venait de prononcer lui avaient transpercé le cœur comme une lame. Pourtant, la douleur lui ouvrit les yeux. Elle commençait à comprendre. Ce qu'elle avait entrepris était vraiment stupide. Il ne voulait pas d'elle. Il ne l'aimait pas.

Jamais il ne l'épouserait.

Elle l'attendait depuis si longtemps, pourtant. Elle avait d'abord attendu de le voir surmonter le chagrin que la mort de Saraid lui avait causé. Puis elle avait attendu d'être considérée comme une adulte. Hélas, il était clair désormais que son rêve ne se réaliserait jamais.

Ciara s'essuya rageusement les yeux du revers de la main. Quelle humiliation ! Comment avait-elle pu se méprendre à ce point sur les sentiments de Tavis ? Comme une somnambule, elle se leva et se dirigea vers la porte. Il fallait quitter cet endroit au plus vite. Elle souleva le loquet et sortit en trébuchant. L'air frais lui cingla les joues alors qu'elle tentait de reprendre son souffle. Elle se mit à courir sur le chemin, aveuglée par les larmes qui coulaient enfin sur ses joues.

Elle entendit Tavis qui l'appelait, mais refusa de se retourner. Elle ne voulait ni de sa compassion, ni de sa pitié. Elle fila droit devant elle sans réfléchir où ses pas la menaient. Peu après, elle vit qu'elle avait emprunté le chemin qui montait le long de la colline jusqu'à la maison d'Elizabeth. Elle poursuivit sa route. Tavis l'avait sans doute suivie, cela lui était égal désormais. Elle ne s'était pas retournée une seule fois pour vérifier. Elle ne lui ferait pas ce plaisir.

Et lorsque Elizabeth surgit de l'ombre pour venir à sa rencontre, elle se jeta dans ses bras, tandis que son esprit se brouillait et explosait en une myriade de souvenirs et de rêves brisés. Elizabeth ouvrit les bras en grand, l'attira contre elle et la serra très fort, comme pour lui instiller de la force. Même si elle était la plus jeune d'une bonne année, Elizabeth avait toujours paru la plus âgée des deux. Totalement vidée de ses forces, Ciara se laissa faire. Un peu de réconfort ne lui ferait pas de mal…

Quand, enfin, elle parvint à retrouver son souffle, elle se dégagea de son étreinte et s'accrocha au bras d'Elizabeth pour marcher à son côté le reste du chemin. Elles se faufilèrent discrètement à l'intérieur de la maison et se mirent rapidement au lit. Toutes deux savaient qu'elles n'allaient pas dormir cette nuit-là.

Elizabeth la questionna un peu pour obtenir des détails sur la conversation qu'elle avait eue avec Tavis. Cependant, Ciara avait beau avoir envie de soulager son cœur meurtri dans l'oreille attentive de son amie, elle n'en avait pas le courage. Elle ne voulait pas revivre cette scène. Et puis, elle avait l'horrible impression que plus rien n'avait la moindre importance désormais. Une seule vérité revenait sans cesse à son esprit.

— Il ne veut pas m'épouser.

En sortant de son hébétude, Ciara prenait lentement conscience que la situation était pire encore qu'elle ne le croyait. En lui procurant une dot importante, une éducation exceptionnelle et en s'assurant que ses liens avec deux lairds puissants étaient connus de tous, ses parents l'avaient éloignée de Tavis à jamais. Eût-il voulu d'elle, qu'elle était hors de portée.

Ses parents avaient-ils agi ainsi en connaissance de cause ? En faisant d'elle un si bon parti, s'étaient-ils rendu compte que ses prétendants seraient forcément extérieurs au clan MacLerie et au clan Robertson ? Souhaitaient-ils donc la voir quitter Lairig Dubh ?

Toutes ces questions l'agitèrent cette nuit-là, et les nuits suivantes. Comment allait-elle s'y prendre pour se remettre d'une telle douleur ? Comment vivre désormais, sans ce rêve qui l'avait portée depuis son plus jeune âge ?

Les jours et les mois qui suivirent furent éprouvants pour Ciara. D'abord dévastée, elle reprit le dessus grâce à son caractère combatif, et si elle se sentait inerte et vide à l'intérieur, elle refusait que qui que ce soit puisse lire en elle son désespoir.

Par chance — à moins que ce ne fût intentionnel — Tavis partait très fréquemment en voyage pour le compte du laird et elle ne le revit pas pendant plusieurs semaines. Lorsqu'ils se croisèrent enfin, sa honte, à défaut de sa douleur, s'était atténuée, elle en arrivait presque à croire qu'elle avait complètement imaginé leur rencontre.

Le reste du temps, elle le passait à se convaincre du bien-fondé de la réaction de Tavis. C'était lui qui avait eu raison, finalement. Toute cette histoire n'était que pur enfantillage.

Aussi, lorsqu'on lui présenta de possibles prétendants, Ciara tenta de se convaincre qu'il était peut-être temps d'oublier ses rêves de petite fille et d'affronter les réalités de l'âge adulte.

Un soir, quelques mois plus tard, au cours du dîner, son père l'informa qu'il venait de recevoir une proposition de mariage tout à fait intéressante. Tavis était à table en leur compagnie et ne manifesta aucune réaction particulière à l'annonce de cette nouvelle.

Etouffant sa peine, Ciara s'efforça d'accepter la réalité. Il lui faudrait bien se résoudre à épouser un homme qu'elle n'aimerait jamais.

Car, même si elle avait beaucoup mûri ces derniers mois, même si elle avait bien conscience que ses sentiments envers Tavis étaient insensés, qu'il ne l'aimerait jamais, elle savait aussi que, pour sa part, elle lui avait donné son cœur. A jamais…

Chapitre 2

Fin de l'été 1371

En dépit du ciel nuageux, le soleil venait juste de réussir à percer et éclairait le village de ses rayons. Cela aurait dû mettre Tavis de bonne humeur, puisqu'il n'aimait guère le temps chaotique de l'automne. Pourtant, il n'en fut rien.

Tavis serra les mâchoires pour endiguer sa colère. Jamais il n'accepterait. En règle générale, Tavis aimait travailler pour le compte du laird, qui était un guerrier brave et un homme sage. Aussi, la plupart du temps, il acceptait de se charger lui-même de nombreuses missions au nom de Connor MacLerie, ce qui l'amenait fréquemment à quitter le village de Lairig Dubh. Cette fois cependant, il ne fallait pas compter sur lui. D'autres devraient se charger de cette… mission.

— Explique-toi à la fin, ordonna Connor à voix basse, ce qui était plus inquiétant que s'il s'était mis en colère.

Tavis était sur le qui-vive. Une sourde angoisse s'était réveillée au plus profond de lui. Ses muscles s'étaient crispés comme lorsqu'il devait faire face à une menace. Son corps était prêt à se défendre. Allons, il devait se calmer. Il n'avait qu'à exprimer clairement son refus, et quelqu'un d'autre se chargerait de la jeune femme.

— J'ai d'autres corvées à accomplir. Le jeune Dougal et Iain peuvent très bien s'en charger, répondit-il en soutenant le regard du laird sans sourciller.

Une fois de plus, Connor avait élaboré une ébauche de contrat de mariage entre Ciara et l'héritier d'un clan allié. C'était le troisième contrat de mariage qui n'avait pas abouti. Cette fois pourtant, les choses étaient allées plus loin, il ne restait plus à Ciara qu'à rendre visite à l'autre clan et à accepter la proposition qui lui avait été faite. Elle n'avait plus le choix. Et cette fois, Ciara semblait prête à accepter l'offre de la famille Murray.

Seulement, Duncan et Marian ne pouvaient entreprendre le voyage avec elle car ils s'étaient déjà engagés à gérer une autre affaire au nom du clan. Ils partaient le même jour que leur fille. Quelqu'un devrait donc conduire la jeune femme à l'est de l'Ecosse.

Tavis avait appris tout cela par des connaissances car il ne s'était pas adressé directement à elle depuis la nuit où elle était venue lui parler chez lui. Et voilà que Connor voulait qu'il se charge d'accompagner Ciara dans sa nouvelle famille. Hors de question !

Tavis ravala le goût amer qui emplissait sa bouche. Il n'avait jamais pu oublier la douleur insoutenable qui avait transfiguré son beau visage lorsqu'elle avait enduré son refus. Cela continuait à le tourmenter. Il lui avait dit la vérité cette nuit-là. Il ne voulait ni ne pouvait se remarier.

Il ne lui avait cependant pas tout dévoilé car quiconque apprendrait ce qu'il avait fait, le condamnerait et le haïrait. Or, il ne supporterait pas la condamnation de Ciara. Personne ne devait découvrir le terrible secret qui entourait la mort de Saraid. Voilà pourquoi il se tenait désormais à l'écart du clan. Il n'avait plus le droit de goûter au bonheur. Moins encore au bonheur conjugal. Il chassa avec force ses souvenirs et ses regrets de son esprit et attendit la réponse de Connor.

Lorsqu'il refusa de se charger de la mission, Tavis vit Connor et Duncan échanger un regard entendu. Avec un peu de chance, le message était clairement passé. De fait, Connor approuva finalement d'un signe de tête.

— Dis à Iain et Dougal de se tenir prêts dans deux jours, ordonna-t-il.

Tavis acquiesça et s'éloigna, sans laisser paraître la moindre émotion. Pourtant, quel soulagement ! Il n'était pas tenu d'emmener Ciara rencontrer son futur mari… A peine sorti de la pièce, une violente vague d'émotion le submergea. Il lui semblait soudain que sa poitrine était en feu et l'amertume lui brûla la gorge. Bon sang ! Que lui arrivait-il ?

Alors qu'il quittait les quartiers du laird d'une démarche hésitante, il se retrouva face à la mère de Ciara, qui semblait l'attendre.

— Tavis, je voudrais te parler du voyage…

— Marian…

Tavis s'interrompit, soudain mal à l'aise. Savait-elle que, quelques mois plus tôt, sa fille était venue le voir et lui avait demandé de l'épouser ? Qu'il avait refusé ?

— Marian !

C'était la voix de Duncan, qui se trouvait encore à l'étage. Cette interruption inopinée n'était pas pour déplaire à Tavis. Il n'avait aucune envie d'expliquer son refus d'accompagner Ciara à Marian. Duncan était déjà à leurs côtés. Il posa son bras autour des épaules de sa femme et l'attira contre lui.

— Tavis a choisi ceux qui escorteront Ciara. Ne t'inquiète pas, ma chérie. Elle rejoindra son futur époux en toute sécurité.

Tavis serra les poings involontairement à ces mots. Son futur époux… Décidément, il ne s'y faisait pas. Quoi de plus normal après tout ? Il connaissait Ciara depuis qu'elle avait cinq ans. Aussi loin qu'il se souvienne, il s'était toujours occupé d'elle. Il se rappelait leur premier voyage. Il avait tout fait pour la distraire pendant le périple entre Dunalastair, où vivait la famille de Marian, et Lairig Dubh. C'est pourquoi, même s'il essayait de penser à celle qu'elle était aujourd'hui, une jeune femme prête pour le mariage, son image se confondait avec l'enfant d'autrefois. A l'époque, elle avait beaucoup ri et joué avec les animaux de bois qu'il avait sculptés pour elle en chemin.

Et maintenant, elle allait se marier et vivre loin du village. Loin de lui. Il ne la verrait que rarement, peut-être plus jamais. Sa gorge se serra à cette idée… Allons, il n'avait pas le droit d'attendre quoi que ce soit de Ciara. La nuit où il l'avait rejetée, il avait renoncé à tout droit sur elle, si tant est qu'il en ait jamais eu. Il les avait humiliés tous les deux pour la forcer à accepter les faits. Ils ne pourraient jamais vivre ensemble…

— Duncan, puisque nous ne pouvons pas l'accompagner, cela me soulagerait de savoir que Tavis…

— Mettrais-tu en doute son aptitude à servir correctement le laird, Marian ?

Duncan recula d'un pas et observa sa femme avec une sévérité inhabituelle. Tavis était surpris. Il n'avait jamais entendu Duncan parler à sa femme avec une telle dureté. La plupart des hommes du clan MacLerie acceptaient d'avoir épousé de fortes têtes aux idées bien arrêtées et permettaient en général à leurs épouses d'exprimer librement leur opinion personnelle.

Cette fois, c'était différent. Quelque chose avait changé. Et Tavis avait la désagréable impression d'être la cause de toute cette agitation. Apparemment, il ne s'agissait pas simplement de choisir les hommes qui allaient accompagner leur fille. Il y avait un conflit plus profond entre eux. Seigneur ! Il ne voulait pas être la cause d'une mésentente dans ce couple uni.

Pour accroître encore sa consternation, Marian, contrairement à son habitude, se soumit aussitôt à Duncan.

— Tu as raison, mon ami. Tavis, je n'avais pas l'intention de mettre en question tes aptitudes ou ton autorité. Excuse-moi, j'ai parlé sans réfléchir.

Tavis ne put qu'ouvrir et fermer la bouche, tant sa surprise était grande. D'ailleurs, Duncan ne lui laissa pas l'occasion de dire un seul mot. Il avait pris la main de sa femme et ils s'étaient aussitôt éloignés. Il les entendit chuchoter alors qu'ils sortaient dans la cour.

Et lui restait planté là, comme un idiot ! Pour se débarrasser de son hébétude, il se passa la main dans les cheveux et essaya de se remémorer la conversation qu'ils avaient eue dans les moindres détails pour tenter de comprendre pourquoi elle lui avait paru si étrange. Quelque chose lui échappait ! Du diable s'il n'obtenait pas de réponses à ses questions ! Et tout de suite. D'un pas vif, il se mit à suivre Duncan et Marian avec la ferme intention d'obtenir une explication satisfaisante.

Ce qu'il aurait fait si, entre-temps, leur fille ne les avait pas rejoints…

Tavis s'arrêta aussitôt. Comme elle avait grandi ! Ciara n'avait plus rien de la petite fille d'autrefois ! Où était passée l'enfant qu'il avait rencontrée pour la première fois à Dunalastair ? Quel imbécile il faisait ! Elle n'était plus cette enfant depuis bien longtemps, mais il avait refusé de le voir. Leur éloignement de ces derniers mois le forçait cependant à ouvrir les yeux.

Seigneur ! Elle était devenue une beauté éblouissante ! Si seulement il ne lui avait pas… Il aurait mieux fait de se taire cette nuit-là…

Plus grande que sa mère d'une bonne tête, Ciara possédait un corps féminin et souple. Dans son dos, de longues boucles blondes cascadaient librement. Sans qu'il le veuille, son regard s'attarda sur ses hanches arrondies, à l'endroit où ses cheveux frôlaient le bas de son dos. Tavis sentit son corps réagir d'une manière tout à fait inattendue… Honteux, il releva le regard. Ses cheveux devaient être indisciplinés de nature car quelques mèches rebelles encadraient joliment son visage en forme de cœur. Ses grands yeux noisette étaient toujours si expressifs, et sa bouche charnue si…

Que Dieu lui vienne en aide ! Jamais il n'avait pensé à elle de façon sensuelle jusqu'à ce jour ! Il avait même juré que plus jamais il ne s'attacherait à une femme.

Il chassa ses souvenirs et se dirigea vers un coin sombre pour observer discrètement la discussion entre Marian, Duncan et Ciara. Une quantité incroyable d'émotions passèrent sur le visage de Ciara en un temps record. D'abord de l'intérêt, puis de la surprise et une grande déception pour finir. Il décelait une telle tristesse au fond de ses magnifiques yeux en amande ! Et le sourire qu'elle avait habituellement aux lèvres avait complètement disparu. D'instinct, il voulut aller vers elle pour la consoler. Il ne put résister et sortit de l'ombre. Il devait absolument chasser cette tristesse. Mais Ciara se raidit dès qu'elle le vit s'avancer vers eux. Tavis s'arrêta net avant de réussir à faire un pas supplémentaire.

Déjà, elle tournait les talons et s'en allait sans lui accorder un seul regard. Le cœur étrangement serré, Tavis se lança à la poursuite de Duncan et Marian qui s'étaient remis en route et prenaient la direction opposée à celle de leur fille. Il leur bloqua le passage sans cérémonie.

— Que se passe-t-il avec Ciara, au juste ? demanda-t-il, avec une agressivité tout à fait déplacée. Comme je l'ai expliqué à Connor tout à l'heure, j'ai d'autres responsabilités à honorer.

Alors pourquoi ces paroles sonnaient-elles faux à ses propres oreilles. En étaient-ils conscients eux aussi ? Bon sang ! Il s'était promis de tout faire pour éviter de se retrouver en présence de Ciara. La résolution qu'il avait prise était pourtant en train de se fendiller…

— Il n'y a aucune inquiétude à avoir, Tavis, répondit Duncan. Nous avons simplement communiqué à Ciara le nom des hommes que tu as choisis pour l'accompagner dans le comté de Perth et elle est partie s'occuper de ses bagages.

Une vague glaciale remonta le long de son dos. Duncan ne lui disait pas la vérité. Il avait parfaitement vu la déception et la colère sur le visage de Ciara.

— Et toi Marian ? Les arrangements qui ont été pris te conviennent-ils ?

Elle ouvrit la bouche comme pour dire quelque chose puis sembla se raviser. Elle observait son mari du coin de l'œil.

— T'ai-je offensée de quelque manière en confiant la mission à d'autres ? insista-t-il.

Marian émit un grognement de frustration. Puis elle ferma les yeux, inspira profondément et sembla recouvrer son calme. Son mari la regardait avec un certain amusement. Tavis était de plus en plus consterné. Qu'y avait-il d'amusant ?

— C'est juste que… Je suis déçue que tu ne l'accompagnes pas, répondit-elle.

Duncan s'éclaircit bruyamment la gorge et sa femme s'interrompit un instant. Puis elle reprit :

— Mais je comprends que tu aies d'autres responsabilités à honorer, Tavis. Vraiment.

En dépit de son ton conciliant, Tavis sentait bien qu'il se passait quelque chose que ni elle ni Duncan ne souhaitaient lui révéler. Il devrait se contenter de ces réponses partielles.

Après tout, Ciara était la première de leurs enfants à se marier. Marian pouvait très bien être bouleversée à l'idée de voir sa fille la quitter, d'où son comportement étrange et versatile. Sa propre mère avait eu une drôle de réaction lorsqu'il s'était lui-même marié. Peut-être n'était-il pas inhabituel pour une mère de se comporter étrangement dans ces circonstances.

Légèrement apaisé, il hocha la tête.

— Tout va bien se passer, Marian, dit-il doucement.

Duncan approuva ses paroles d'un signe de tête, et Marian se retourna en entendant quelqu'un l'appeler. L'une des femmes qui travaillaient au service de Jocelyne lui faisait signe. Marian s'excusa et se dirigea vers la porte pour voir ce que son amie désirait.

Tavis se tourna alors vers Duncan. Avec un peu de chance, une fois son épouse partie, celui-ci lui expliquerait clairement la situation. Hélas, il se trompait lourdement. Plutôt que de se montrer honnête, celui qu'il considérait comme son ami agita la main en un vague adieu et tourna les talons sans un mot.

Dans ce cas, il ne lui restait plus qu'à vaquer normalement à ses occupations. Il n'allait tout de même pas passer la journée à s'inquiéter ! Duncan et Marian s'étaient comportés très bizarrement… Ils n'avaient pourtant pas l'âge de devenir gâteux ! Et ils avaient également passé l'âge de se conduire comme des enfants. Mais ce n'était pas son problème.

Plus que deux jours… Dans deux jours, Ciara partirait à la rencontre de celui qu'elle allait épouser. Elle allait faire la connaissance de sa nouvelle famille. Il n'aurait plus alors à se soucier d'elle…

Bien qu'en théorie Ciara ait son mot à dire sur cette union, en pratique, elle n'avait plus vraiment le choix puisqu'elle avait déjà décliné deux autres propositions. Ainsi, les jeux étaient faits, elle épouserait James Murray. Sans compter que le laird et ses parents étaient clairement favorables à ce mariage. Les Murray aussi. La prochaine fois qu'il la verrait, ce serait pour la regarder épouser un autre homme.

Et même s'il ne pouvait se l'expliquer, cela ne l'enchantait guère. Loin de là.

*
* *

Marian se dirigeait d'un bon pas vers le salon de Jocelyne où ses amies s'étaient réunies pour discuter. Même s'il lui était formellement interdit d'essayer de trouver un meilleur parti à sa fille que celui suggéré par le laird — tout cela à cause d'un accord stupide qu'elle avait conclu avec Duncan —, rien ne l'empêchait de demander à ses amies ce qu'elles pensaient de l'union à venir.

Duncan n'était pas ravi car il avait bien senti qu'elle mijotait quelque chose. De fait, s'il n'était pas intervenu tout à l'heure, elle aurait sûrement touché quelques mots à Tavis au sujet du mariage de Ciara. Histoire de faire réagir cette tête de mule ! Les hommes pouvaient se montrer tellement obtus !

Marian s'installa en compagnie des autres femmes, sans parler. Du moins, jusqu'à ce qu'elle ne puisse plus se retenir.

— Il n'a exprimé aucune objection à ce qu'elle épouse le jeune James Murray. Pas un seul mot, lança-t-elle d'une voix morne.

Le silence qui accueillit son annonce fut suivi de marques de désapprobation et de soupirs, mais personne ne se risqua à donner le moindre conseil sur la façon d'amener Tavis à voir la réalité en face. Toutes les femmes qui étaient réunies ce jour-là avaient compris depuis des années qu'il n'y aurait pas de meilleur parti pour Ciara.

Hélas, après le décès de Saraid quatre années auparavant, personne n'avait réussi à le persuader de se remarier. Certes, les hommes avaient la fâcheuse habitude de ne jamais reconnaître leurs sentiments, pourtant elles soupçonnaient toutes que, dans le cas de Tavis, la mort de Saraid avait joué un rôle primordial. Mais Tavis ne parlait jamais du drame.

Ciara était la seule femme qu'il avait accepté de côtoyer

depuis qu'il était veuf. Leur amitié ne s'était jamais démentie depuis leur rencontre. Il n'avait jamais rejeté les attentions ou la compagnie de Ciara même lorsqu'elle était devenue adulte. Du moins, jusqu'à l'année dernière. Il s'était forcément passé quelque chose entre eux à cette époque. Quelque chose qui avait creusé un fossé entre eux.

— J'avais tellement espéré qu'il finirait par reconnaître les sentiments qu'il éprouve pour elle et qu'il m'en parlerait, dit Margriet, la femme de Rurik.

— Il la regarde avec des yeux énamourés sans même s'en rendre compte, fit remarquer Jocelyne. Il est grand temps pour lui d'avancer. Il faudrait qu'il la demande en mariage au plus vite.

— Avant qu'il ne soit trop tard, murmura Marian.

Elle savait bien qu'une fois Ciara partie, il serait extrêmement difficile de faire annuler son mariage avec James Murray.

Peut-être était-il déjà trop tard ? Ou peut-être qu'elles se trompaient toutes en croyant que Tavis était destiné à Ciara ? Son cœur se serra. Elle s'inquiétait tellement pour sa fille chérie. Elle s'était toujours inquiétée. Non parce que Ciara était fragile, bien au contraire ! Seulement, elle ignorait tout de ses véritables origines. Et Marian avait bon espoir qu'elle ne les découvrirait jamais…

Allons, quoi qu'il arrive, elle devait faire confiance à Ciara. Après tout, elle avait accepté James Murray, c'était bon signe. Avant sa demande, elle avait déjà reçu plusieurs propositions de mariage mais les avait toujours déclinées avec un désintérêt poli. Contre toute attente, deux mois plus tôt, elle avait accepté l'offre du jeune James Murray.

Marian pressentait qu'il s'était passé quelque chose. Sa fille semblait s'être tout à coup résignée au mariage. Malgré les nombreuses questions qu'elle lui avait posées, elle n'avait jamais reçu la moindre explication. Et comme elle ne voulait pas obtenir de réponse par la force, Marian acceptait le silence que Ciara lui opposait et priait afin que tout aille pour le mieux.

Jocelyne leva son verre et les autres femmes l'imitèrent. Même si elle n'avait que peu d'espoir, Marian leva le sien également et ravala les larmes qui étaient sur le point de jaillir. La voix de Jocelyne s'éleva :

— Au meilleur mari pour notre chère Ciara.

— Au meilleur ! répétèrent les autres en chœur.

D'un trait, elles vidèrent leurs verres pour sceller leurs paroles.

Marian n'avait décidément pas un bon pressentiment. Ciara connaîtrait-elle le bonheur ? L'amour finirait-il par triompher ?

— Que Dieu nous entende, dit-elle en priant pour sa fille.

Chapitre 3

Ciara ne pouvait s'empêcher de scruter discrètement la foule à chaque nouvelle arrivée. Un banquet avait été organisé en son honneur et, même si elle savait combien c'était vain, elle espérait y apercevoir Tavis. Quelle insensée elle était de nourrir encore de tels désirs ! Ils ne s'étaient pratiquement pas adressé directement la parole depuis la nuit où elle s'était enfuie de chez lui, terriblement humiliée, et elle n'avait pas trouvé le courage de l'approcher depuis.

Aujourd'hui pourtant, elle admettait volontiers que c'était lui qui avait eu raison, en fin de compte. Une passion enfantine et passagère, voilà ce qu'elle avait ressenti pour lui. Rien de plus. Aussi, à l'aube de franchir une étape décisive dans son existence, elle avait envie d'en parler avec lui. Pour se débarrasser enfin de cette vieille histoire avant de quitter pour toujours les MacLerie.

Consciente de son trouble, Elizabeth lui serrait la main en silence de temps à autre. Ciara lui adressa un sourire empli de gratitude. Son amie ne connaissait peut-être pas toute la vérité, mais l'amitié indéfectible qu'elle lui vouait lui était très précieuse. Ciara avait toujours pu compter sur elle. A cet instant, Elizabeth se pencha vers elle.

— Il te suffirait d'en parler à tes parents et de leur dire que tu ne tiens pas à ce mariage. Ils trouveront bien un moyen de te tirer de cette situation, Ciara.

— Je le sais bien. Jamais mes parents ne me demanderaient d'épouser un homme contre ma volonté. Seulement, Tavis avait raison quand il m'a dit qu'il était peut-être temps pour moi de grandir un peu et de penser à faire un bon mariage.

Les mots qu'elle venait de prononcer si posément semblaient empreints de maturité. La réalité, pourtant, était tout autre. Leur amertume lui avait brûlé la langue ! Se comporter comme une adulte était une chose, mais renoncer à ses rêves pour en devenir une, en était une autre. Elle craignait tellement de ne pas y parvenir !

Et ce n'était pas le pire dans cette histoire. Alors qu'elle avait rejeté plusieurs propositions de mariage à la suite, ses parents avaient inlassablement continué à lui chercher un époux. Même si elle savait qu'ils l'aimaient, elle n'avait jamais autant eu le sentiment qu'on la poussait à partir…

Au fond, elle n'était qu'une fille Robertson élevée au sein du clan MacLerie. Elle ne ferait donc jamais vraiment partie de leur famille… Elle devait s'y faire.

— Tu sais, Elizabeth, ce mariage a beaucoup à offrir aux deux clans.

Ciara s'aperçut qu'elle venait de répéter une phrase qu'elle avait déjà prononcée à de nombreuses reprises auparavant, autant pour se convaincre elle-même que son amie.

Elizabeth lui pressa la main et sourit.

— Tu crois vraiment ?

— J'ai mis beaucoup de temps à comprendre que les sentiments que j'éprouvais envers Tavis étaient simplement une affection de petite fille. Il n'a jamais été question de véritable amour, insista de nouveau Ciara en tentant de masquer son trouble car elle venait justement de l'apercevoir dans la salle de réception.

Son cœur se mit aussitôt à battre la chamade. Seigneur ! Quiconque se trouvait dans un rayon de trois mètres autour d'elle, devait sûrement entendre les coups désordonnés qui agitaient sa poitrine ! Ciara jeta un regard affolé autour d'elle. Heureusement, personne ne semblait remarquer son agitation. Aussi fit-elle de son mieux pour ignorer Tavis.

Néanmoins, lorsqu'il croisa son regard et lui adressa un signe de tête, ses jambes se mirent à trembler et son ventre s'anima comme sous l'effet d'une nuée de papillons. Que Dieu lui vienne en aide. Tavis lui faisait toujours un tel effet... Beaucoup trop pour son propre bien !

Si seulement il s'était éloigné ou encore s'il s'était adressé à une connaissance, elle aurait pu retrouver rapidement son sang-froid. Hélas, au lieu de cela, il se dirigea droit sur Elizabeth, qui était en pleine conversation avec d'autres jeunes femmes du clan. En le voyant approcher, Ciara craignit un instant de défaillir.

— Elizabeth, Margaret, Alisa, Lilidh, dit-il en faisant un signe de tête à chacune.

Toutes lui répondirent en gloussant. Enfin, lentement, il se tourna vers elle, comme si cela lui demandait un effort particulier.

— Ciara.

Dieu du ciel, comme elle aimait la sonorité de son nom dans sa bouche. Lorsqu'il le prononçait, ce nom qu'elle portait depuis toujours lui semblait soudain receler des pouvoirs mystérieux et envoûtants. Tavis lui sourit et elle fit de même instinctivement. L'espace d'un instant, il l'avait regardée sans gêne, comme il le faisait avant cette terrible nuit d'humiliation... Aussitôt, Ciara baissa les yeux pour ne pas voir le voile de distance qui ne manquerait pas d'obscurcir son regard.

— Est-ce que je peux te dire un mot, Ciara ?

A ces mots, il lui tendit la main pour l'inviter à quitter la table où elle était assise. Elle ne s'attendait certes pas à une telle invitation, alors qu'il semblait la fuir autant qu'elle le fuyait d'ordinaire. Cependant, elle accepta de bonne grâce et se leva. Elle lui tendit sa main, mais dès que sa paume lui enserra les doigts, ceux-ci se mirent à trembler. Confuse, elle joignit ses mains en toute hâte pour tenter de maîtriser son émotion. Elle sentait sur elle le regard de la salle, inutile de montrer aux autres l'effet qu'il lui faisait. Encore.

— Certainement, Tavis. Tu as mangé ? demanda-t-elle d'un ton détaché.

Il fit non de la tête et l'emmena à l'écart. Elle lui désigna du menton les tables qui regorgeaient de toutes sortes de plats. Il y avait un banc libre et ils s'y installèrent. Ciara essayait d'avoir l'air naturelle et enjouée, alors qu'elle avait la poitrine comprimée, la gorge et la bouche sèches et les idées confuses… Et dire qu'elle venait de claironner à qui voulait l'entendre qu'elle n'éprouvait plus rien pour lui !

Un serviteur apporta à Tavis un plateau rempli de nourriture et un autre lui servit une chope de bière. Ciara regarda les gens danser pendant qu'il mangeait de bon appétit. Quelques convives passèrent la saluer et lui souhaiter bonne chance pour la suite, mais personne ne s'éternisa avec eux. Ciara savait que Tavis n'allait pas tarder à parler. Ils avaient partagé tant de repas ensemble par le passé. Il mangeait toujours avant de discuter. Cette fois, pourtant, c'était différent, elle le sentait.

Tavis avait terminé son repas. Il tourna tout à coup la tête vers elle, sa chope de bière à la main.

— Je tiens à te souhaiter tous mes vœux de bonheur pour ce mariage à venir, commença-t-il d'une voix grave, et je voulais t'expliquer la raison pour laquelle…

Ciara l'interrompit d'un geste.

— Tu avais raison, Tavis, avoua-t-elle sans parvenir à affronter son regard.

Tandis qu'elle s'apprêtait à prononcer ces mots, elle eut l'étrange impression qu'elle prenait enfin conscience qu'elle disait bien la vérité. Elle poursuivit, plus sûre d'elle :

— Ce n'étaient que des enfantillages. J'ai passé toute cette année à regretter ce que je t'ai dit cette nuit-là.

Il lui prit la main et lui sourit. Il la regardait avec une telle intensité que son cœur se mit à palpiter. Elle déglutit avec peine, la gorge serrée.

— Ciara, c'est ma faute. J'aurais dû te parler bien plus tôt.

La chaleur qui se dégageait de sa main et de ses yeux lui réchauffa le cœur. Ce répit, hélas, fut de courte durée. Déjà, il lui lâchait la main.

— J'aurais dû t'expliquer… J'aurais dû t'expliquer certaines choses, seulement je continuais à te voir comme la petite fille que tu étais en arrivant de Dunalastair. Je ne m'étais pas rendu compte que tu avais autant grandi.

Il lui jeta un bref regard puis se tourna vers les danseurs qui s'amusaient un peu plus loin. Ciara reconnut parmi eux quelques-uns des frères et sœurs de Tavis.

— Tout comme autrefois j'ai refusé de voir mes propres frères et sœurs grandir, confessa-t-il. Et cela m'ennuierait beaucoup que tu partes en colère contre moi.

Il croisa son regard une nouvelle fois, sans baisser les yeux, et lui pressa la main.

Ciara eut soudain l'impression qu'un profond silence avait envahi la grande salle. Pendant une fraction de seconde, l'univers tout entier s'était concentré en Tavis. Elle ne voyait que lui, ne sentait et n'entendait que lui… Dans son esprit, tous ses souvenirs de lui défilaient à une allure folle. Leur première rencontre et le voyage qui les avait menés jusqu'ici, à Lairig Dubh. Les années qui avaient suivi. Et cette fameuse nuit, une année auparavant, qui avait tout brisé entre eux.

Allons, tout cela, c'était le passé et maintenant il lui fallait aller de l'avant. Quitter ce village pour se marier et vivre ailleurs. Ils avaient au moins eu cette petite conversation pour mettre les choses à plat entre eux, ce n'était pas si mal.

Le silence cotonneux qui l'avait envahie, s'estompa peu à

peu. Ciara commençait de nouveau à entendre la rumeur de la fête. Comme s'il avait partagé sa transe, Tavis sursauta, arracha son regard au sien et laissa retomber sa main. Il se leva et recula d'un pas, l'air hagard, un peu comme s'il voulait imposer une distance entre eux. Ce geste de recul la blessa terriblement, mais elle parvint à garder une expression neutre.

Ciara sentait le fossé qui les séparait grandir un peu plus à chaque seconde qui s'écoulait. Les liens qui les avaient unis jusque-là étaient arrivés au point de rupture. En dépit de la douleur qui lui vrillait la poitrine, elle reprit son souffle et lui sourit.

— Jamais je ne me mettrai en colère contre toi, Tavis. Tu as essayé de me faire comprendre la situation cette nuit-là et j'ai refusé de voir la vérité en face. Je n'étais pas prête à affronter la réalité.

Quelqu'un l'appela. Elle se tourna vers la source des voix et aperçut ses parents qui arrivaient. Son père était tellement grand qu'il dépassait tout le monde, leur cousin Rurik excepté. Il était donc toujours très facile pour lui de la retrouver au beau milieu de la foule. Cela lui avait été très utile lorsqu'elle faisait des bêtises, enfant. Pour l'heure, Ciara retrouvait ce sentiment d'être prise en faute qui lui donnait des sueurs froides, exactement comme autrefois. Car son père l'avait immédiatement repérée alors qu'elle était en conversation intime avec Tavis, bien que promise à un autre homme. Ses parents s'avançaient, main dans la main, tandis que Tavis s'écartait doucement d'elle.

Un mince sourire lui monta aux lèvres, elle savait que ses parents l'aimaient d'un amour inconditionnel. Ils l'avaient soutenue lorsqu'elle avait rompu ses fiançailles à deux reprises et elle savait qu'ils recommenceraient une nouvelle fois si elle le leur demandait. Elle ne le ferait pas cette fois.

Elle irait jusqu'au bout et se marierait. Elle leur devait bien cela, ainsi qu'au clan MacLerie.

En arrivant à leur hauteur, sa mère s'exclama :

— Ciara ! Tavis ! Vous êtes en train de discuter des derniers préparatifs pour le voyage ?

Bon sang ! Il réagissait bien trop violemment à sa présence. Un instant plus tôt, il s'était senti… envoûté sous la ferveur de son regard. D'où son geste de brusque recul. Il était temps qu'il prenne de la distance avec elle. Pour toujours. Il devait laisser la place qu'il avait un temps remplie, bientôt un autre homme viendrait la combler. Ciara allait avoir une nouvelle famille. Et sans doute des enfants, si Dieu le voulait. Or, son mari, ce ne serait jamais lui, et ses enfants ne seraient pas les siens.

Alors qu'il répondait à la question de Marian, Tavis remarqua que Duncan l'observait avec un intérêt qui le mettait mal à l'aise. Il était en train d'expliquer qu'il avait absolument tout prévu, que tout était prêt pour le lendemain et qu'il avait sélectionné avec soin les hommes qui allaient accompagner Ciara et son amie pendant le voyage. Elles seraient sous bonne protection.

Tandis qu'il parlait, il s'aperçut qu'il n'en avait pas du tout discuté avec Ciara. Bon sang ! Il n'avait même pas prévu de venir la voir avant son départ, seulement, quelque chose l'avait conduit jusqu'ici, malgré lui. Maintenant qu'ils avaient fait la paix, Tavis devait bien admettre que la capacité d'aller de l'avant dont Ciara faisait preuve le contrariait. Beaucoup. C'était absurde ! N'était-ce pas ce qu'il avait justement voulu ? Elle avait parlé des sentiments qu'elle avait autrefois éprouvés pour lui au passé. Apparemment, elle réussissait à apprendre de ses erreurs, à avancer et allait finalement trouver le bonheur. Et c'était tout ce qu'il aurait dû lui souhaiter ! Pourtant, lui… Lui restait prisonnier du passé, sans le moindre espoir de s'en débarrasser un jour.

Il observa Ciara alors qu'elle discutait avec ses parents, joyeuse et en confiance. Il était parfois difficile de se souvenir que Duncan était son beau-père car les liens qui les unissaient étaient aussi forts, si ce n'est plus, que ceux qui existaient souvent entre un père et son propre enfant. En la voyant remettre des mèches dans sa coiffure, Tavis s'aperçut qu'elle était terriblement nerveuse. Elle ne semblait pas savoir quoi faire de ses mains.

Que Dieu lui vienne en aide ! Quand avait-il commencé à remarquer ces détails ?

Il devait absolument partir loin d'elle, avant de faire ou de dire quelque chose qui rendrait cette situation tendue encore plus délicate. Et puis, il était temps de se prouver à lui-même qu'elle n'était pas la seule à pouvoir avancer dans la vie !

Il reprit la parole pour répondre aux questions de Duncan et Marian.

— Tout est organisé. Dougal et Iain sont prêts. Et Ciara, est-elle prête ? demanda-t-il en lui jetant un bref regard.

— Eh bien, mes valises sont faites, répondit-elle en adressant un grand sourire complice à sa mère.

— Et votre voyage, Duncan ? Quand est-ce que Marian et toi allez partir ? demanda-t-il.

Les parents de Ciara partaient en mission pour le compte du laird. Et ils se retrouveraient tous ici dans un peu plus d'un mois pour célébrer le mariage de Ciara et James Murray.

Tavis et Duncan s'éloignèrent un peu pour discuter des raisons qui motivaient réellement ce voyage pour Glasgow. Distrait, Tavis écoutait son interlocuteur d'une oreille et ne pouvait s'empêcher de couver Ciara du regard. Le lendemain, il ne la verrait plus. Pour l'heure, elle était en pleine conversation avec sa mère. Comme elle était enjouée, gracieuse, confiante, *belle* !

Cette fois, elle avait clairement accepté la proposition de mariage qui lui avait été faite et paraissait se réjouir de la vie qu'elle allait mener. Alors pourquoi se sentait-il si mal ? Pourquoi était-il furieux de savoir qu'elle avait accepté d'épouser James Murray ? Décidément, il était en train de devenir fou à lier !

Tavis n'entendait strictement rien de ce que racontait Duncan. Il se laissait porter par le flot de paroles et les souvenirs qui l'assaillaient sans répit. Il ne voyait plus qu'elle. Enfant, aux côtés de sa mère, alors qu'ils quittaient Dunalastair. Lorsqu'elle avait dix ans et qu'il lui racontait ses voyages lointains. Lorsqu'elle avait treize ans et qu'elle lui avait présenté ses condoléances à la mort de Saraid. Lorsque, jeune fille, elle s'était présentée à sa porte en pleine nuit pour lui demander de l'épouser. Durant toutes ces années, elle avait tellement compté pour lui.

Et maintenant… Maintenant c'était une magnifique jeune femme de dix-huit ans, fiancée à un autre homme.

— Tavis ? Tu m'écoutes ?

Il entendit au loin la voix de Duncan et sentit qu'on lui serrait le bras.

— Bien sûr, Duncan, dit-il sans réfléchir, ce qui ne répondait sans doute absolument pas au propos de Duncan.

Dans un grand brouhaha, les amies de Ciara s'approchèrent. Elles se pressaient autour d'elle. Des rires fusèrent, elles firent mine de l'entraîner avec elles mais Ciara se dégagea et se dirigea vers lui.

— Peu importe ce qui peut bien se passer, Tavis, lança-t-elle dans un souffle, je n'oublierai jamais tout ce que tu as fait pour moi. Je suis et serai toujours ton amie.

Puis, spontanément, elle l'embrassa sur la joue. Bouleversé, il lui était extrêmement difficile de parler. Comme c'était compliqué de dire ce qu'il avait sur le cœur ! A défaut, il murmura simplement :

— Moi aussi, je suis ton ami, Ciara.

Les yeux de la jeune femme s'emplirent aussitôt de larmes. Elle essaya de les chasser discrètement mais sa tristesse l'émut au plus profond de lui. Poussé par un instinct plus fort que sa raison, il s'approcha d'elle, la prit dans ses bras et la serra contre lui.

— Sois heureuse, murmura-t-il dans son cou avant de la relâcher.

Déjà, les amies de Ciara l'avaient empoignée pour l'amener vers la piste de danse. Les musiciens commencèrent un morceau enjoué tandis qu'elles formaient un cercle autour de Ciara. Elles riaient et dansaient pour célébrer ses fiançailles. Tavis songea tristement que l'enfance prenait fin pour la plupart d'entre elles.

Bientôt, d'autres personnes se joignirent à la ronde : enfants, mères, pères, tous âges confondus. Tous célébraient le prochain mariage avec la même joie. Tavis finit par chasser ses idées noires et sourit. Emporté par l'ambiance festive, il se mit à taper des mains en rythme avec la musique alors que le cercle ne cessait de grandir. Une femme du clan lui tendit la main pour l'inviter à danser et il accepta pour quelques instants d'oublier son passé et de participer aux festivités.

Les couples tournaient, s'avançaient et reculaient tous en cadence au son de la musique. Les musiciens firent ensuite une courte pause avant d'entamer un nouveau morceau. A sa grande surprise, une autre femme s'avança vers lui pour l'inviter à danser. Cela faisait si longtemps qu'il ne s'était pas laissé aller ainsi…

Quelques heures plus tard, la fête tirait à sa fin et le monde commença à quitter la grande salle de réception pour aller se coucher.

Tavis était comme hors de lui-même. Pour la première

fois depuis la mort de Saraid, il s'était joint au clan au lieu de se tenir en observateur, à l'écart.

Alors qu'il prenait congé, il remarqua que Ciara était déjà partie. Tout son enthousiasme retomba d'un coup. Il ne s'expliquait pas la terrible déception qui lui déchirait le ventre. Elle ne lui avait même pas dit au revoir. Il termina rapidement sa bière et traversa la pièce à grandes enjambées pour regagner la cour. Les grilles étaient encore ouvertes pour permettre aux nombreuses personnes venues à la fête de rentrer chez elles. Il adressa un signe de la main aux quelques gardes qui le saluaient sur son passage et se dirigea d'un pas lourd vers le sentier qui menait à sa chaumière.

A quelques mètres de sa maison, éclairée par le clair de lune, Tavis retrouva la vieille douleur qui lui transperçait le cœur. Le feu dans la cheminée était éteint. Car personne ne l'attendait. Et il allait encore une fois se retrouver seul, terriblement seul.

Il se faufila à l'intérieur sans même allumer une lampe ou un feu pour le guider. Il avait l'habitude. Quelques minutes plus tard, il était déjà couché sur sa paillasse. Il ferait aussi bien de réfléchir à tout ce qu'il devait faire ces prochains jours, pour tenter de trouver le sommeil. Mais tout un flot de pensées et de souvenirs tournoyaient dans sa tête et l'empêchaient de trouver le moindre repos. Une pensée en particulier ne le quittait presque pas. Il songeait à elle.

Ciara.

Une partie de lui se réjouissait de voir qu'elle avait grandi et que son désir enfantin de l'épouser lui était passé. Cela montrait qu'elle était bien plus raisonnable que l'année précédente ! Et il était en partie heureux de savoir qu'elle semblait satisfaite de son prochain mariage.

Pourtant, alors qu'il se tournait et se retournait dans son lit, incapable de trouver le repos, il dut bien admettre que tout cela ne lui plaisait guère. Pas du tout même. Toute cette histoire piquait sa fierté masculine, voilà tout. Ciara pouvait le laisser derrière elle, comme un vulgaire vestige de son enfance ! Il avait beau savoir que son raisonnement n'avait aucun sens, et qu'elle faisait exactement ce qu'il lui avait demandé de faire, cela ne l'empêchait pas de continuer à ressasser encore et encore son amertume.

S'il avait pris la décision de ne pas escorter Ciara dans le comté de Perth, c'était essentiellement pour ne pas encourager ses sentiments déplacés. Or, elle ne ressentait visiblement plus aucun sentiment amoureux envers lui. Alors, peut-être pouvait-il… ? Bon sang ! Il ne savait plus où il en était !

De guerre lasse, il se leva et se planta devant la fenêtre pour y observer la lune qui brillait au-dehors. Peut-être l'astre lui porterait-il conseil…

Au matin, Tavis ne se souvenait pas avoir pris une quelconque décision durant les quelques heures qui avaient suivi. Pourtant, il avait rassemblé toutes ses affaires ainsi que toutes les fournitures dont il aurait besoin durant le voyage. Il avait méthodiquement bouclé ses sacs et attendait maintenant impatiemment dans la cour du château. L'aube venait à peine de se lever.

Comme convenu, Dougal et Iain se présentèrent à l'heure pour prendre en charge les opérations. Etonnamment, ils ne lui posèrent pas la moindre question sur le changement de programme quand il leur annonça qu'il se chargeait lui-même de conduire les jeunes dames à bon port, jusqu'au comté de Perth.

Tavis serra les dents. A voir leurs regards goguenards, les deux jeunes gens n'en pensaient pas moins, en dépit de leur silence.

Chapitre 4

La journée promettait d'être belle. Le ciel était clair et dégagé. Un bon présage pour le voyage et la nouvelle vie qui l'attendait. Aussi Ciara était-elle d'humeur charmante en dépit des émotions violentes qui l'assaillaient par vagues. Ses vêtements avaient été rangés dans des malles placées à bord du chariot, la nuit précédente. Elle devait encore disposer ses effets personnels dans un sac qu'elle pourrait garder à portée de main.

La rangée d'animaux de bois sculpté qui étaient disposés sur le manteau de la cheminée de sa petite chambre lui envoyait un message silencieux. Ciara ne parvenait pas à décider si elle voulait les emporter avec elle ou non. Cela faisait déjà quelques minutes qu'elle les regardait attentivement. Ils faisaient partie de son existence depuis qu'elle était arrivée à Lairig Dubh. Tavis avait sculpté chaque figurine pour elle.

Le tout premier qu'il lui avait donné, c'était un cheval. Aujourd'hui encore, il restait son préféré. C'était en fait Duncan, ce père qu'elle ne connaissait pas encore à l'époque, qui avait demandé à Tavis d'offrir ce cadeau à l'enfant de cinq ans qui deviendrait bientôt sa fille. Les autres animaux, en revanche, avaient été sculptés à l'initiative de Tavis à mesure que leur voyage progressait. Au final, sa collection comprenait en plus du cheval, un daim, un mouton, un aigle et un chat sauvage. Le temps leur avait donné une belle patine car elle avait beaucoup joué avec et les avait ensuite prêtés à son frère et à sa sœur. Décidément, elle y tenait trop pour les laisser. Elle était sur le point de les ranger dans son bagage lorsque sa mère entra dans sa chambre.

— Tu les emportes avec toi pour le voyage ? demanda-t-elle en se dirigeant vers Ciara pour ajuster son manteau sur ses épaules. Tu ne quittes jamais la maison sans les emporter.

Ciara fit la moue.

— Tu penses que je devrais les prendre avec moi ? demanda-t-elle, indécise.

D'un côté, elle désirait les laisser, comme symbole d'un passé révolu, de l'autre, elle ne s'imaginait pas partir sans eux. Ses peurs enfantines n'étaient jamais loin…

— Ma chérie, ces animaux font partie de toi et de ton existence depuis toujours. N'en aie pas honte mais ne laisse pas non plus le passé assombrir ton avenir.

Sa mère lui lissa les cheveux et déposa un baiser sur son front. Son affection la réconfortait toujours autant. Comment ferait-elle sans ces petits moments de tendresse partagée ? Devait-elle vraiment abandonner tout ce qu'elle aimait pour devenir adulte ?

— Je pense que je vais juste prendre celui-là, dit-elle en désignant le cheval avec plus d'assurance qu'elle n'en ressentait.

Ces figurines lui donnaient du courage lorsqu'elle en avait le plus besoin, elle ne pouvait pas le nier. Et comme il lui fallait laisser derrière elle tous les gens qu'elle appréciait et tout ce qu'elle connaissait et aimait, pour faire partie d'une autre famille et appartenir à un homme, elle pouvait bien emporter un petit souvenir. Elle prit une écharpe dans une malle et y enveloppa le petit animal de bois avec délicatesse.

— Elizabeth t'attend dans la cour, ma chérie.

Sa mère la prit par la taille pour marcher à son côté et poursuivit :

— J'ai une bonne nouvelle : ses parents lui ont donné la permission de retourner vivre dans le comté de Perth auprès de toi après ton mariage.

Ciara lui adressa un sourire radieux. C'était à l'évidence la meilleure nouvelle qu'elle pouvait recevoir le matin de son départ ! Sa meilleure amie serait à ses côtés pour entamer sa nouvelle existence. Quel réconfort !

— C'est vrai, maman ? Rien ne pourrait me faire plus plaisir !

A présent, il était temps de quitter cette chambre qui avait été la sienne pendant si longtemps... Une question cependant continuait à la tarauder. En général, elle la chassait rapidement de son esprit, seulement comme les fiançailles et le mariage approchaient à grands pas, il ne lui était vraiment plus possible de la garder pour elle désormais. Ciara finit par se jeter à l'eau.

— Maman, mon vrai père..., commença-t-elle.

Déjà, elle perdait toute confiance. Comment formuler sa demande ? Elle jeta un coup d'œil à sa mère et renonça aussitôt en voyant sa mine défaite.

— Duncan est ton père, ma chérie. Et il le sera toujours, murmura-t-elle.

L'espace d'un instant, son visage avait pris une expression de profonde désolation, ce qui peina beaucoup Ciara. Heureusement, sa mère s'était déjà ressaisie et lui adressait un large sourire.

— Nous reparlerons de tout cela quand nous aurons plus de temps. Pour l'heure, nous devons nous dépêcher et ne pas faire attendre tout le monde, Ciara.

Sa mère l'entraînait vers la porte mais Ciara n'était plus certaine de vouloir laisser une nouvelle fois sa question sans réponse. L'incertitude sur ses origines l'avait tourmentée pendant de trop nombreuses années. Quand allait-elle enfin savoir qui elle était et d'où elle venait ? Même si elle savait bien que ses parents tenaient beaucoup à elle et qu'ils l'aimaient telle qu'elle était, il y avait des moments où elle ne pouvait s'empêcher de penser que si ses parents avaient fait tant d'efforts pour lui prodiguer une éducation aussi accomplie, c'était peut-être pour mieux pouvoir se débarrasser d'elle un jour. Cette horrible pensée lui faisait perdre toute confiance en elle. Comme c'était le cas à présent. Son trouble devait être visible car Marian se récria aussitôt.

— Je t'en prie, Ciara. Pas maintenant, dit-elle sans la regarder dans les yeux, ce qui ne fit qu'accroître son inquiétude.

Ciara prit doucement la main de sa mère pour lui signifier qu'elle acceptait de ne plus parler de ce sujet. Après tout, elle trouverait bien une nouvelle occasion de revenir à la charge et elle obtiendrait alors les réponses qu'elle mourait d'envie de connaître…

Elles sortirent ensemble de la maison. Duncan les rejoignit et les suivit sans mot dire. Les grilles de la cour du château étaient grandes ouvertes. Une petite foule s'était assemblée, environnée par une brume légère. Ciara aperçut le chariot qui allait transporter leurs malles. Il y avait aussi plusieurs soldats armés pour lui servir d'escorte.

Un guerrier en particulier attira immédiatement son attention. Elle le reconnut aussitôt, même de dos. Il se tenait près du chariot et donnait des ordres à voix basse. En le voyant, elle s'arrêta si brutalement que son père, qui la suivait de près, la bouscula. Elle serait certainement tombée s'il ne l'avait retenue par les épaules et soutenue le temps qu'elle recouvre l'équilibre.

— Tavis, murmura-t-elle, n'en croyant pas ses yeux.

Il avait pourtant clairement manifesté son refus de l'accompagner.

— Peut-être qu'il s'est déjà occupé de ses autres missions et peut maintenant prendre en charge le voyage jusqu'au comté de Perth ? suggéra Marian d'une voix enthousiaste.

Sa mère paraissait ravie de la présence de Tavis. D'ailleurs, le regard que ses parents échangèrent ne laissa pas de l'intriguer, mais les raisons qui avaient poussé Tavis à changer d'avis l'intéressaient davantage encore…

Ciara l'observa un moment sans se manifester. Elle savait bien qu'en général, les hommes n'étaient pas du genre à expliquer leurs faits et gestes. Inutile de poser des questions directes, elle ne recevrait pas d'explications. Elle devrait se contenter de quelques mots et froncements de sourcils. Les choses étaient donc réglées, il venait. Après tout, c'était l'essentiel. Elle était troublée, bien sûr, mais tout ce qui lui importait réellement, c'était de savoir que Tavis allait l'accompagner.

— Je te suis très reconnaissant, Tavis, dit Duncan qui s'était approché. Plus que je ne saurais dire.

Ciara poussa un profond soupir. Cette petite phrase disait assez tous les problèmes qu'elle avait causés au laird et à ses parents en se conduisant comme elle l'avait fait dernièrement.

Elle avait mis son clan dans l'embarras à deux reprises, lorsqu'elle avait rejeté au dernier moment les propositions de mariage qui lui avaient été faites. Et bien que les demandes aient été négociées en privé, tout le monde dans les Highlands savait que si son père, le négociateur du clan MacLerie, était en visite, c'était forcément pour discuter affaires. Et si sa fille, qui était notoirement en âge de se marier, l'accompagnait, le sujet des discussions était plus qu'évident aux yeux de tous.

C'est la raison pour laquelle la famille Murray, du comté de Perth, qui était certes peu fortunée mais très fière de son cercle d'influence, avait refusé d'envisager toute proposition de mariage sans avoir d'abord obtenu l'assurance d'éviter toute humiliation de la part d'une fille qu'ils avaient qualifiée d'obstinée et de déraisonnable.

Or, si les parents de Ciara l'avaient accompagnée pour cette visite, tous leurs alliés et tous leurs amis (sans parler de leurs ennemis) se seraient attendus à l'élaboration d'un contrat de mariage. Aussi, pour contourner ces problèmes, il avait été décidé qu'officiellement, Ciara voyagerait sans ses parents, uniquement pour rendre visite à sa cousine éloignée, Eleanor, la mère de James. En dehors du clan MacLerie, personne ne devait savoir que ce voyage impliquait en fait bien davantage qu'une simple visite de courtoisie. Si quelqu'un venait à poser des questions, les parents de Ciara étaient donc en mission pour le compte du laird...

Ciara se sentait reconnaissante. Ses parents et son oncle auraient simplement pu la forcer à épouser celui qu'ils auraient choisi, sans se préoccuper de ce qu'elle pensait. Pourtant, au-delà du fait qu'ils souhaitaient sans doute voir leur fille heureuse, elle pressentait que quelque chose ayant trait à leur passé les empêchait de se conduire ainsi...

— Je ne pourrais pas mieux dire, ajouta-t-elle dans un murmure.

— Il est grand temps de partir, alors, dit Tavis en plongeant son regard vert dans le sien. Le beau temps ne va pas durer et nous avons des kilomètres à parcourir !

Il fit un signe de tête aux autres hommes qui se mirent aussitôt en selle. Puis, il revint à elle.

— C'est le moment de faire tes adieux, Ciara.

Il s'éloigna pour vérifier que tout était en ordre et lui permettre de bénéficier d'un petit moment d'intimité avec ses parents.

Le moment qu'elle redoutait tant était arrivé, bien qu'allégé par la présence de Tavis. Ses yeux s'embuèrent de larmes et les mots qu'elle avait répétés toute la nuit alors qu'elle s'agitait dans son lit sans pouvoir trouver le sommeil lui restèrent coincés au fond de la gorge. Quelle importance ? Après tout, il n'était pas nécessaire de parler. Alors, elle se contenta de serrer ses parents dans ses bras.

— Ce ne sont pas vraiment des adieux, murmura-t-elle en les serrant plus fort, je reviendrai.

— Tu reviendras pour célébrer une joyeuse fête de mariage avant de nous quitter pour…, dit sa mère d'une voix pleine d'émotion.

Comme elle ne pouvait poursuivre, elle pressa la main de sa fille.

— Quelle que soit ta décision, ma chérie, je…, bégaya Duncan.

— Je sais, papa. Tu me soutiendras quoi qu'il arrive.

Il hocha la tête et émit un grognement d'approbation. Ciara sentit les larmes lui monter aux paupières. Même si elle n'était pas la chair de sa chair, elle était sa fille de cœur.

Lorsqu'elle prit conscience que tout le monde était déjà à cheval, Ciara s'arracha enfin à l'étreinte de ses parents. La petite troupe l'attendait sans dire un mot. Tavis lui tenait les rênes de son cheval d'une main et lui tendit son autre main pour l'aider à monter. Elle lui donna d'abord son sac en cuir qu'il fixa fermement à la selle.

Un instant plus tard, elle était perchée sur le robuste cheval qu'elle montait depuis un an environ. Elle rassembla les rênes de ses mains gantées puis adressa un dernier signe de tête à ses parents. Au signal de Tavis, le groupe se mit en route, le chariot qui transportait Cora, la solide matrone qui lui servirait de domestique, venait en dernière position. Ciara poussa un profond soupir et pressa ses bottes contre les flancs du cheval.

Et voilà, elle était en route ! En chemin pour une nouvelle vie…

*
* *

Ciara dirigeait son immense cheval noir avec une grande dextérité. Cependant, si on l'avait consulté, jamais Tavis ne lui aurait choisi une monture aussi fougueuse. Elle était entièrement concentrée sur la route, ce qui lui permit de la contempler à son aise plusieurs minutes.

Allons, lui aussi devait rester concentré. Ils allaient d'abord se diriger vers l'est en direction de Dunalastair puis vers le sud en direction de Crieff. La dernière partie du voyage serait plus facile car ils suivraient la route principale qui menait à Perth, au cœur des terres de la famille Murray.

Tavis imposa à sa petite troupe un rythme soutenu mais constant. Il remercia le ciel pour le soleil qui brillait et les nuages qui s'étaient rapidement dissipés. Les conditions étaient idéales en cette première journée de voyage. Il leur faudrait plusieurs jours avant d'atteindre Dunalastair en passant par les terres des MacCallum où ils ne manqueraient pas de rendre visite à la famille de Jocelyne. Ensuite ils emprunteraient les chemins que les bergers utilisaient, à travers les vallées.

Contrairement à l'accoutumée, Tavis appréciait la compagnie des autres. Tout comme Ciara, d'ailleurs. Elle parlait très peu lorsqu'ils étaient en selle, mais discutait volontiers avec tout le monde lorsqu'ils faisaient des pauses. Elle s'inquiétait toujours du confort des autres. Ainsi, elle s'assurait régulièrement que Cora voyageait confortablement dans le chariot. Parfois aussi, elle parlait à voix basse avec Elizabeth.

Sans pouvoir s'en empêcher, Tavis passait souvent la voir et discutait parfois un peu avec elle. Comme elle ne semblait jamais mal à l'aise en sa présence, il commençait à accepter l'évidence : elle l'avait relégué dans le passé et était désormais toute tournée vers l'avenir. Les premiers jours se passèrent donc très agréablement.

Puis, alors qu'ils approchaient des terres du clan MacCallum, Tavis s'aperçut que Ciara semblait de plus en plus nerveuse. Il n'était jamais revenu ici en sa compagnie… Pas depuis cette fameuse expédition, des années plus tôt, qui avait amené Ciara à Lairig Dubh, au sein du clan MacLerie. Pourtant, elle avait souvent fait le voyage avec ses parents. Alors, pourquoi cette nervosité ?

Heureusement, Duncan avait chargé des hommes de prévenir le laird MacCallum de leur visite. C'était une bonne chose. Ciara et les femmes seraient certainement heureuses de dormir dans un vrai lit cette nuit après quelques nuits passées sous la tente.

A peine avaient-ils foulé les terres du clan MacCallum qu'un groupe de guerriers venait déjà à leur rencontre. Le frère de Jocelyne, Athdar, se trouvait à leur tête.

— Tavis ! cria-t-il en s'approchant. Comment te portes-tu ?

En pensant à tout ce qui aurait pu mal se passer au cours du voyage, Tavis lui adressa un large sourire.

— Tout va bien !

Ciara les rejoignit et adressa un sourire à Athdar.

— Tu es plus éblouissante chaque jour, Ciara, s'exclama ce dernier, visiblement admiratif.

Contrarié, Tavis observa le rouge monter aux joues de la jeune femme. Il réprima un soupir d'agacement. Athdar savait y faire avec les femmes et il avait eu l'occasion de le voir à l'œuvre à maintes reprises à Lairig Dubh. Ses bons mots et ses compliments en avaient fait fondre plus d'une.

— Qui aurait pu croire que la petite fille que tu étais autrefois deviendrait une si magnifique jeune femme ? lança-t-il joyeusement.

Tavis prit sur lui pour contenir le grognement de mépris que lui inspiraient ces paroles louangeuses. Ciara se laissait-elle séduire par de telles âneries ? Il la regarda avec attention pour vérifier si elle mordait à l'appât et s'aperçut qu'en l'occurrence, c'était plutôt Elizabeth qui semblait être tombée sous le charme d'Athdar. Ciara, quant à elle, arborait ce qui ressemblait fort à une moue amusée mais sceptique. Tavis sourit intérieurement, soulagé. Il aurait dû se douter qu'elle ne se laisserait pas berner par de telles fadaises. Elle était trop maligne pour cela.

— Tu n'as rien de mieux à faire que de venir jouer au jeune dadais devant tes invités, Athdar ? Je parierais pourtant que ton laird t'a confié d'autres tâches.

Tavis descendit de cheval et rit de bon cœur en voyant la tête que faisait Athdar. Il ne craignait pas de l'avoir insulté, tous deux se connaissaient trop bien. Cela faisait maintenant quelques années qu'ils étaient devenus bons amis. Le fait d'être d'âge rapproché y était sans doute pour quelque chose. Tavis tendit la main à Athdar pour le saluer.

— Il faut bien que quelqu'un dise des mots doux à ces dames, Tavis. Toi, tu n'ouvres jamais la bouche, sauf pour parler de combats ou de ton cheval ! repartit Athdar en répondant d'une chaleureuse poignée de main.

Puis, ils s'empoignèrent et roulèrent par terre en un simulacre de combat. C'était toujours ainsi que les choses se passaient lorsqu'ils se voyaient. Tester sa force physique lui fit un bien fou après ces longues journées passées à cheval. Finalement, il ne lui fallut que quelques minutes pour vaincre Athdar même si tous deux étaient de force relativement égale. Tavis bondit sur ses pieds et tendit la main à Athdar pour l'aider à se relever. Tous deux riaient comme deux gamins en époussetant leurs vêtements.

— Tu es prêt à prendre ta revanche ? demanda Tavis.

Athdar lui lança un regard sombre, il avait parfaitement compris le vrai sens de sa question. Quelques années plus tôt, Athdar avait connu une sévère défaite lors d'un combat avec Rurik, et depuis, il ruminait sa revanche. Tavis se demandait toutefois si Athdar avait vraiment envie de se mesurer une nouvelle fois à lui, car il avait remarqué à plusieurs reprises les regards passionnés qu'Athdar échangeait avec Isobel, la fille de Rurik.

Le vent venait de se lever et de gros nuages noirs obscurcissaient maintenant le ciel. Une tempête risquait d'éclater d'un moment à l'autre. Et lui ne songeait qu'à plaisanter, au lieu de protéger les dames placées sous sa garde ! Tavis leur conseilla aussitôt de se remettre rapidement en route vers le château des MacCallum et ferma la marche.

Une heure plus tard, il pouvait s'estimer satisfait. Il avait veillé au bien-être des animaux, il avait escorté les femmes jusqu'à la salle de réception pour leur permettre de saluer le laird et avait également donné congé à ses hommes qui pouvaient maintenant aller profiter d'un repos bien mérité.

Les MacLerie et les MacCallum étaient alliés depuis des années et de nombreux mariages avaient été célébrés entre les deux clans. Par conséquent, Tavis connaissait tout le monde. Une fois tous ses devoirs accomplis, il entra donc au château, présenta ses salutations au laird puis se dirigea d'un bon pas vers une table où étaient déjà attablées de nombreuses connaissances.

Ses camarades lui donnèrent aussitôt des indications concernant l'état des routes qui les attendaient ces prochains jours, et quelques autres lui proposèrent de les accompagner pour leur assurer une protection supplémentaire. Tavis se surprit à passer une très agréable soirée à discuter avec ses amis de longue date. Il mangea de bon appétit mais but avec parcimonie car il voulait partir de bonne heure le lendemain matin et n'avait pas envie de voyager avec un mal de tête.

Ciara observait Tavis depuis la place où elle était assise. Jusque-là, il s'était toujours arrangé pour leur faire passer à tous un agréable voyage. Puisqu'il avait pris toutes les dispositions du voyage lui-même, il n'avait besoin de personne pour savoir quel chemin il fallait emprunter ou sur quelles provisions il pouvait compter. Cela contribuait très certainement à la bonne ambiance qui régnait depuis leur départ. Si bien que Ciara se sentait à la fois fatiguée de la route et en pleine possession de ses moyens.

Le cuisinier du laird leur avait préparé un savoureux repas et elle en profitait pleinement. De l'autre côté de la pièce, Tavis parlait et riait de bon cœur, contrairement à son habitude depuis… Ciara eut soudain une révélation. Tavis semblait plus à l'aise ici qu'à Lairig Dubh !

— Tu es encore en train de le dévisager ! l'avertit Elizabeth à voix basse. Prends garde, Ciara, quelqu'un va finir par s'en apercevoir.

Ciara soupira. Elle ne pouvait pas s'en empêcher. Même si les relations entre eux s'étaient nettement améliorées, elles étaient loin d'être redevenues comme par le passé. Il n'y avait plus cette complicité d'autrefois, et une gêne persistait. Ce qui était probablement une très bonne chose puisqu'elle était sur le point d'épouser un autre homme.

— Il a l'air heureux loin du clan, tu ne trouves pas ? Il a même dansé avec Morag et d'autres femmes pendant la fête, la nuit avant notre départ.

— Cela te fait-il plaisir ? lui demanda Elizabeth. Tu crois avoir réussi à le faire sortir de ton existence ?

— Evidemment.

Elizabeth posa sa main sur le bras de Ciara et le pressa, comme pour l'avertir qu'elle savait parfaitement à quoi s'en tenir à propos de ses évidences.

— C'est vrai que je ne l'avais pas vu danser depuis très longtemps, convint Elizabeth. C'était plaisant à voir.

Comme s'il savait qu'elles parlaient de lui, Tavis tourna soudain la tête dans leur direction et croisa son regard. Il se leva de table et se dirigea droit sur elle. Qu'avait-il donc en tête ? Nerveuse à son approche, Ciara lissa frénétiquement sa robe. Délivrée de lui, elle ? Quelle plaisanterie !

— Ciara, Elizabeth, les salua-t-il en inclinant légèrement la tête, vous êtes-vous remises de ces derniers jours de voyage ?

— Oui, Tavis, répondit gaiement Elizabeth. Et le repas a été très agréable.

— Cela vous plairait-il d'aller faire une petite promenade ? leur demanda-t-il. La tempête s'est éloignée et le ciel est de nouveau dégagé.

Elles acceptèrent et se levèrent en riant. Tous trois connaissaient le château et ses environs et pouvaient donc se passer de guide. Ils marchèrent dans un silence complice jusqu'à la cour.

Tavis avait raison, il n'y avait plus le moindre signe de tempête et le temps était de nouveau clément. Toutefois, l'été touchait à sa fin et l'automne allait bientôt arriver. En somme, ils profitaient des meilleures conditions météorologiques pour voyager, avec ces longues journées devant eux. Avant même d'arriver à destination, Ciara savait où leurs pas les mèneraient. C'était un endroit qui lui avait laissé de jolis souvenirs lorsqu'elle y était venue lors de son premier voyage.

Attention cependant aux cochons du laird MacCallum ! Elle éclata de rire en les voyant approcher. La scène était cocasse. Elizabeth faisait une de ces têtes ! Il fallait dire qu'il n'était plus possible d'ignorer la forte odeur qui leur chatouillait les narines… Elizabeth se mit à agiter nerveusement la main devant son visage pour essayer d'atténuer l'odeur pestilentielle. En pure perte.

— Cette odeur est insupportable ! Je vais rentrer. Bonne promenade, ajouta-t-elle en réprimant un haut-le-cœur.

Puis elle fit demi-tour à toute allure.

— Je ne la savais pas de constitution si délicate, s'exclama

Tavis, visiblement surpris. Elle prend la fuite pour quelques cochons ?

Ciara s'esclaffa. Elle n'était pas sûre que les cochons soient seuls en cause dans la fuite d'Elizabeth. En tout cas, même s'ils ne faisaient pas partie de son environnement familier, les cochons ne l'incommodaient pas le moins du monde.

— C'est une petite nature, c'est vrai, plaisanta-t-elle.

Ils se dirigèrent lentement vers la clôture qui longeait le parc des animaux. Quel plaisir de se dégourdir les jambes, après ces longues chevauchées.

Ciara se tenait au côté de Tavis et regardait les cabrioles des porcelets en silence, apaisée.

— Tu as déjà fait la rencontre de James Murray ? demanda-t-il brusquement.

Ciara hocha la tête, un peu surprise par sa question.

— Nous nous sommes vus à la fête que mon oncle Iain avait organisée au printemps dernier. Sa famille et bien d'autres avaient été invitées.

Ce sujet de conversation la mettait mal à l'aise car deux autres jeunes gens avaient eux aussi été présents à cette fête, des hommes dont elle avait par la suite rejeté les propositions de mariage.

— Tu vas aller jusqu'au bout cette fois ? lui demanda-t-il en la regardant droit dans les yeux.

L'intensité de son regard réveilla le souvenir de toutes les conversations à bâtons rompus qu'ils avaient eues ensemble par le passé. Elle avait compris, au seul son de sa voix, qu'il se faisait beaucoup de souci pour elle. Cette attention eut pour effet d'accélérer les battements de son cœur. Allons, ce n'était rien d'autre que la sollicitude bien naturelle d'un ami…

— Oui, je compte l'épouser. Nous aimons tous les deux les chevaux. Ses parents s'intéressent de très près à ma dot et en ont un besoin flagrant. Tout est donc parfaitement réuni pour faire un bon mariage, dit-elle en haussant les épaules pour couper court à toute émotion.

Il partit d'un grand éclat de rire, comme elle n'en avait plus entendu venant de lui depuis bien longtemps. Ciara lui jeta un regard mi-surpris, mi-vexé, qui resta sans effet. Tavis paraissait ne plus pouvoir s'arrêter.

— Tu as toujours été extrêmement directe, Ciara. Je suis heureux de voir que tu n'as pas changé sur ce point.

— Je préfère dire la vérité plutôt que d'essayer d'enjoliver les choses. Mes parents ont encouragé ce mariage mais je soupçonne fort les parents de James de ne pas l'envisager d'un très bon œil, exception faite de ma dot bien sûr. Ils ne me font pas confiance, à cause de mes précédents refus. S'il n'y avait tant d'argent en jeu, jamais ils n'envisageraient cette union une seule seconde, j'en suis persuadée.

Tavis tendit la main vers son visage comme s'il allait lui caresser la joue. Au dernier moment, il sembla se raviser brutalement. Ciara ferma les yeux, envahie par une vague d'émotion, mais les rouvrit aussitôt pour pouvoir observer sa réaction.

En dépit de sa résignation, elle ne pouvait s'empêcher d'espérer. Il éprouvait forcément des sentiments envers elle et finirait bien par lui déclarer sa flamme, non ? Elle ne parvenait pas encore à abandonner tout espoir.

Non ! Peu importait ce qu'il ressentait, elle avait des devoirs à assumer ! Tavis ne faisait pas partie de son avenir. Désormais, elle appartenait à un autre homme et chaque kilomètre la rapprochait un peu plus de son destin. Aussi recula-t-elle de quelques pas avant de lui sourire, soulagée de constater qu'ils étaient maintenant en meilleurs termes l'un avec l'autre.

— Le soleil se lève tôt, Ciara. Tu ferais mieux d'aller te coucher.

— A demain matin, alors, dit-elle en hochant la tête.

Elle s'était éloignée de quelques pas lorsqu'elle se tourna vers lui.

— Que sais-tu de James Murray ?

— Je ne sais que très peu de choses. Seulement ce que ton père a dit de lui et de sa famille.

Ciara se demanda ce qu'elle avait espéré obtenir de lui exactement. Sans plus parler, elle rentra au château. Tavis ne tarderait sûrement pas à rentrer lui aussi dans sa chambre. Et avec toutes les femmes et servantes qui s'étaient pressées autour de lui lors du repas, il y avait fort à parier qu'il ne passerait pas la nuit tout seul.

Des picotements désagréables lui brûlèrent la poitrine. Sans doute l'un des plats servis ce soir était-il trop épicé. Allons, qui croyait-elle tromper ? Elle savait bien, au fond, que les affres de la jalousie n'étaient jamais loin…

Chapitre 5

Ils effectuaient dorénavant la partie la plus difficile du voyage. Les choses s'arrangeraient dès qu'ils auraient passé Dunalastair et atteint la grande route empruntée pour mener les troupeaux plus au sud, vers les villes les plus importantes. Hélas, Tavis savait que, pour lui, le plus difficile restait à venir.

Pour la première fois depuis la mort de Saraid, il lui semblait que son corps reprenait vie, que ses sens se réveillaient d'un long sommeil. Cela faisait maintenant quatre ans qu'il détournait la tête devant chaque femme et on ne pouvait pas dire que cela lui avait réussi. Mais, lors de la fête de départ de Ciara puis chez les MacCallum, il avait de nouveau prêté attention au beau sexe. Les invitations qu'il avait reçues, les expressions de désir qu'il avait lues dans les yeux de plusieurs femmes, lors de ces deux événements, montraient clairement qu'il ne devait plus continuer à passer ses nuits seul…

C'était ainsi, le temps faisait son œuvre. Et puis, dans un clan, un homme célibataire pouvait sans aucun problème partager le lit d'une veuve et s'adonner au plaisir de la chair avec elle sans avoir besoin pour cela de s'engager à l'épouser. Tous deux pouvaient attendre d'avoir envie de se marier. Ou pas. Pour lui, la décision était déjà prise, jamais il ne se remarierait, cependant… il était bien trop jeune et vigoureux pour ignorer plus longtemps les appels de la chair. Encore qu'il n'était sensible qu'à la présence d'une seule jeune femme… qui lui était interdite à jamais.

Les remords qui ne manquaient pas de l'assaillir chaque fois qu'il pensait à Saraid, à sa mort, vinrent de nouveau l'accabler et lui rappelèrent ses terribles manquements, qui pèseraient comme un fardeau jusqu'à la fin de ses jours. Il eut soudain un goût amer dans la bouche. De fait, c'est une immense amertume qui l'envahissait, lorsqu'il repensait à ses agissements envers Saraid au moment où elle avait eu le plus besoin de lui. Il inspira profondément et se força au calme, mais ne parvint pas à se débarrasser du mauvais goût qu'il avait dans la bouche.

Alors qu'il guidait son cheval dans la descente qui menait au village de Dunalastair, Ciara apparut à son côté, le sourire aux lèvres. Et lorsqu'elle le mit au défi de faire la course avec elle, il chassa ses mauvais souvenirs et la tristesse de l'avenir qui l'attendait pour la suivre, au grand galop.

— Premier arrivé au pont ! hurla-t-elle en arrachant le foulard qu'elle portait sur la tête, libérant une cascade de cheveux dorés.

Elle savait sacrément bien monter à cheval ! Avec la petite avance qu'elle avait prise, il devrait se donner du mal pour la rattraper maintenant… Tandis qu'il portait quelques coups d'éperon à son cheval pour se lancer à sa poursuite, il essaya de calculer s'il lui restait suffisamment de distance pour espérer la rattraper avant d'arriver au pont. Cela s'annonçait difficile. Mais le jeu en valait la chandelle. Grisé, il se coucha sur l'échine de son cheval et l'exhorta à aller le plus vite possible.

Le vent qui lui fouettait le visage et l'exaltation de la course lui firent bien vite oublier son accès de mélancolie. Il était totalement concentré sur Ciara qui ne se trouvait plus très loin devant. Les sabots de son cheval projetaient de la terre en venant frapper le sol, et des branches lui cinglaient les joues. Néanmoins, la victoire restait à portée de main. Comme ils approchaient d'une fourche, chacun choisit un chemin différent.

Tavis se mit alors à rire. Il était certain d'arriver au pont le premier en empruntant ce chemin. Il l'avait fait bien des fois lorsqu'il se rendait à Dunalastair avec Duncan. Pourtant, lorsqu'il émergea du dernier bosquet d'arbres, une surprise de taille l'attendait… Ciara se trouvait sur le pont, un large sourire aux lèvres ! Comment diable avait-elle fait pour… ?

— Tu n'es pas le seul à connaître les raccourcis du coin, Tavis, le réprimanda-t-elle gentiment.

Il éclata d'un grand rire joyeux. Il aurait dû s'en douter. Elle se battait toujours jusqu'au bout. Dire que cette force de la nature allait être donnée à James Murray, qui ne saurait pas apprécier une telle femme. Il était trop jeune et se soumettait aux désirs de ses parents qui, comme elle l'avait si bien dit, s'intéressaient à elle uniquement pour l'argent qu'elle leur apporterait. Allons, ce n'était pas de son ressort !

Le sourire aux lèvres, il inclina légèrement la tête pour la féliciter de sa victoire et descendit de cheval. Il rassembla ses rênes puis marcha jusqu'au pont. Tout naturellement, il tint les rênes du cheval de Ciara et l'aida à descendre. Ses paumes le picotèrent au contact de sa taille fine. Pour cacher son trouble, il s'écarta aussitôt.

Tous deux étaient hors d'haleine lorsqu'ils arrivèrent au village de Dunalastair. Sans parler, ils prirent, comme par habitude, le sentier qui menait à la vieille chaumière où la mère de Ciara avait habité jusqu'à ce que celle-ci eût cinq ans.

— Je ne sais pas si nous faisons bien de venir directement ici à peine arrivés. Va-t-il y avoir matière à offense ?

demanda Ciara alors qu'ils se tenaient maintenant devant la petite chaumière.

Il la rassura d'un regard. Elle marcha vers l'extrémité du jardinet aux dimensions modestes et jeta un coup d'œil par-dessus la clôture. Sa mère avait toujours eu un talent indiscutable pour faire pousser toutes sortes d'herbes et de plantes, et c'était ici qu'elle avait fait ses premières armes. Avec Ciara à ses côtés. Les larmes qui brillaient dans les yeux de la jeune femme n'étonnèrent pas vraiment Tavis. Il lui accorda quelques instants d'intimité puis l'appela doucement.

— Ton oncle risque d'apprendre ton arrivée avant de t'avoir vue, Ciara. Nous ferions mieux d'y aller.

D'un geste machinal, Ciara fouilla son manteau pour trouver une petite bourse qui était fixée à sa ceinture. Il ne l'avait pas remarquée auparavant. Elle en toucha la surface du bout des doigts, sans rien en sortir. De quoi pouvait-il s'agir ? Elle répéta ce geste plusieurs fois, comme pour se donner du courage. Elle lui faisait penser à un enfant en train de lisser machinalement une couverture pour calmer son agitation. Elle finit par cesser et se posta face à lui.

— Tu as raison. Oncle Iain veut toujours être le premier à apprendre qu'il a de la visite.

— Sais-tu si tes autres oncles seront également présents ?

Marian avait en effet quatre frères, deux plus âgés et deux plus jeunes. Tavis les avait tous rencontrés à plusieurs reprises. Il y avait Padraig, qui était marié à une fille MacKendimen et qui supervisait tous les guerriers du clan Robertson en tant que commandant en second pour le compte d'Iain. Il y avait aussi Caelan, qui devait prochainement épouser la fille des MacLean et qui s'occupait des exploitations du clan. Graem, quant à lui, venait d'être ordonné prêtre et travaillait aux côtés de l'évêque de Dunkeld. Il vivait dans une autre contrée et ne rendait que de très rares visites.

— Iain ne m'a rien dit. Nous ne sommes pas là pour longtemps, donc je suppose qu'ils ne sont pas là, répondit-elle alors qu'ils se dirigeaient vers le château qui se trouvait en haut de la colline.

Lorsqu'ils atteignirent les grilles du château, ils virent le reste du groupe qui arrivait, aussi entrèrent-ils tous ensemble. Les hommes se mirent à rire à gorge déployée lorsque Ciara leur apprit qu'elle avait gagné la course. Tavis savait qu'ils seraient sans pitié avec lui dès qu'elle se serait un peu éloignée, pourtant il ne pouvait s'empêcher de rire aussi, le cœur léger. Il salua plusieurs membres du clan Robertson alors qu'on les menait vers la salle de réception. Il ne s'agissait pas d'une visite formelle, il y avait donc peu de monde pour les accueillir. La plupart des gens étaient occupés à leurs tâches habituelles.

— Ciara !

La voix forte du laird Iain résonna dans la pièce alors qu'il saluait sa nièce.

Tavis la regarda courir se jeter dans ses bras. Le vieil homme la serra très fort. Il ne s'était jamais marié et n'avait pas d'enfants, mais sa nièce était manifestement très chère à son cœur. Tavis se remémora tout à coup les rumeurs et spéculations qui avaient circulé sur le compte de Marian, lorsqu'elle était tombée en disgrâce et avait été surnommée par les mauvaises langues « Robertson, la catin ». Peut-être lord Iain connaissait-il la vérité concernant l'identité du père de Ciara ? En tout cas, elle, ne savait rien. Pas plus que lui d'ailleurs.

Alors qu'il regardait Ciara et Iain discuter à voix basse, il se dit qu'ils avaient l'air d'un père et d'une fille. Il secoua la tête et chassa ces pensées de son esprit, après tout, ce n'étaient pas ses histoires de famille. Sans compter que les origines de Ciara n'avaient aucune importance à ses yeux.

Son devoir consistait à escorter Ciara sous bonne garde

jusqu'à son futur époux et les ramener ensuite à Lairig Dubh pour célébrer leur mariage. Il pourrait alors reprendre le cours normal de son existence et continuer à servir le clan MacLerie, comme il l'avait toujours fait.

Alors, non, Tavis ne faisait pas partie de la famille et n'avait pas une position plus élevée que les autres hommes qui travaillaient au service du laird. Comme il l'avait dit à Ciara cette fameuse nuit, ils n'étaient pas du même monde. D'ailleurs, en la voyant accueillie à bras ouverts par ce laird puissant, la vérité sur leurs origines respectives lui sauta aux yeux.

Lord Iain finit par relâcher Ciara mais la garda à son côté, puis il fit signe à Tavis de se présenter devant lui. Celui-ci s'inclina et lui remit la lettre de Duncan.

— Laird Robertson, lui dit-il en reculant d'un pas.

— Tavis, répondit Iain Robertson. Bienvenue à Dunalastair. Merci de t'être occupé de la sécurité de Ciara durant ce voyage.

Le laird les invita tous à dîner et donna des instructions aux serviteurs pour veiller à leur confort. Les hommes du convoi se séparèrent en deux groupes : Dougal, Iain et Tavis partageraient une chambre non loin de la salle de réception, et les autres dormiraient en bas avec les hommes du laird. Plusieurs servantes, manifestement très dévouées, lui proposèrent un bain à maintes reprises mais il refusa. Il avait trop envie d'aller se baigner dans le ruisseau qui coulait au cœur de la forêt, non loin du château.

Alors qu'il s'apprêtait à quitter le château, le laird demanda à lui parler en privé. Il fit signe aux autres de partir sans lui et suivit Iain dans ses appartements. Il prit place sur le siège qu'il lui désignait et accepta la bière qu'il lui proposait, perplexe. Quel était donc l'objet de cet entretien ?

— Alors, dis-moi Tavis, que sait-elle ? De quoi se souvient-elle ?

Ses questions le prirent par surprise, si bien qu'il avala une gorgée de bière de travers et toussa bruyamment. Il lui fallut quelques secondes pour reprendre son souffle et s'éclaircir la gorge. Et quelques minutes de plus pour décider ce qu'il allait répondre. Il prit le parti de la sincérité.

— Elle était trop jeune pour savoir ou se remémorer quoi que ce soit. Même si les rumeurs et les commérages sont allés bon train, Ciara n'en a jamais entendu parler à ma connaissance.

— Et les MacLerie ? questionna lord Iain tout en l'observant attentivement.

— Ciara est des nôtres, tout comme sa mère. Si certains continuent à appeler Marian Robertson d'une vilaine manière, cela n'a pas cours dans le clan MacLerie.

Tavis se souvenait parfaitement de la nuit où ils étaient arrivés à Lairig Dubh. Connor et Duncan avaient déclaré avec une grande solennité devant tout le clan réuni que Marian était désormais des leurs. Et ils avaient clairement fait comprendre que quiconque l'insulterait, les insulterait par la même occasion. Dès lors, personne n'avait plus jamais utilisé le surnom détestable dont Marian avait été affublée.

A vrai dire, si Ciara s'était posé des questions sur son père, elle ne lui en avait jamais parlé. A l'époque, ils parlaient essentiellement de chevaux, d'animaux, de chevaux, de ses frères et sœurs, de chevaux et encore de chevaux. Ils avaient continué à la fasciner lorsqu'elle avait grandi.

C'était étrange. Jusque-là, il n'avait jamais remarqué son manque d'intérêt concernant l'identité de son père. En fait, au moment où elle avait été en âge de s'intéresser à la question et d'interroger ses parents, le cours de sa vie à lui avait pris une tout autre direction.

— Et elle ne t'a jamais demandé si tu connaissais la vérité ? demanda le laird d'une voix à la fois posée et quelque peu menaçante, comme s'il soupçonnait l'existence de quelque chose entre eux.

— Pourquoi ferait-elle une chose pareille ? demanda-t-il, véritablement surpris.

— Votre… amitié n'est un secret pour personne.

L'oncle de Ciara le regardait droit dans les yeux et ne semblait pas disposé à masquer ses insinuations. Profondément insulté par la remarque du laird, Tavis réagit au quart de tour et lui décocha un coup de poing… Par chance, Iain Robertson s'était dégagé juste à temps. A peine avait-il lancé son poing, que Tavis avait pris conscience de la gravité et de la bêtise de son geste. Il laissa retomber ses bras de chaque côté de son corps et attendit la réaction du laird avec soumission.

Lorsque celui-ci alla se resservir un gobelet de bière, Tavis secoua la tête, atterré. Il n'avait pas commis un acte aussi idiot depuis belle lurette. Le laird avait tout à fait le droit de demander réparation pour une telle offense. Pis encore, son accès de violence allait certainement être interprété comme une confirmation des doutes que le laird avait au sujet des relations qu'il entretenait avec Ciara. Quel idiot !

— Monseigneur, je…

Il ne parvint pas à finir sa phrase. Pour la toute première fois de son existence, il ne savait que dire.

— Je sais qu'elle voulait t'épouser, ne le nie pas, assena le laird tout à coup.

Tavis ne s'était vraiment pas attendu à cela. Et pourtant, bien des éventualités lui étaient venues à l'esprit. Il ne lui restait plus qu'à prier pour son salut, si l'oncle de Ciara savait qu'il avait rejeté sa nièce adorée. Le laird allait ordonner son emprisonnement. Ou bien appeler ses hommes pour leur demander de le battre jusqu'à lui faire perdre connaissance. Ou bien encore, le castrer pour l'empêcher de commettre l'irréparable avec sa nièce hors des liens du mariage. Tavis inspira profondément avant de répondre :

— Ce n'étaient que des enfantillages, rien de plus, monseigneur.

— C'est bien ce que j'ai toujours cru, Tavis. Je veux juste la protéger, tout comme toi.

Iain vida son gobelet et le posa à côté du pichet de bière.

— La vertu de Ciara ne doit absolument pas être remise en question durant ces négociations. Tu dois comprendre que c'est un sujet d'une importance capitale.

— Vous insultez mon honneur et le sien une nouvelle fois par vos insinuations, monseigneur, gronda Tavis en croisant les bras sur sa poitrine.

— Tu te trompes, je veux juste te faire comprendre que d'autres que moi ont remarqué à quel point vous êtes proches, ma nièce et toi. Chez eux, les MacLerie contrôlent peut-être ce que les gens racontent mais vous avez quitté leurs terres depuis quelques jours et Ciara pourrait très bien être la cible de commérages désormais. Des commérages qui pourraient faire remonter à la surface des histoires du passé qu'il vaudrait mieux ne pas déterrer.

Tavis termina sa bière. Le laird avait tout à fait raison. L'amitié entre un homme et une femme qui n'étaient pas unis par les liens du mariage ou les liens du sang n'était pas chose courante. Les autres en arriveraient naturellement à se poser des questions.

— Je vais prendre toutes les dispositions nécessaires pour mettre un terme à ces commérages, monseigneur.

— Je ne te retiens pas plus longtemps, alors. Le dîner sera prêt dans deux heures.

Tavis s'éloignait déjà, mais le laird n'en avait pas terminé.

— J'ai pris la décision de vous octroyer deux de mes hommes pour vous accompagner pendant le reste de votre voyage.

— Cela va à l'encontre du projet initial. Nous n'avons emmené qu'une petite escorte du clan MacLerie à dessein, dit-il prudemment. Si des membres du clan Robertson se joignent à nous, cela aura l'air de tout autre chose qu'une simple visite de courtoisie à une cousine éloignée.

Le laird le regarda fixement en plissant les yeux et hocha la tête.

— Voilà une très bonne analyse, Tavis. Je te laisse seul juge, en ce cas.

La conversation était close. Tavis se mit immédiatement en route vers le ruisseau. Les paroles et les mises en garde du laird le tourmentaient. Il ne cessait de penser aux questions qu'il lui avait posées. Quelqu'un était-il venu prendre des renseignements à propos du père de Ciara ? Pour ce qu'il en savait, personne n'avait jamais revendiqué cette paternité… Et même avec la réputation passée de Marian et les histoires qui circulaient encore sur son compte, comment Ciara pouvait-elle savoir quoi que ce fût, protégée comme elle l'avait été ?

Il emprunta un chemin étroit en quittant le château et le suivit pendant un bon kilomètre avant d'atteindre le ruisseau. Dougal et Iain se baignaient déjà. Il les rejoignit aussitôt et laissa ses vêtements sur la rive. Après ces heures à dos de cheval, c'était un pur bonheur. Il plongea sous l'eau et ressortit sur l'autre berge.

Une fois propre, il donna des précisions aux autres sur ce qui les attendait pendant le reste du voyage. Ce serait plus simple désormais, car ils allaient prendre des routes très empruntées et redescendre sur des terres moins accidentées, puisqu'ils se rapprochaient du sud de l'Ecosse. De plus, les guerriers du clan Murray les attendraient sans aucun doute aux environs de Perth et les escorteraient jusqu'à la famille de James.

Quant au voyage de retour, Tavis n'avait aucune idée de

la façon dont celui-ci serait organisé, ni de qui les accompagnerait. Inutile de s'inquiéter dès maintenant à ce sujet. A chaque jour suffisait sa peine, après tout.

La baignade était maintenant terminée. Ils allaient rentrer au château pour dîner et profiter d'une bonne nuit de sommeil. Et il se sentait le cœur étonnamment léger depuis quelques jours.

Iain Robertson était retourné dans ses appartements juste après le départ de Tavis et s'était versé une nouvelle chope de bière qu'il avait bue d'un seul trait.

Il ne lui était jamais facile de voir resurgir les graves erreurs qu'il avait commises dans sa jeunesse. Il avait passé des années à se demander ce qu'elle deviendrait et il pouvait désormais le voir de ses propres yeux : Ciara était une jeune femme d'une grande beauté, très intelligente et pleine de talents. Il ne connaissait pas un homme qui ne se glorifierait de l'avoir pour fille.

Et c'est ce qu'il ferait lui aussi sans l'ombre d'un doute s'il pouvait dire la vérité. Mais c'était impossible car d'autres que lui l'avaient payé de leur vie. Ou de leur âme. Les véritables origines de Ciara devaient rester secrètes.

Aujourd'hui, il n'y avait hélas aucun moyen de réparer les fautes du passé. Néanmoins, c'était également très difficile de taire les secrets que les morts avaient emportés avec eux dans la tombe… Et comment tenir les serments qui avaient été prêtés sous la pression, lorsque des proches étaient aujourd'hui menacés ?

Iain ferma les yeux sous le poids du remords et songea à quel point Ciara ressemblait à sa mère. Les mêmes cheveux blonds, les mêmes yeux noisette taillés en amande… Iain posa brutalement sa chope vide, se frotta vigoureusement le visage et tenta de chasser toutes ces images du passé.

Trop de choses dépendaient de sa sœur Marian et de Duncan. Et il avait passé tant d'années à refuser d'assumer les conséquences de ses actes qu'elles lui revenaient maintenant en pleine figure. La vérité qu'ils avaient tous cachée avait permis de sauver l'honneur de son clan ces dix dernières années. Etait-il assez fort aujourd'hui pour relever les défis qu'on pourrait lui lancer si la vérité venait enfin à éclater ?

Il espérait bien en être capable, avec l'aide de Dieu.

Ciara se demandait si ses joues allaient finir par reprendre une couleur normale un jour. Dès qu'elle les touchait, elle y sentait une terrible chaleur, elle devait avoir l'air fiévreuse. Elizabeth aussi avait les joues toutes rouges et semblait encore plus affectée qu'elle par ce qu'elles avaient vu. Si bien que Ciara avait envoyé Cora dans la chambre qui leur avait été attribuée pour pouvoir parler tranquillement avec Elizabeth de ce qui s'était passé. Hélas, pas un mot ne parvenait à sortir de sa bouche. Jusqu'ici, elle ne s'était pourtant jamais considérée comme quelqu'un de prude.

Un peu plus tôt, Elizabeth et elle avaient décidé de faire une promenade avant le dîner. Un petit plaisir qu'elles s'accordaient régulièrement à Lairig Dubh, et, depuis le début du voyage, elles n'avaient pas modifié leurs habitudes car elles passaient énormément de temps à cheval chaque jour et ressentaient le besoin d'aller marcher.

Aussi Ciara avait-elle proposé de la conduire dans l'un de ses endroits préférés. L'été, elle aimait particulièrement se rendre près du ruisseau qui coulait à l'autre bout du village. Notamment près de la cascade que le ruisseau avait creusée dans la roche au cours des siècles passés. L'eau dégringolait dans un magnifique petit bassin où elle adorait venir tremper ses jambes lors de ses visites à Dunalastair.

Alors qu'elles se rendaient d'un bon pas vers la piscine

naturelle, elles avaient distinctement entendu des bruits d'éclaboussures et avaient reconnu des voix d'hommes qui leur étaient familières. Elles s'étaient donc approchées des berges pour aller voir.

Et pour voir, elles les avaient vus !

Ciara avait déjà vu des hommes dans le plus simple appareil, mais, même si elle en rêvait parfois, elle ne pensait pas avoir un jour l'occasion de voir Tavis complètement nu… Et pourtant, il se trouvait sur l'autre rive, de l'eau jusqu'à la taille. Les rayons de soleil qui réussissaient à se frayer un chemin à travers le feuillage des arbres faisaient luire sa large poitrine et ses bras musclés. Il avait mis tout à coup la tête sous l'eau pour se frotter le visage. Finalement, il avait traversé le petit cours d'eau et était ressorti de leur côté.

Ciara avait cru l'espace d'un instant que son cœur s'était arrêté de battre ! A son côté, Elizabeth avait porté la main à sa poitrine. Le spectacle était en effet saisissant. Puis son amie s'était couvert les yeux et avait tourné les talons. Ciara, elle, en avait été incapable. Fascinée, elle avait regardé Tavis s'habiller en retenant son souffle, parfaitement immobile, pour ne pas trahir sa présence.

Une jeune femme bien élevée se serait enfuie sur-le-champ, en état de choc. Une jeune femme bien élevée, comme Elizabeth, se serait couvert les yeux et aurait eu la décence de s'évanouir. Or, elle n'avait rien fait de cela, bien au contraire, elle avait observé chacun de ses faits et gestes et n'avait pas détourné les yeux une seule seconde de ce corps splendide.

Elizabeth était finalement venue la tirer par la main et l'avait emmenée de force.

Perturbées par le spectacle, elles s'étaient remises en route en trébuchant et ne s'étaient arrêtées qu'une fois arrivées devant le petit bassin. Là, elles s'étaient laissées tomber dans l'herbe avant d'éclater d'un rire hystérique comme elles le faisaient chaque fois qu'elles commettaient une bêtise ensemble.

Pourtant, à présent, ce n'était pas l'euphorie de la transgression enfantine que Ciara ressentait… En voyant Tavis complètement nu, elle avait ressenti quelque chose de nouveau : une espèce de douleur délicieuse qui provenait du plus profond de son être et semblait irradier dans son corps tout entier. Elle avait encore la bouche et la gorge sèches. Et il lui semblait que son corps avait besoin de… Le problème, en fait, c'était qu'elle ne savait pas de quoi justement.

A présent, elles étaient de retour dans leur chambre, muettes. Ciara mourait d'envie de parler de ce qui s'était passé avec son amie, seulement l'image de Tavis en train de sortir de l'eau dans le plus simple appareil ne cessait de repasser devant ses yeux et l'empêchait de prononcer le moindre mot. Son esprit s'égara et elle se mit à penser à ce qu'impliquait la vie conjugale. C'était précisément cela qui la faisait rougir, c'était un sujet bien trop intime pour en parler avec Elizabeth.

Lorsqu'on les appela pour le dîner, Ciara fit de son mieux pour contenir son agitation et sa gêne. Peut-être que si elle ne le regardait pas au cours du repas, elle pourrait contrôler les étranges sensations qui l'assaillaient ? Ou peut-être devait-elle se faire excuser et rester au lit jusqu'au lendemain matin ? Une fois en selle, elle pourrait plus facilement éviter Tavis et sa gêne finirait bien par disparaître.

Elle était une femme désormais et elle connaîtrait très prochainement le contact intime avec le corps d'un homme. Mais ce ne serait pas celui de Tavis. Une douleur lancinante s'empara d'elle à cette pensée. Seigneur ! Il fallait absolument chasser Tavis de son esprit ! Elle devait passer à autre chose. Ciara se leva précipitamment et se dirigea vers la porte. Alors qu'elle soulevait le loquet, elle se tourna vers Elizabeth et lui adressa un large sourire.

— J'ai eu tort tout à l'heure, avoua-t-elle. Je n'aurais pas dû rester pour regarder.

— C'est vrai, mais il est… Il est très beau, répondit Elizabeth.

— Je n'ai aucun droit sur lui et je n'aurais pas dû le regarder comme je l'ai fait, rétorqua Ciara d'un ton définitif.

Elle allait épouser James Murray. Certes, il avait dix ans de moins que Tavis, mais il n'avait manifestement ni l'entraînement ni l'expérience que ce dernier avait acquis au combat. Et même s'il était plutôt séduisant, James n'avait pas la beauté sauvage, terriblement virile de Tavis. Elle revit ses grands yeux verts, plus lumineux encore que les teintes de la forêt qui bordait Lairig Dubh, sa peau bronzée par le grand air…

Dieu du ciel ! Qu'est-ce qui lui prenait ? Elle était littéralement envoûtée par cette vision… Elle croisa le regard d'Elizabeth et vit que celle-ci hésitait à poursuivre leur conversation.

— Je suis certaine que James saura égaler le joli tableau que nous avons vu aujourd'hui, dit-elle.

Elles éclatèrent aussitôt de rire, heureuses de pouvoir apaiser la tension. Cora arriva sur ces entrefaites et les pressa d'aller dîner.

Ciara songea qu'il ne lui restait plus que quelques jours, une semaine au plus, pour parvenir à maîtriser ses pensées déplacées avant d'arriver dans le comté de Perth. Elle prit une profonde inspiration pour se calmer et suivit Cora.

Chapitre 6

Lorsqu'elle pénétra dans la salle de réception pour s'installer à la grande table où son oncle l'attendait, Ciara pensait avoir réussi à contrôler l'étrange trouble que Tavis lui inspirait. Elle salua sa famille et ses cousins, et prit place en regardant autour d'elle pour voir où se trouvaient ses compagnons de voyage.

— Ton escorte est au regret de ne pouvoir assister à ce repas, mais ils doivent s'occuper de votre départ demain. Vous partirez dès l'aube, lui expliqua son oncle Iain en interceptant son regard.

Intriguée, Ciara remarqua que son oncle avait très légèrement plissé les yeux et sa lèvre supérieure avait tressailli. Deux signes qui prouvaient que quelque chose se tramait.

Ciara sentit ses joues s'enflammer, toute son agitation revenue. Etait-il au courant de ce qui s'était produit près du ruisseau ? Soupçonnait-il quelque chose entre eux ? Mieux valait faire comme si de rien n'était. Avec toute la dignité qui lui restait, Ciara adressa un signe de tête à son oncle et déplia sa serviette sur ses genoux car les serviteurs étaient déjà en train d'apporter les plats.

— Ils prennent tous leur tâche très au sérieux, mon oncle. Tavis tout spécialement.

Il haussa les sourcils presque imperceptiblement, ce qui confirma à Ciara qu'il s'était arrangé volontairement pour éloigner Tavis du repas. Et quand bien même ? Tous ces mystères pouvaient bien attendre ! Elle se pencherait sur la question un peu plus tard. Pour l'heure, elle avait très envie de profiter de la présence de ses cousins. Comme il n'était pas prévu de repasser par Dunalastair au retour, elle ne les verrait sans doute pas pendant une très longue période. Et même si son mariage avait leur assentiment, la cérémonie nuptiale aurait lieu chez elle, à Lairig Dubh, il y avait donc peu de chances de les voir assister à la fête.

Tout cela était bien étrange. Son oncle et ses cousins avaient manifestement tous beaucoup d'affection pour elle, pourtant, dès qu'ils se rencontraient hors de leur clan, elle avait toujours eu l'impression que leurs sentiments devaient rester très discrets. Peut-être tout cela avait-il un rapport avec son vrai père ? Cet homme dont on ne lui avait jamais révélé le nom. Ciara craignait de poser des questions à ce sujet car sa mère lui avait bien fait comprendre qu'il ne fallait pas en parler. A aucun prix.

Son père avait-il déshonoré sa mère et refusé de l'épouser par la suite ? Etait-il un ennemi des Robertson ou un homme indigne d'épouser la fille unique du puissant laird Robertson ? Etait-il mort avant sa naissance ? Elle ne put réprimer un soupir. Elle aimerait tant connaître les réponses à toutes ces questions. Encore fallait-il qu'elle trouve le courage de les poser…

Le repas s'acheva dans une atmosphère joyeuse. Assez tôt, Ciara et Elizabeth s'excusèrent et se retirèrent dans leur chambre.

En dépit de la fatigue du voyage, Ciara peinait à trouver le sommeil. Les mêmes questions revenaient la torturer. Elle se tournait et se retournait tant, qu'elle empêchait Elizabeth de dormir. Son amie dormait pourtant habituellement dans n'importe quelle circonstance. Ciara finit par se lever et se dirigea vers la seule petite fenêtre qui avait été percée dans le mur. Elle ouvrit les volets, s'accouda et scruta l'obscurité au-dehors.

Tout était calme dans le château. Elle entendait encore quelques oiseaux chanter au loin, et les arbres paraissaient se mouvoir en rythme. La nuit avait toujours été un moment magique pour elle. Avec Elizabeth, c'était le moment qu'elles préféraient pour aller se promener dans le village, discuter de leurs soucis et faire des projets.

Etrangement, les choses semblaient toujours faire sens en pleine nuit, alors que ce n'était jamais le cas à la lumière du jour.

Cette nuit-là, pourtant, aucune réponse ne lui parvint. A bout de nerfs, Ciara retourna se coucher et réussit finalement à s'endormir.

La pluie qui ne cessait pas avait jeté un voile de morosité sur leur troupe. Les conversations avaient été réduites à leur strict minimum depuis leur départ de Dunalastair. Ils rejoignaient maintenant le chemin que les bergers empruntaient autrefois pour se rendre dans la ville de Crieff, célèbre pour son marché. Un peu plus loin devant Tavis, les trois femmes voyageaient à l'abri des éléments, dans le chariot. Elles devaient être serrées, mais au moins étaient-elles au sec.

Lui et les hommes ne se préoccupaient pas du temps qu'il faisait. Il avait toujours vécu, dormi, mangé, combattu et fait toutes sortes de choses dehors. Aussi longtemps que les routes ne se transformaient pas en torrents de boue et que le chariot continuait à avancer, ils poursuivraient leur route. Et puis, ils étaient tous couverts de leur tartan, ce qui leur permettait de ne pas trop sentir la pluie.

Les deux premiers jours, il avait plu sans discontinuer mais les routes étaient demeurées praticables. Néanmoins, au troisième jour, il pleuvait toujours autant. Et pour aggraver encore la situation et l'humeur générale, le chariot venait juste de s'embourber et ne voulait plus bouger d'un centimètre. Tavis entendit quelqu'un crier à l'intérieur et accéléra pour voir si l'une d'entre elles était blessée. Par chance, en s'approchant, il n'entendit que quelques jurons proférés à mi-voix. Il savait bien qui en était à l'origine…

— On est enlisés ? demanda Ciara, en soulevant la bâche en toile qui les protégeait pour lui parler à travers les trombes d'eau qui s'abattaient.

— On dirait bien.

Tavis descendit de cheval et procéda à un examen rapide du chariot. Il se mit à pousser sur l'un des côtés. Ses hommes le rejoignirent aussitôt pour lui prêter main-forte. Mais les roues étaient enfoncées trop profondément dans la boue.

— Nous devons sortir, Tavis. Prends-moi la main, dit Ciara qui s'était déjà levée pour sortir du chariot.

— Ciara, attends un peu, le temps pour nous de réfléchir à la meilleure manière de nous sortir de là, sans que vous soyez toutes trempées, répliqua-t-il d'une voix autoritaire.

Mais Ciara ne l'avait pas écouté.

— Malédiction, maugréa Tavis à voix basse en la voyant sauter et atterrir juste à côté de lui, ses bottines en cuir pleines de boue.

Sans l'ombre d'une hésitation, elle rassembla les pans de sa robe et les coinça dans sa ceinture, dévoilant de délicieux pantalons blancs.

— Ciara, bégaya-t-il, troublé comme un jouvenceau par le spectacle de ses mollets fins qui se dessinaient sous le tissu.

— Elizabeth, sors de là, cria-t-elle à son amie. La pluie ne risque pas de te faire fondre et nous devons tous pousser le chariot. Cora, viens-tu ?

Avait-elle perdu l'esprit ? Elle pensait peut-être qu'il allait la laisser… ?

— Si tout le monde s'y met, nous pouvons vider le

chariot et le faire avancer jusqu'à ces espèces de pierres là-bas pour pouvoir ensuite repartir, continua-t-elle sans lui prêter la moindre attention.

Bon sang ! Cette femme avait vraiment réponse à tout… Ne pouvait-elle pas plutôt rester bien au chaud à l'intérieur, se mettre à gémir comme Cora était justement en train de le faire ? Ne devrait-elle pas simplement attendre et le laisser faire ce qu'il fallait pour tirer le chariot de cette ornière ? Eh bien non, c'était même tout le contraire : elle prenait les initiatives pour gérer la situation et ne semblait nullement effrayée. Comme s'il n'était pas là, elle avait pris le contrôle des opérations et donnait des ordres à chacun. Tavis ne savait plus s'il devait se mettre en colère ou la serrer dans ses bras.

Dans les minutes qui suivirent, Elizabeth et Cora avaient coincé les pans de leurs manteaux comme Ciara l'avait fait et avaient commencé à décharger le chariot. Elles portaient ce qui n'était pas trop lourd jusqu'à une petite clairière abritée par les arbres.

Tavis avait bien envie de réprimander Ciara vertement, seulement, elle avait ordonné exactement ce qu'il aurait recommandé de faire… Et ses compagnes ne lui avaient opposé qu'une faible résistance. Lui, en revanche, n'aurait jamais pu en arriver là aussi rapidement.

Cela leur prit environ deux heures. Le chariot avait été entièrement vidé, les roues avaient été dégagées de l'ornière et ils avaient réussi à le pousser jusqu'à une zone plus stable. Aucune d'entre elles n'avait émis la moindre protestation pendant toute l'opération. Un peu plus tard, alors qu'ils avaient de nouveau rempli le chariot et trouvé un endroit pour passer la nuit à l'abri, Tavis comprit ce qui l'ennuyait tant.

Il aimait Ciara. Il aimait la femme forte et résolue qu'elle était devenue.

Malgré toutes ses récriminations, il ressentait pour elle bien plus qu'il ne voulait se l'avouer. Bien plus qu'il ne l'aurait dû en tous les cas. Cependant, ce qu'il ressentait et ce qu'il désirait n'avait aucune importance car elle n'était pas du même monde que lui, sans compter qu'elle était à la tête d'une vraie fortune. Jamais il ne lui proposerait de l'épouser car il s'était juré de ne plus se marier. Or, c'était la seule chose qu'une femme de son rang pouvait accepter.

Allons, il perdait l'esprit. De toute façon, elle était promise à un autre et toute interférence dans les dispositions qui avaient été prises aboutirait au déshonneur ou même à un différend grave entre les MacLerie et les Murray.

Iain Robertson avait apparemment mieux compris certaines choses que lui, lorsqu'il l'avait mis en garde. Et s'il avait vu ce qu'il ressentait pour Ciara, cela signifiait que d'autres le pouvaient aussi. Cela finirait fatalement par se savoir… Il devait agir, il n'était plus question de se laisser encore un espoir. Aussi Tavis prit-il la ferme résolution de considérer le reste du voyage comme une simple mission que Connor lui aurait confiée. Rien de plus.

Il observa Ciara alors qu'elle remuait doucement un ragoût qui mijotait sur le feu. Et comme cela était arrivé bien des fois auparavant, elle parut sentir son regard car elle leva la tête et leurs yeux s'accrochèrent. Dans son regard, il lisait la même chose que ce qu'elle devait lire dans le sien : la confusion, le désir, l'envie, le manque… et l'amour. Au bout d'une longue minute, il détourna la tête.

Ils ne pouvaient pas…

Seuls les attendaient le désespoir, la ruine et le malheur, s'ils se montraient assez faibles pour écouter leurs cœurs. Pour lui, cela impliquerait la perte de son honneur car il avait juré allégeance et obéissance au laird. Et pour elle, ce serait bien pis car elle perdrait tous ceux qu'elle aimait. Jamais il ne serait la cause de la honte terrible qu'elle ressentirait alors. Tous deux seraient obligés de s'exiler du clan et de leurs familles respectives sans pour autant pouvoir partager cette vie de déshonneur.

Ciara n'y survivrait pas.

Tavis but sa bière d'une traite. Son estomac se contracta. Il n'avait plus faim. Dieu, comme le destin se montrait cruel en lui ouvrant les yeux trop tard sur ce qui les unissait, alors même que leur union était impossible !

Ciara avait l'impression de comprendre ce qu'avait ressenti sa vieille poupée le jour où son frère et elle s'étaient disputés et l'avaient tordue dans tous les sens pour finir par la déchirer et en arracher tout le rembourrage.

Alors qu'elle servait le ragoût, elle repensait à ce qui venait de se produire. Elle avait parfaitement compris la situation. Par ce long regard, Tavis lui avait permis de lire dans son cœur et dans son âme. Il lui avait montré qu'elle n'était pas la seule à ne plus savoir où elle en était. Puis, comme s'il avait aussitôt regretté son geste, il était parti sans un mot, sans même prendre le temps de manger.

Dieu ! Comme il était difficile de grandir et d'accepter de tenir son rôle d'adulte, avec tous ces devoirs et ces responsabilités à assumer ! Elle détestait cela plus que tout au monde. Néanmoins, elle savourait ce bref moment d'honnêteté, de sincérité absolue, entre eux.

Tout en mangeant distraitement, Ciara réfléchit à toutes les possibilités qui s'offraient à eux, ainsi qu'à tous les obstacles qui se dressaient devant eux. Elle avait beau retourner les éléments dans tous les sens, il n'y avait absolument rien à faire. Leurs destins étaient définitivement scellés.

Tous deux allaient suivre le chemin qu'ils s'étaient choisi, ils allaient préserver leur honneur et faire ce que leurs familles attendaient d'eux. Finalement, la seule chose qui l'apaisait un peu, c'était de savoir que Tavis l'avait traitée en adulte pour une fois…

Après le repas, Ciara était immédiatement montée dans le chariot et s'était glissée sous sa couverture. Etrangement, pour la première fois depuis bien longtemps, son esprit était en paix. Elle acceptait enfin la terrible réalité qu'elle n'avait jamais voulu affronter. Jamais elle n'épouserait l'homme qu'elle aimait. C'était la volonté divine et elle ne pouvait rien contre.

Ils arrivèrent à Crieff quatre jours plus tard, sans encombre. Tavis avait envoyé des hommes en éclaireurs pour leur trouver un endroit où dormir et prendre les dispositions nécessaires pour la dernière partie de leur voyage.

A son grand soulagement, si quelqu'un dans le groupe avait remarqué un changement entre Tavis et elle, personne n'en avait parlé. Pour sa part, Ciara s'était débarrassée de tous ses sentiments, les avait rejetés au fond de son cœur et comptait bien ne plus jamais rien ressentir. C'était étonnamment facile d'en nier l'existence, et bien moins douloureux que de les voir encombrer son esprit, son cœur et son âme à toute heure du jour.

Désormais, il n'y avait plus que la nuit que son amour échappait à son contrôle. En rêve, elle le voyait sortir du ruisseau et se diriger vers elle. Elle restait immobile, envoûtée, incapable du moindre geste, et lorsqu'il s'approchait à la toucher, il l'embrassait avec un tel abandon qu'elle se réveilla plus d'une fois avec la conviction de le trouver allongé à ses côtés. Son corps criait alors son désir pour lui. Un besoin primitif s'était éveillé en elle et exigeait d'être satisfait.

Par bonheur, Crieff lui apporta, ainsi qu'au reste de la troupe, une distraction bienvenue. C'était un bourg très animé où l'on trouvait toutes sortes de commerces et de denrées. C'était la première ville digne de ce nom qu'ils avaient croisée depuis leur départ.

Tandis qu'ils pénétraient dans la ville par le nord-ouest, Ciara entendit Cora et Elizabeth s'animer à la vue de tous ces gens, de ces animaux et de ces étals chatoyants. Contrairement à ses compagnes, Ciara était à cheval et elle avait respecté à la lettre les ordres de Tavis selon lesquels elle devait rester à ses côtés à tout moment. Il y avait tellement de choses à regarder qu'il était difficile de ne pas se laisser divertir !

Ils empruntèrent bientôt une rue beaucoup plus calme et s'arrêtèrent devant une auberge. Tavis l'aida à descendre de cheval, et Dougal amena avec précaution le chariot dans la cour de l'auberge où des hommes allaient monter la garde pendant la nuit.

Elle avait certainement l'air d'une paysanne après un tel périple, pourtant, lorsque Tavis annonça au tenancier qui elle était, il obtint la meilleure chambre pour elle et son amie. Elle oubliait parfois que le nom MacLerie suffisait à ouvrir toutes les portes… Tavis les accompagna jusqu'à leur chambre et Iain leur apporta tout le nécessaire. On leur avait promis un bain. En montant l'escalier qui menait à l'étage où se trouvaient deux petites chambres, Ciara s'imaginait déjà en train de se glisser dans un baquet rempli d'eau fumante.

— Il y a une chambre pour Elizabeth et toi, et l'autre pour Cora et les malles, expliqua Tavis alors que ses hommes étaient en train de monter les affaires.

Ciara acquiesça.

— On pourrait peut-être aller faire une petite promenade en ville dès que nous serons tous installés ? Il y a tant de choses intéressantes à voir, dit-elle.

— Tu as vu les étals en passant ? renchérit Elizabeth. Ce serait un vrai plaisir d'aller voir cela de plus près.

Toutes deux se mirent alors à déverser des flots de paroles

sur toutes les choses qui avaient attiré leur attention en chemin. Ciara s'était déjà rendue dans des villes comme Glasgow ou Edimbourg, mais ce n'était pas le cas d'Elizabeth. Il fallait absolument faire cette excursion ! Pourvu que Tavis leur donne son accord… Ce dernier gardait le silence en faisant les cent pas. Enfin, il leva la main pour leur demander de cesser leurs bavardages.

— Très bien, capitula Tavis. Les rues ne sont pas encore trop bondées pour la fête de la Saint-Michel, nous pouvons donc nous octroyer une petite promenade sans craindre pour votre sécurité. Installez-vous confortablement, je vais prévenir les hommes.

Ciara et Elizabeth étaient tellement excitées qu'elles avaient même réussi à communiquer leur agitation à la placide Cora. Celle-ci avait quelques pièces de monnaie en sa possession et comptait bien s'offrir un petit quelque chose. Elizabeth et Ciara avaient également un peu d'argent sur elles et avaient la permission d'acheter ce qui leur ferait plaisir. Quelques heures fort agréables en perspective… Ciara était heureuse de cette distraction, qui éloignait pour un temps sa mélancolie.

L'excursion tint ses promesses. Les trois hommes qui les accompagnaient s'étaient laissés aller à l'enthousiasme général et allaient parfois jusqu'à leur suggérer tel ou tel achat. Alors que Ciara avait craint de les voir rester entre eux, comme Tavis l'avait fait ces jours derniers.

Lorsqu'ils furent de retour à l'auberge, le dîner venait juste d'être servi. Les conversations allaient bon train et Ciara savourait avec gourmandise les bons plats chauds et parfumés qu'on leur avait préparés. Elle passa une charmante soirée, ainsi entourée de proches qu'elle connaissait depuis l'enfance. Elle profita d'autant mieux de la soirée qu'elle savait qu'elle allait bientôt quitter les MacLerie pour commencer une nouvelle vie avec les Murray.

Elle avait beau être d'humeur gaie, cette perspective ne l'enchantait guère. Etait-ce là son destin ? Allait-elle toujours passer d'une famille à une autre ? Pourquoi aucun clan ne voulait-il la garder ? Peut-être était-elle trop différente ? Elle avait si peu de souvenirs de l'époque où elle avait vécu à Dunalastair dans la famille de sa mère. Tout ce qu'elle gardait à la mémoire, c'étaient les dernières années qu'elle avait passées parmi les MacLerie. Or, ses parents s'étaient efforcés pendant ces années de la rendre attrayante pour un autre clan… Pourquoi n'y avait-il jamais eu de discussions en vue d'un mariage avec un homme originaire de Lairig Dubh ? Ce genre d'union au sein du clan était pourtant courante. Et c'était incontestablement le seul endroit sur terre où elle se sentait véritablement chez elle…

Trêve de nostalgie ! Ciara n'avait pas envie de verser une seule larme ce soir car l'émotion risquait de la submerger totalement. Elle regarda autour d'elle et s'aperçut que la plupart des autres convives de l'auberge étaient allés se coucher.

A leur tour, Ciara et Elizabeth montèrent dans leur chambre. Le bain fumant et parfumé que Cora lui avait préparé se révéla très efficace pour soulager ses multiples douleurs, mais il ne vint pas à bout de ses peines de cœur. Des larmes coulèrent librement sur ses joues avant de disparaître dans l'eau du bain. Ciara pleura en silence la perte de son amour. Elle pleura quelque chose qui n'avait jamais existé. Qui ne pourrait jamais exister.

Au demeurant, elle se rendait compte maintenant que Tavis avait vu juste. En fait, elle avait joué à l'aimer pendant toutes ces années. Une vénération de petite fille, certes, mais dont elle avait eu tant de mal à se défaire. Et aujourd'hui, alors qu'elle pensait pouvoir aller de l'avant et avait accepté qu'il ne partage pas ses sentiments, voilà qu'elle apprenait par un regard lourd de sens qu'il l'aimait !

— Maudit soit-il ! murmura-t-elle en frappant rageusement du poing la surface de l'eau.

Chapitre 7

Tavis avait ordonné à tous les membres du convoi de rester groupés car la route qui menait de Crieff à Perth était très fréquentée. Perth était une ville royale et c'était là que se concentraient la plupart des échanges commerciaux avec le continent. La cité attirait également beaucoup de pèlerins en raison des nombreux ordres religieux qui s'étaient établis dans les petites villes environnantes. Edouard d'Angleterre s'était emparé de la ville par le passé, mais Robert Bruce était depuis parvenu à la reprendre. Ce qui expliquait que Perth possédât les murailles de défense les plus impressionnantes de toute l'Ecosse.

Ils approchaient maintenant de l'imposant rempart flanqué de plusieurs tours et allaient bientôt franchir une porte d'entrée. Tavis comptait s'arrêter en ville pour manger avant de reprendre la route vers le sud-est afin de rejoindre les terres de la famille Murray. Comme le temps était relativement clément, il avait prévu d'atteindre leur destination dans la journée.

Alors que leur troupe traversait la ville, Ciara et Elizabeth rivalisaient d'enthousiasme. Elles ne savaient visiblement plus où donner de la tête et poussaient sans cesse des petits cris admiratifs. Cela le fit sourire, à son corps défendant.

En fin de compte, il ne lui serait pas très difficile de venir de temps à autre dans cette ville lorsque Ciara serait mariée à James Murray. Diable ! Pourquoi fallait-il qu'il oublie tout sens de l'honneur dès qu'il s'agissait de Ciara. Il chassa immédiatement la tentation de son esprit. Il fallait la laisser partir. La laisser vivre sa vie.

A partir d'aujourd'hui, il comptait bien s'y tenir. A jamais. Ne restait plus qu'à la mener à bon port. Il avait envoyé Dougal en éclaireur pour prévenir les Murray de leur arrivée imminente. Après un rapide déjeuner qu'ils feraient de l'autre côté de la ville, ils n'auraient plus beaucoup de trajet à parcourir. Le voyage touchait à sa fin, et Tavis ne pouvait se défendre d'un sentiment de tristesse au fur et à mesure que la distance qui les séparait du clan Murray s'amenuisait.

— Tu as l'air plongé dans tes pensées. Tout va bien ? demanda Ciara qui venait de le rejoindre à cheval.

— Tout va bien, répondit-il, d'une voix qu'il espérait sereine.

— Tu es déjà venu ici par le passé ? l'interrogea-t-elle tout en gardant les yeux sur la route et les gens qui marchaient sur le bas-côté.

— Oui, une fois, il y a bien des années. Avec Duncan. Nous nous rendions à Edimbourg pour rencontrer les ministres du roi au sujet d'un accord commercial. Nous sommes passés ici, puis nous avons gagné Dundee avant de prendre le bateau pour rejoindre Edimbourg. Je suis sûr que cela te plaira beaucoup de vivre en bord de mer, Ciara.

Bon Dieu ! Cela ne s'arrêterait-il donc jamais ? Pourquoi se préoccupait-il constamment de ce qui lui plaisait ou la rebutait ? Elle aimait l'eau depuis toujours. Elle adorait les bateaux. Et alors ? C'était à James Murray de s'en soucier désormais.

— James m'a dit qu'il habitait au nord du fleuve Tay, juste avant qu'elle ne s'élargisse et ne se jette dans la mer.

— C'est vrai. Tu sais, ton père se rend à Edimbourg

plusieurs fois par an. Ce n'est pas très loin d'ici, il pourra facilement passer te voir, fit remarquer Tavis.

— Ce n'est pas vraiment mon père, Tavis, chuchota-t-elle.

A ces mots, Tavis sentit son corps se raidir brusquement et son cheval fit aussitôt un écart, en direction de Ciara. Heureusement, elle garda sans peine le contrôle de sa monture et parvint à éviter le choc.

— Duncan t'a élevée comme sa propre fille.

Ciara ne répondit rien et il vit qu'elle avait les larmes aux yeux. Avant qu'il ait pu esquisser un geste de réconfort, elle reprit d'une voix heurtée :

— J'ai passé cinq ans parmi les Robertson et treize ans parmi les MacLerie. Tu penses que les Murray vont réussir à me garder plus longtemps ?

La douleur de la jeune femme l'atteignit de plein fouet. Un tel sentiment d'abandon, une telle souffrance transparaissaient dans ces propos ! Elle pensait donc que les clans la rejetaient l'un après l'autre ? Les paroles de Iain Robertson lui revinrent tout à coup à la mémoire. Que savait Ciara au sujet de ses origines ? Rien. De là venait sans doute son sentiment d'insécurité. Tout d'un coup, Tavis voyait les choses sous un nouveau jour.

La curiosité insatiable dont elle faisait preuve et les nombreux talents qu'elle possédait allaient dans le même sens, au fond… En dépit des apparences, elle n'était pas une jeune femme pleine de confiance en elle, elle était, au contraire, une jeune fille inquiète qui faisait de son mieux pour se rendre indispensable aux yeux de son beau-père, pour l'inciter à la garder auprès de lui.

Que pouvait-il répondre pour la détromper ? Quels mots pouvait-il employer pour lui démontrer qu'elle était une femme admirable, sans laisser transparaître la force des sentiments qu'elle lui inspirait ?

Heureusement pour lui, ils arrivaient déjà au dernier pont

qu'ils devaient traverser pour quitter la ville, et un de ses hommes venait de l'appeler pour payer le droit de passage. Le temps pour eux de passer le pont et de sortir de la ville, Tavis s'aperçut avec un certain soulagement que Ciara était à présent en pleine conversation avec Elizabeth.

Lorsqu'il reporta son regard sur la route, il sentit son cœur se serrer douloureusement. Les hommes partis en éclaireurs étaient de retour et venaient à leur rencontre. D'autres hommes les accompagnaient. James Murray était parmi eux. Et voilà, le moment était venu de se mettre en retrait.

Dès qu'ils furent à portée de voix, Tavis les héla. Puis il arrêta son cheval pour saluer le jeune Murray, comme il se devait. James ne prêta aucune attention à lui et se dirigea directement vers Ciara. Il descendit de cheval d'un bond et prit aussitôt sa main qu'il embrassa avec fougue. Il garda sa main dans la sienne et lui parla à voix basse. Tavis sentit une rage violente l'envahir. Cet imbécile de Murray semblait avoir complètement oublié le monde qui l'entourait. Maudit soit-il !

Ciara se sentait rassurée. Elle appréciait beaucoup les galantes manières de son futur époux. Et notamment l'accueil chaleureux qu'il avait réservé à Elizabeth et Cora. La bonne humeur de son fiancé avait au moins le mérite d'apaiser un peu sa peine.

Depuis qu'elle s'était épanchée auprès de Tavis, Ciara se sentait vulnérable et à fleur de peau. C'était la première fois qu'elle confiait son amertume. Elle n'en avait jamais parlé jusque-là. Pas même à sa mère, ni à sa meilleure amie. C'était déjà bien assez difficile à admettre envers soi-même.

Et ce voyage chargé en émotions n'avait rien fait pour alléger son humeur chagrine ! Elle avait le cœur gros après tous les changements qu'elle avait dû affronter ces derniers jours.

— Etes-vous fatiguée après ce long voyage à cheval, Ciara ? demanda James alors qu'il enfourchait sa monture.

Son cheval était magnifique. Ciara rêvait d'empoigner les rênes d'une telle monture !

— Non, monsieur, les routes étaient très praticables aujourd'hui et le temps tout à fait clément.

James rit de bon cœur et hocha la tête.

— Cela vous plairait de prendre de l'avance en ma compagnie ? Quelques kilomètres seulement nous séparent de chez moi, expliqua James en montrant l'horizon du menton.

Ciara chercha Tavis des yeux, mais Cora répondit :

— Quelle merveilleuse idée, Ciara ! Pars donc en avant avec le jeune lord. Nous ne serons pas très loin.

— Eh bien, venez alors, demoiselle. Vous, dit-il en s'adressant à Tavis, vous êtes le responsable de ce convoi ?

— C'est bien moi, lord Murray, répondit Tavis.

Tavis avait parlé d'un ton neutre, pourtant Ciara nota aussitôt la tension dans sa voix.

— Arrangez-vous pour amener les femmes et le chariot sans incident jusqu'au château. Lorsque vous parviendrez à une fourche, prenez à gauche et traversez le village.

Ciara tressaillit. James traitait Tavis comme un vulgaire domestique ! Jamais elle n'avait entendu qui que ce soit lui parler de la sorte. Son oncle Connor le tenait en très haute estime et lui accordait toute sa confiance. Pourtant, aux yeux de James et des autres, il n'était qu'un homme de main, censé obéir à leurs ordres. Ils n'étaient plus chez les MacLerie. Ici, dans les plaines d'Ecosse, les traditions n'étaient pas les mêmes et la notion de famille ne semblait pas avoir le même sens qu'au sein des clans des Highlands. Néanmoins, elle dut serrer les lèvres pour se retenir de remettre vertement James à sa place.

Déjà, il lui adressait un large sourire et elle le suivit sans rien dire. Instinctivement, elle fit en sorte de rester juste derrière lui, alors qu'elle aurait pu le dépasser sans aucun problème.

Arrivés à la fourche, ils s'engagèrent sur le chemin de gauche, pour parvenir au village dont James avait parlé à Tavis. James ralentit l'allure dès qu'ils pénétrèrent dans les rues étroites, puis, une fois passé les dernières chaumières, il accéléra de nouveau avant de gravir la colline qui menait au château. Le chemin était assez escarpé mais ne posait pas de difficultés pour un cavalier, en revanche, il faudrait un certain temps au chariot pour grimper jusqu'au sommet de la colline.

Ciara regarda les alentours avec attention. C'est ici qu'elle vivrait bientôt. Les Murray habitaient une demeure en pierre entourée d'une petite muraille. La teinte gris sombre qui prédominait lui sembla un mauvais présage. Elle n'aurait su dire pourquoi mais elle ne se sentait pas la bienvenue… Pourtant, cette maison n'avait rien de particulier. Elle était de dimensions trop modestes pour être qualifiée de château, mais était néanmoins protégée pour éviter toute intrusion. Ciara eut immédiatement envie de la détester.

James la précéda pour franchir la porte qui perçait la muraille. Ils pénétrèrent alors dans une petite cour située devant la maison. Lord et lady Murray se tenaient déjà devant la porte d'entrée et leur firent signe de la main. Ciara les salua aussitôt et arrêta son cheval à quelques mètres. Un domestique accourut pour prendre les rênes de son cheval, et James, qui se trouvait déjà à son côté, l'aida à descendre. La rencontre avec sa future famille la rendait nerveuse, pourtant elle parvint à conserver tout son calme. En apparence, du moins.

Courage, elle devait avoir une conduite irréprochable. C'était ce que ses parents et le laird attendaient d'elle.

Seulement, plaire à ses beaux-parents ne serait sans doute pas aisé. La première fois qu'elle avait rencontré les Murray, Ciara avait clairement remarqué qu'ils déploraient l'oreille attentive que ses parents lui prêtaient. Ils avaient visiblement été choqués de voir que ces derniers la consultaient avant de prendre des décisions importantes la concernant. Ciara avait surpris leurs regards et leurs petites moues.

Aujourd'hui, la scène se répétait. Elle avait parfaitement conscience qu'ils étaient en train de la détailler de la tête aux pieds, comme pour percer à jour ses travers et ses défauts. Par ailleurs, bien qu'elle fût riche et d'un clan puissant, ses origines ne plaidaient pas en sa faveur. Pour les Murray, elle n'était qu'une fille des Highlands, cette terre de sauvages. Le menton haut, Ciara épousseta sa robe et en lissa les plis. A son côté, elle sentait le regard de James posé sur elle.

— Prenez le temps de reprendre votre souffle, Ciara. Cette colline donne du fil à retordre même aux meilleurs cavaliers, murmura-t-il. Ne vous inquiétez pas, vous êtes absolument ravissante.

Puis, avant qu'elle ait le temps de comprendre ce qui se passait, James s'était penché vers elle et l'avait embrassée, à l'abri derrière les chevaux. Quelle audace ! Certes, il lui avait à peine effleuré les lèvres, mais tout de même ! James Murray n'était peut-être pas aussi faible et à la merci de ses parents qu'elle l'avait cru… Il s'écarta aussitôt et lui offrit son bras pour aller saluer ses parents. En croisant son regard, Ciara lui sourit. En dépit de ses manières parfois prétentieuses de seigneur, elle aimait bien sa spontanéité.

— Mère. Père. Vous vous souvenez de Ciara MacLerie. Ses compagnons de voyage ne sont plus très loin et vont arriver d'ici peu.

— Monseigneur, ma dame, dit-elle en leur faisant la révérence.

Par prudence, Ciara attendit quelques secondes avant de

se relever. Ils pourraient interpréter tout geste comme une marque d'impertinence.

— Je tiens à vous remercier pour votre invitation, ajouta-t-elle. Mes parents, ainsi que le laird MacLerie vous présentent leurs sincères salutations et vous remercient de votre hospitalité.

Elle n'était peut-être pas la fille naturelle de Duncan MacLerie mais, à ses côtés, elle avait appris l'art de la diplomatie. Elle avait beaucoup écouté, observé et appris, si bien qu'aujourd'hui elle pouvait faire face à n'importe quelle situation, la tête froide. Son père serait fier d'elle, elle s'en était fait la promesse.

— Entrez donc, Ciara. Les domestiques s'occuperont de monter vos malles dès qu'elles seront arrivées, dit lady Murray en lui faisant signe de la suivre.

Eh bien, son statut d'invitée contrastait nettement avec la position de Tavis, considéré comme un sous-fifre au service du clan MacLerie. Pourquoi en était-elle aussi déstabilisée ? Il avait lui-même évoqué son rang inférieur à de nombreuses reprises. Cela n'aurait pas dû la mettre en colère.

Lady Murray la conduisit avec courtoisie jusqu'à une très grande chambre située au dernier étage. Elle devait la partager avec Elizabeth. Cora, quant à elle, dormirait dans la pièce attenante. Seigneur ! Sa propre chambre à Lairig Dubh était au moins deux fois plus petite et n'était certainement pas aussi luxueuse. Leurs caisses étaient peut-être vides, néanmoins les Murray vivaient dans un confort et un luxe peu communs…

Cela dit, la coutume exigeait d'offrir le meilleur à ses invités, tout spécialement lorsque ceux-ci étaient importants ou influents. On ne faisait pas tout cela pour elle, bien évidemment, mais pour honorer son beau-père et le laird. D'ailleurs, en y regardant de plus près, Ciara s'aperçut que les tapisseries avaient grand besoin d'être restaurées.

Et les couvre-lits étaient élimés par endroits. Quant au lit et aux meubles, ils avaient fait leur temps et réclamaient indubitablement de sérieuses réparations.

En apparence, tout avait été mis en œuvre pour lui faire bonne impression et l'inciter à accepter la proposition de mariage de James. Ciara soupira. Les Murray savaient que sa dot était très conséquente, alors même qu'elle ignorait la provenance de cet argent. Qui l'avait dotée, elle, la fille sans père ? La plupart des gens ne donnaient aucune importance au fait de savoir d'où lui venait cet argent, mais elle n'était pas de cet avis. Elle était sur le point d'épouser un homme et d'apporter une véritable fortune à sa famille, il était bien naturel de vouloir comprendre ce qui se tramait précisément sous les politesses et les sourires. Puisqu'on l'échangeait comme une marchandise, elle s'arrangerait au moins pour connaître tous les détails de la transaction.

Allons, elle aurait bien le temps de s'occuper de tout cela plus tard. Pour l'heure, il lui fallait apprendre à connaître son futur mari et essayer de faire bonne figure pour accomplir les souhaits de sa famille. C'était tout ce qui comptait. Inutile de se faire des illusions, elle savait d'ores et déjà qu'elle ne tomberait jamais amoureuse de James. Tout ce qu'elle désirait désormais, c'était s'assurer qu'elle supporterait de partager son existence avec lui.

Tavis guida le convoi jusqu'au manoir, la mort dans l'âme. Il avait un goût de cendre dans la bouche. Ciara et James devaient certainement avoir plus d'une heure d'avance sur eux, car le chariot progressait lentement.

Une nouvelle fois, il inspira lentement, soulagé que la tension qui l'habitait commence à retomber. Tout à l'heure, il avait été à deux doigts d'empoigner ce jeune freluquet et de le plaquer au sol. Bon sang ! Il savait tout de même ce qu'il avait à faire et n'avait pas besoin de recevoir d'ordres de la part de ce morveux ! Ses hommes avaient certainement remarqué sa mauvaise humeur, car aucun n'avait encore osé lui adresser la parole.

Enfin, ils arrivèrent à destination. Plusieurs hommes les attendaient. A peine avaient-ils pénétré dans la cour que des domestiques accoururent pour décharger le chariot et transporter les malles à l'intérieur. Tavis et ses hommes furent conduits dans un bâtiment qui se trouvait à l'arrière de la maison. C'était là qu'ils mangeraient et dormiraient.

A présent, il n'avait plus qu'à attendre. Ciara déciderait probablement dans les prochains jours si elle acceptait ou non d'épouser James Murray. Et comme il était hors de question de rester les bras croisés d'ici là, Tavis proposa à ses hommes de s'entraîner au combat. Il en avait bien besoin… Cela lui permettrait d'évacuer la colère qui bouillonnait en lui à l'idée de voir Ciara épouser un prétentieux comme Murray.

Malédiction ! Qui croyait-il tromper ? Le problème n'était pas Murray, c'était lui. Au fond, il s'en voulait de ne pas trouver le courage d'arracher Ciara à ce mariage de raison !

Chapitre 8

Tavis aurait bien aimé savoir s'ils allaient bientôt rentrer à Lairig Dubh. Seulement, il lui était impossible de le demander à Ciara pour la simple et bonne raison qu'il n'avait jamais l'occasion de lui parler en tête à tête. La famille Murray continuait à le traiter comme un simple domestique, il lui fallait donc une très bonne raison pour avoir accès à la maison principale. Aussi devait-il se contenter des quelques bribes d'informations qu'il lui arrivait d'obtenir par l'intermédiaire de Cora lorsqu'il avait la chance de la croiser… En quelques jours, il était devenu le spectateur lointain et fasciné de la vie de Ciara.

Chaque matin, il l'observait à la dérobée lorsqu'elle grimpait sur son cheval pour son excursion quotidienne en compagnie de James Murray. De même, lorsqu'elle partait se promener au village avec Elizabeth, il n'aurait manqué son passage pour rien au monde. Il ne la lâchait pas des yeux une minute dès lors qu'elle traversait son champ de vision. Après tout, cela faisait partie de sa mission, non ?

Néanmoins, il prenait bien garde d'être discret pour éviter de froisser la susceptibilité de la famille Murray, qui pourrait se sentir insultée si son petit manège venait à être repéré. Et puis, cela l'aidait à garder le contrôle, car il devait admettre que cette surveillance n'avait rien d'une corvée. Il y prenait bien trop de plaisir. D'ailleurs, mieux valait ne pas trop réfléchir à cet empressement qui le poussait à toujours la chercher du regard.

Un jour, alors qu'il combattait Iain dans la cour du manoir, il s'aperçut qu'elle était en train de l'observer. Lorsqu'il croisa son regard, elle lui décocha le même sourire qu'autrefois. Elle portait ce jour-là une robe lie-de-vin et elle n'avait pas couvert sa longue natte blonde, contrairement à la mode des Highlands. On aurait dit une jeune fille de la région. N'eût été son exceptionnelle beauté, elle semblait désormais se confondre avec les autres habitants de la demeure. Ce qui n'avait rien d'étonnant. Ciara cherchait manifestement à s'intégrer à tout prix dans cette famille. Elle faisait de son mieux pour se fondre dans le décor, et ce besoin forcené d'appartenance lui faisait mal pour elle.

Totalement déconcentré, il perdit légèrement l'équilibre. Le jeune guerrier qui l'affrontait profita aussitôt de cette seconde d'inattention. Il prit immédiatement le dessus et remporta le combat. Tavis le félicita en riant. Il avait bien mérité sa défaite. Puis il partit saluer Ciara, qui se tenait derrière la barrière. Il accepta la tasse d'eau qu'elle lui tendit.

— Tu as l'air d'aller au mieux, Ciara, dit-il avant de boire son eau d'un seul trait.

— Oui, je me sens plutôt bien. Est-ce que tu as eu des nouvelles de mon père ? demanda-t-elle en reprenant la tasse pour la lancer dans le seau d'eau qui se trouvait à ses pieds.

Ainsi, elle savait que Duncan restait en contact avec lui tout au long de ce voyage, au moyen de messages sommaires… Sans se faire prier, Tavis acquiesça.

— J'attends justement un messager d'ici peu. Je peux déjà te dire que tes parents sont rentrés à Lairig Dubh il n'y a pas très longtemps. Ils ont fait un voyage sans encombre.

Ils n'étaient pas partis très loin. Ils s'étaient simplement rendus sur des terres appartenant à Connor, puis étaient rentrés chez eux. Simplement pour donner le change.

— Tu veux lui faire parvenir une lettre ?

Ciara n'ouvrit pas la bouche et resta parfaitement immobile. Elle finit par se tourner vers le manoir puis regarda l'horizon fixement. C'était ce qu'elle faisait chaque fois qu'elle pesait le pour et le contre avant de prendre une décision difficile. Tavis garda le silence pour ne pas la distraire. Quelques instants plus tard, elle se tourna résolument face à lui. Elle arborait cet air très déterminé qu'il lui avait vu bien des fois.

— Fais-lui savoir que nous partirons d'ici à trois jours.

Tavis eut l'impression qu'on lui donnait un coup de couteau dans l'estomac. Ainsi donc, elle acceptait la proposition des Murray.

Elle croisa rapidement son regard et n'ajouta pas un mot. C'était à l'évidence sa manière de lui confirmer son prochain mariage, mais Tavis ne pouvait encore y croire.

— Si je comprends bien, tu acceptes de l'épouser ? demanda-t-il d'une voix rauque.

Si Ciara répondait par l'affirmative, cela scellerait à jamais leur destin. Ils devraient vivre séparément l'un de l'autre pour toujours !

— Tu lui as parlé ? insista-t-il, au bord de la panique, comme elle ne répondait toujours pas.

Ciara cligna rapidement les paupières, elle essayait visiblement de retenir ses larmes. Il détourna le regard pour lui laisser le temps de retrouver son sang-froid. Sans parler du sien. Bon sang, il avait envie de la prendre dans ses bras et de l'embrasser à perdre haleine. Elle ne pouvait pas épouser un autre homme ! Pas alors qu'il l'aimait. Pourtant, il garda le corps raide. En réalité, il comprenait toutes les raisons qui la poussaient à accepter cette union. Absolument toutes. Et il les détestait toutes…

— Oui, Tavis. J'ai parlé à James ce matin et, de son côté, il est en train de l'annoncer à ses parents en ce moment même.

Tavis inspira profondément, pour chasser le brouillard

de son esprit. Il hocha plusieurs fois la tête sans lever les yeux vers elle. Il se prépara à dire les choses qu'elle avait forcément besoin d'entendre dans un pareil moment.

— Ses parents sont d'accord ? demanda-t-il d'une voix qui résonna étrangement à ses propres oreilles.

— Il semble. En m'acceptant, ils vont pourtant devoir faire une croix sur leur belle lignée qui, à les écouter, remonterait jusqu'aux souverains de l'ancien royaume de Moray... En même temps, leurs caisses sont si désespérément vides qu'ils veulent bien ne pas tenir compte de mes origines.

— Ciara !

En dépit de sa tristesse, il ne put retenir un sourire. Cela l'amusait toujours beaucoup d'entendre Ciara dire des horreurs avec son petit air de ne pas y toucher.

Il allait reprendre la parole lorsqu'il vit, du coin de l'œil, lady Murray qui se dirigeait droit sur eux. Il se mit spontanément en retrait.

— Je vais de ce pas prendre les dispositions qui s'imposent.

Hélas, Ciara n'avait visiblement pas vu lady Murray arriver et elle l'arrêta en agrippant sa main. Ce simple contact le réchauffa, mais c'était une erreur... Il était préférable de garder une certaine distance entre eux. Il n'essaya pourtant pas de se dégager. Il n'en avait pas la force. Et puis, il devait lui laisser une chance de dire ce qu'elle avait sur le cœur.

— Parle-moi, Tavis. Dis-moi ce que tu penses de tout cela. Ai-je fait le bon choix ?

Le désespoir qui transparaissait dans sa voix tremblante l'anéantit. Dieu ! Il mourait d'envie de la prendre dans ses bras pour l'emmener très loin de là, en pleine montagne, et la garder pour lui, à tout jamais. Pourtant, au lieu d'écouter son instinct, il se rappela son devoir, la mission que le laird et son clan lui avaient confiée.

— Cette union me paraît une bonne chose pour toi, Ciara.

Vous avez l'air de bien vous entendre et vous partagez de nombreux points communs.

— Ah oui, les chevaux.

— Qu'est-ce que tu veux dire ?

— Cela n'a pas d'importance, Tavis. Nous savons très bien tous les deux à quoi nous en tenir, alors cesse de vouloir me rassurer à tout prix. J'ai juste besoin de savoir si je suis capable d'aller jusqu'au bout.

Elle avait raison, elle méritait qu'il fasse preuve de la même franchise qu'elle.

— Par ce mariage, les MacLerie vont gagner un accès à un port prospère et vont pouvoir commercer avec un tas d'autres pays. Les Murray vont recevoir ta dot, ce qui leur permettra de remettre en état leurs fermes, leurs villages et leurs terres. James va épouser une femme parfaitement éduquée et pleine de talents. Et toi, tu vas épouser un homme qui paraît ravi de partager sa vie avec toi.

Il s'interrompit et perçut une lueur d'espoir dans ses yeux. Il venait d'accomplir la tâche la plus difficile de toute son existence, et lady Murray était déjà presque arrivée à leur hauteur.

— Tu es tout à fait capable d'aller jusqu'au bout, Ciara. Et tu devrais le faire, murmura-t-il, tandis qu'il sentait quelque chose se briser dans sa poitrine.

— Vous voilà, Ciara ! James vient de nous apprendre la nouvelle. Nous allons célébrer l'événement en organisant une petite fête ce soir.

Et sans un regard pour lui, lady Murray emmena Ciara par le bras.

— Venez, nous allons discuter du repas et des dispositions à prendre pour vous accompagner jusqu'à Larg… Larg… Chez vous, je veux dire.

— Lairig Dubh, lady Murray, dit Ciara d'une voix

ferme. Si vous roulez un peu votre langue, c'est plus facile à prononcer, vous savez.

Ciara se tourna légèrement vers lui et il lui sourit. Même aux pires moments de son existence, elle ne perdait rien de son humour. Ciara fit une courte pause et le regarda droit dans les yeux.

— Je te remercie pour tes conseils avisés, Tavis.

Il accepta ses remerciements d'un simple hochement de tête. Les paroles qu'ils venaient d'échanger lui revinrent brutalement à la mémoire. La colère et la frustration se mirent à bouillir dans ses veines. Il lui fallait absolument penser à autre chose. Il demanda à plusieurs guerriers du clan Murray qui l'avaient regardé combattre quelques instants plus tôt s'ils acceptaient de se mesurer à lui.

Quelques heures plus tard, alors qu'il était sorti victorieux de tous ses combats et qu'il avait envoyé la plupart de ses adversaires patauger dans la boue, Tavis jeta l'éponge, le corps agréablement endolori, mais pas encore suffisamment pour rivaliser avec la douleur qui lui vrillait le cœur.

Les célébrations avaient déjà commencé dans le manoir. Heureusement, il n'avait pas été convié…

Ce n'était pas à proprement parler la grande et joyeuse fête à laquelle Ciara aurait pu s'attendre mais elle ne s'en plaignait pas, car cela correspondait bien mieux à son état d'esprit.

Elle était assise entre James et ses parents. Ils venaient de lever leurs verres et de porter un toast à leur bonheur à venir, à un mariage fécond. On leur souhaitait visiblement quantité de bonnes choses mais elle n'entendait presque rien. Son esprit était entièrement accaparé par les mots que Tavis avait prononcés quelques heures plus tôt.

Des mots marqués au sceau du bon sens, qui manquaient

pourtant terriblement de conviction. Elle avait tellement besoin d'y croire cependant ! A sa manière, Tavis lui avait assuré qu'il ferait son devoir et que, dans cette histoire, il fallait penser au bien de tous. Finalement, peu importait ce dont ils avaient envie tous les deux…

Lorsqu'elle avait quitté Tavis et était rentrée au manoir, lord Murray l'attendait, en compagnie d'un prêtre. Comme dans un rêve, elle les avait suivis pour procéder à la signature du contrat de mariage qui avait été au préalable rédigé de la main de Duncan. Une fois ces formalités terminées, le mariage était devenu tout à fait officiel.

A peine attablée, Ciara s'était aussitôt mise à boire. Déraisonnablement. Il n'y avait que cela à faire : il lui semblait qu'elle ne ressentirait plus jamais rien, hormis cette douleur lancinante dans la poitrine. Alors, autant l'anesthésier elle aussi. Elle se trouvait à côté de l'homme qui allait devenir son mari dans quelques petites semaines et elle ne ressentait… rien. Comme elle allait demander à un domestique de lui remplir son verre de nouveau, James intervint :

— Prenez garde. Ce vin est bien plus fort que la bière que vous buvez habituellement dans les Highlands.

Ciara lui adressa un large sourire. Elle n'avait cure de ses mises en garde. Elle voulait boire jusqu'à l'ivresse, jusqu'à l'inconscience pour ne plus avoir à supporter tout cela. Elle avala deux bonnes gorgées d'affilée, si bien que son verre fut vide une nouvelle fois.

— Je vous remercie de votre sollicitude, James, dit-elle en reposant son gobelet. J'avoue que je suis épuisée.

Il posa alors la main sur la sienne avec douceur. James la regardait d'un air bienveillant, et soudain, elle eut une vision fugace de l'existence qu'elle allait mener aux côtés de son mari. Une petite vie agréable, sans drame, sans envergure. Jamais elle ne retrouverait auprès de James l'intensité des regards que lui lançait Tavis, ni les frissons qui la parcouraient dès qu'il la touchait. Ciara n'était pas dupe, elle savait bien que James ne l'épousait pas pour elle, mais pour tout ce qu'elle apportait à sa famille. Son mari serait affectueux, prévenant, gentil avec elle mais il ne l'aimerait pas. Pas plus qu'elle ne l'aimerait.

Ce que Ciara redoutait le plus au monde était sur le point de se produire. Elle n'allait pas faire un mariage d'amour en définitive. Elle ne connaîtrait pas le bonheur de ses parents…

En dépit de son jeune âge à l'époque, Ciara se souvenait avec précision de l'arrivée de Duncan à Dunalastair et de sa rencontre avec sa mère. Follement épris l'un de l'autre, ils s'étaient rapidement mariés et s'étaient installés à Lairig Dubh, tout auréolés de leur amour. Elle aurait tant voulu connaître le même bonheur !

— Puis-je vous accompagner jusqu'à votre chambre ? demanda James.

Ciara parcourut la table des yeux et vit que Cora et Elizabeth s'étaient déjà retirées. Maintenant qu'ils étaient officiellement promis l'un à l'autre, la proposition de James n'avait rien de choquant. Elle accepta donc et se leva.

Ils quittèrent la salle de réception côte à côte, puis montèrent en silence l'escalier qui menait à sa chambre. Une fois sur le palier, ils s'arrêtèrent devant sa porte. Alors que Ciara allait soulever le loquet, James l'attrapa par la main et l'attira vers lui. Il lui prit doucement le visage entre les mains pour l'embrasser. Cette fois, c'était bien plus que le baiser fugitif qu'il lui avait donné quelques jours auparavant. Celui-là scellait leur avenir. Il pencha la tête et pressa sa bouche contre la sienne.

Ciara ferma les yeux et se laissa faire, à l'affût du sentiment de transcendance dont les autres femmes parlaient toujours lorsque le sujet était évoqué. Hélas, rien ne se produisit, tandis qu'il venait caresser sa langue de la sienne. James entrelaça leurs doigts et l'attira tout contre lui. Il était plus grand qu'elle et leurs corps s'épousaient à merveille.

A ce moment-là, Ciara eut la certitude que jamais elle ne connaîtrait avec lui l'enchantement dont elle avait tant entendu parler. Les baisers de James étaient plaisants, mais elle n'avait nullement envie d'en réclamer d'autres et n'éprouvait pas ce sentiment de manque, ce désir de… De quelque chose de plus qu'elle avait si souvent éprouvé avec Tavis, sans même qu'il la touche. L'explosion de chaleur qu'elle avait ressentie au plus profond de son être en voyant Tavis complètement nu au bord du ruisseau n'avait pas eu lieu cette fois.

Peut-être avait-elle simplement trop bu ? Le vin lui avait sans doute émoussé les sens… Peut-être que tout cela était en fait bien plus grisant qu'elle ne le croyait ?

James finit par relâcher son étreinte. Il l'embrassa rapidement sur la joue et le front avant de reculer légèrement. Pourvu qu'il n'ait pas deviné ce qu'elle avait véritablement ressenti durant cette étreinte ? De son côté, avait-il été submergé par un désir ardent ? Sans doute pas. Ses grands yeux bleus paraissaient calmes. Il lui prit les mains pour les embrasser une dernière fois avant de descendre rejoindre ses parents et murmura :

— Passez une bonne nuit, Ciara.

— Vous aussi, James, répondit-elle alors qu'elle soulevait le loquet de la porte pour entrer dans sa chambre.

Ciara marcha à pas de loup pour éviter de réveiller Cora, qui était profondément endormie, comme l'attestait le ronflement régulier qui provenait de la pièce attenante où celle-ci était logée.

Elle avait presque fini de traverser l'antichambre lorsqu'elle se rendit compte qu'elle avait oublié son châle en bas, sur le dossier de sa chaise. Jocelyne, la femme du laird, lui en avait fait cadeau juste avant son départ, elle y tenait donc beaucoup et ne voulait pas prendre le risque de le perdre. Elle revint aussitôt sur ses pas en silence, sortit de la chambre sur la pointe des pieds et descendit l'escalier qui menait au rez-de-chaussée. Elle se trouvait devant la porte de la salle de réception et était sur le point d'entrer lorsque la voix de James retentit. Elle se figea sur place et demeura interdite, tandis qu'une sueur froide lui glaçait tout le corps.

— En tout cas, elle n'embrasse pas comme j'aurais pu m'y attendre de la part de la fille de « Robertson la catin » !

Chapitre 9

Ciara eut l'impression que le monde s'écroulait sous ses pieds. Elle chancela et prit appui contre le mur.

— Bon sang ne saurait mentir, James, tu y trouveras vite ton compte ! Tu vas devenir le plus heureux des hommes avec une telle femme dans ton lit !

Ceux qui partageaient leur table éclatèrent de rire et Ciara sentit la nausée l'envahir. Lord Murray fit une courte pause avant de continuer plus bas, cette fois au seul bénéfice de James. Mais, depuis sa cachette juste derrière eux, Ciara les entendait distinctement.

— D'après ce qu'on m'a dit, elle avait mis trois ou quatre hommes dans son lit la nuit où son père l'a trouvée ! Tous des notables, donc on sait au moins que sa fille a du sang noble qui coule dans ses veines, même si, après un tel scandale, personne ne l'a jamais reconnue…

A ces mots, Ciara eut un hoquet d'effroi. Elle se couvrit aussitôt la bouche pour ne pas trahir sa présence.

— J'ai entendu dire que le vieux laird Robertson, son père, l'a trouvée nue comme un ver et complètement ivre en train de prendre du bon temps. Et sous son propre toit ! Vu les circonstances, il aurait été en droit de lui réserver un châtiment bien pire… Pourtant, il s'est contenté de lui raser la tête, puis l'a chassée du château et l'a bannie pour plusieurs années. Mais le laird qui lui a succédé, le propre frère de Marian Robertson, lui a permis de revenir vivre parmi les siens après la naissance de sa fille. Ciara n'était d'ailleurs plus un bébé à proprement parler à l'époque.

Les yeux secs, la respiration bloquée, Ciara entendait tout cela sans vraiment le comprendre. Parlaient-ils de… sa mère ? Etait-ce seulement possible ? Toute cette histoire était impensable, cependant ils en parlaient avec une telle assurance ! Ce ne pouvait être la vérité ! Ciara essuya rageusement les larmes qui avaient enfin coulé sur ses joues et tendit l'oreille pour essayer d'en entendre davantage. Elle devait démêler le vrai du faux…

Cette fois, ce fut James qui prit la parole, d'une voix visiblement choquée :

— Père, je dois avouer que j'avais espéré mieux. Je ne connaissais pas toute l'histoire. Jamais je n'avais imaginé une seule seconde que j'épouserais la fille d'une… d'une putain. J'apprécie Ciara, mais je n'ai pas envie d'une femme qui me fera cocu avec le premier venu dès que j'aurai le dos tourné.

Ciara se mit à trembler de tous ses membres et manqua s'effondrer. Son fiancé l'insultait à son tour. Elle aurait voulu sauter à la gorge de ces menteurs. A la place, elle s'enfonça les ongles dans la paume jusqu'au sang pour retrouver un semblant de sang-froid.

— Nous avons vraiment besoin de sa dot, James. Tu le sais bien, expliqua lord Murray. Et ses liens avec son oncle et son beau-père nous seront également très utiles.

— Oui, père. Je sais tout cela. Cela fera toute la différence entre un échec complet et une réussite…

— Dans ce cas, tu comprends. Qu'elle soit vierge ou pas, ce n'est pas ce qui nous préoccupe dans cette affaire. Qu'elle soit la fille d'une putain ou d'une sainte n'a absolument aucune importance. Le laird du clan MacLerie assure qu'elle est pure, mais j'en doute fort lorsqu'on voit la façon dont ce garde lui tourne autour. Pourtant, cela non plus ne doit pas avoir d'importance, ajouta posément lord Murray.

Comment ? Ils la pensaient déshonorée, l'insultaient, et l'acceptaient tout de même dans leur propre famille ? Tout cela pour son argent ! Ciara tombait des nues. Une violente nausée la submergea.

— Je vais te donner un bon conseil, James. Profite des avantages que tu as à gagner dans ce mariage et profites-en bien. Un jeune homme comme toi trouvera certainement bien du plaisir auprès d'une femme comme celle-là.

Elle entendit ensuite des gobelets tinter. Ils n'étaient quand même pas en train de trinquer ? Abasourdie, hagarde, Ciara n'était pas en mesure de faire un pas. Elle resta là, immobile, dévastée pendant plusieurs minutes.

Bientôt, des pieds de chaises grincèrent sur le sol. Les hôtes quittaient la pièce ! Enfin tirée de son hébétude, Ciara regarda rapidement autour d'elle et aperçut une petite alcôve dans laquelle elle se réfugia précipitamment. Il lui faudrait rester tapie en attendant leur passage.

Ciara essaya en vain de discerner la vérité au milieu de tout le fatras de mensonges qui venaient d'être proférés. Finalement, elle resta prostrée dans sa cachette un long moment après avoir entendu James et son père monter dans leurs chambres. Elle était anéantie. Qu'attendait-elle ? De voir si ce qu'elle avait entendu prenait finalement sens, ou si en patientant quelques minutes supplémentaires, toutes ces horreurs finiraient par disparaître ?

Seigneur ! Combien de temps allait-elle rester ainsi prostrée ? Elle devait réagir, se ressaisir…

Toutes ces rumeurs sordides, était-ce la raison pour laquelle ses parents s'étaient arrangés pour ne pas l'accompagner jusqu'ici en prétextant une affaire urgente ? Craignaient-ils, par leur simple présence, de remuer les cendres d'un passé peu glorieux ? S'agissait-il seulement de rumeurs ?

Son esprit était en ébullition. De vieux souvenirs ne cessaient de perturber le cours de ses pensées. Ciara avait envie de hurler sa douleur. Si au moins il avait fait jour, elle aurait enfourché son cheval et serait partie galoper au grand air. Cela lui permettait généralement d'y voir plus clair et l'aidait à réfléchir. Peut-être devait-elle demander à Elizabeth ? Non, elle était trop jeune. Mieux valait s'adresser à Cora, pour savoir quelle part de vérité il y avait dans tout cela ? Comment allait-elle s'y prendre pour aborder un sujet pareil ? James et son père avaient raconté de telles abominations ! Et puis à quoi bon ? Cora était au service de Jocelyne depuis de nombreuses années et n'irait pas lui révéler la moindre information alors qu'on lui avait sûrement intimé l'ordre de ne jamais en parler.

Il ne lui restait qu'une personne vers qui se tourner. Une personne susceptible de connaître la vérité. Une personne de confiance.

Tavis.

Connaissait-il la vérité ? Et si tel était le cas, comment avait-il pu la lui cacher depuis toutes ces années ? Tout cela n'avait aucun sens !

Ciara se pencha légèrement, risqua un coup d'œil et tendit l'oreille pour détecter une présence éventuelle. Comme aucun bruit ne lui parvenait, elle gagna rapidement les cuisines qui donnaient directement dans la cour. Le châle qu'elle avait oublié à table lui aurait été d'un grand secours, songea-t-elle en s'apercevant que la température s'était rafraîchie maintenant qu'il faisait nuit. Mais il était hors de question de retourner à l'intérieur. Elle contourna la maison d'habitation principale et se dirigea vers le bâtiment où Tavis et ses hommes étaient logés.

Ciara était tellement préoccupée qu'elle ne regarda pas devant elle et ne vit donc pas Tavis qui se tenait juste à l'entrée de l'habitation, dans l'obscurité. Elle allait ouvrir la porte lorsqu'il l'arrêta net.

— Où vas-tu comme cela, Ciara ?

Elle eut aussitôt un mouvement de recul. Qu'est-ce qu'elle avait eu peur ! Il lui fallut quelques instants avant de recouvrer ses esprits.

— Je te cherchais, Tavis. Il fallait… Il faut que je te parle, dit-elle d'une voix hachée.

Comment faire pour lui poser les questions qui lui brûlaient les lèvres ? Où trouver la force de parler des atrocités qu'elle avait entendues ?

— La dernière fois que nous avons eu une conversation privée ensemble, Ciara, les choses ne se sont pas vraiment bien passées entre nous. Peut-être que tu devrais d'abord t'octroyer une bonne nuit de sommeil et venir me parler demain ? dit-il doucement en s'éloignant de quelques pas.

Ciara resta un instant muette de stupeur. Quelle idiote elle faisait ! C'était bien évidemment pour cela qu'il l'avait rejetée ! Ainsi donc, il connaissait la vérité depuis toujours, voilà pourquoi il n'avait pas accepté de l'épouser ! Maintenant elle comprenait… La douleur, violente, mortelle, la submergea, lui coupant le souffle, lui brûlant les yeux.

— Tu aurais pu me dire la vérité, Tavis, souffla-t-elle d'une voix blanche. Toi, tu as pris la décision de ne pas épouser la fille d'une putain, mais James, lui, est dans une situation si désespérée qu'il n'a pas le choix.

Elle ne voyait pas le visage de Tavis au cœur de la nuit, mais son silence lui disait assez qu'elle ne se trompait pas. Elle en avait le cœur brisé. Il ne prenait même pas la peine d'essayer de nier ses accusations. Il avait été son premier et son plus fidèle ami, et malgré tout, il ne lui avait jamais révélé la vérité sur sa naissance. Il savait qui elle était vraiment, d'où elle venait et il s'était tu. Sa trahison était pire encore que les horreurs qu'elle avait apprises sur sa mère.

Il lui fallait trouver un endroit tranquille pour réfléchir et retrouver un semblant de sérénité, sans quoi elle allait s'effondrer sous l'afflux de tous ses sentiments contradictoires. Alors qu'elle faisait demi-tour pour s'enfuir, Tavis la saisit par le bras et l'attira près de lui.

— Qu'est-ce que tu racontes, Ciara ? Je ne peux pas t'épouser, pour de nombreuses raisons, qui n'ont rien à voir avec ta naissance, dit-il à voix basse.

Comme son visage était au-dessus d'elle, elle leva le regard pour tenter de décrypter son expression, mais ne vit rien. Absolument rien. Il arborait ce visage de pierre qu'elle lui avait si souvent vu. Dénué de toute expression. Froid. Celui-là même qu'il avait arboré cette fameuse nuit près d'un an plus tôt.

— Tu ne nies donc pas ? Ils ont dit la vérité en ce qui concerne mes origines ?

Tavis poussa un profond soupir et secoua la tête.

— Je…

— Pourquoi ? Pourquoi m'avoir caché de telles choses ? demanda-t-elle rageusement.

Soudain, une colère sans nom s'empara d'elle et elle perdit la maîtrise de ses nerfs. D'un geste brusque, elle recula et se dégagea de l'étreinte de Tavis.

— Dire que je pensais… Je pensais que…, bégaya-t-elle.

Que Dieu lui vienne en aide. Elle perdait tout bon sens. Mieux valait couper court. Ciara releva le bas de sa robe et se mit à courir. Elle fuyait. Elle le fuyait, lui, mais aussi les mots blessants et les insultes qui avaient sali sa mère, sa naissance. Sans oublier cette terrible trahison que Tavis lui avait infligée. Dire qu'elle lui avait accordé toute sa confiance…

Les portes de la muraille étaient encore ouvertes, elle s'y engouffra et prit la route qui menait au village. Elle se souvenait d'un petit ruisseau qui prenait sa source non loin de là avant de se transformer en une large rivière qui se jetait dans l'estuaire de la Tay. Quelques minutes plus tard, elle se laissa tomber sur un tronc d'arbre et tenta de reprendre son souffle.

Peu à peu, alors qu'elle cherchait en vain dans ses souvenirs un détail qui aurait pu, qui aurait dû lui mettre la puce à l'oreille, Ciara se résigna. Avec le calme, la raison lui revint, elle comprit qu'elle n'avait pas le choix. Elle devait affronter Tavis et découvrir pourquoi il avait participé à cette mascarade et l'avait trahie.

La douce quiétude de la nuit ne parvenait cependant pas à atténuer le profond émoi qui s'était emparé d'elle. En temps normal, le chant mélodieux des oiseaux l'aurait apaisée. Mais pas cette nuit.

Elle entendit soudain des bruits de pas derrière elle.

— Reste où tu es, murmura-t-elle alors qu'il s'approchait dans son dos.

Tavis resta un peu en retrait et choisit de s'asseoir sur une grosse pierre non loin d'elle avant de poser sur le sol la torche qu'il avait emportée, pour leur permettre de discerner les ombres dans l'obscurité. Comme elle restait muette, il se mit à lui parler doucement :

— Tu ne devrais pas venir ici, toute seule, Ciara. Pense à ta sécurité.

— Ma sécurité ? De quelle sécurité parles-tu, Tavis ? De celle de la fille d'une garce ou de celle de l'idiote qu'on a élevée comme quelqu'un qu'elle n'est pas ?

Tavis sursauta. Ciara avait parlé avec une telle rage et un tel sentiment de trahison ! Si seulement il n'avait pas, lui aussi, joué un rôle dans cette histoire. La connaissant, elle devait probablement davantage lui en vouloir à lui qu'à ses parents.

— Ciara, tu as été élevée par deux personnes qui t'aiment et t'ont donné tout ce à quoi une jeune femme de sang noble a droit : une éducation, de multiples occasions de voyager et d'utiliser ses connaissances.

Elle lui décocha un regard furieux. Mais il préférait encore sa colère au sentiment de trahison qui la rendait si vulnérable.

— Lord Murray… Il a dit qu'on surnommait ma mère, Robertson la catin. Il a dit qu'on l'avait trouvée au lit avec trois ou quatre hommes. Il a dit…

Elle s'interrompit, incapable de continuer. Tavis était soudain fou de rage qu'elle ait entendu de telles horreurs.

— Il a dit que personne ne savait qui était mon père, reprit-elle.

Seigneur ! Que pouvait-il bien lui répondre ? Il savait à quel point elle aimait Duncan, que toute cette histoire devait la faire atrocement souffrir. Certes, il connaissait une partie de la vérité, tout simplement parce qu'il avait été présent lors du mariage de Duncan et Marian. Et même s'il était encore bien jeune à l'époque, il avait compris de quoi les commérages parlaient et savait que Marian souffrait d'une très mauvaise réputation. Il savait également que c'était son propre frère qui lui avait ordonné d'épouser Duncan. Mais c'était à peu près tout…

Or, récemment, ce même frère, lord Iain, l'avait sommé de ne rien dévoiler à Ciara de son passé et avait semblé terrifié à l'idée des révélations qu'il aurait pu lui faire. Connor et Duncan, quant à eux, n'en avaient jamais reparlé, du moins pas en sa présence. Cette sombre histoire n'avait pas été évoquée, chez les MacLerie, depuis la nuit où ils étaient arrivés à Lairig Dubh. Ordre du laird MacLerie.

Et voilà qu'il était à présent confronté au regard désemparé de Ciara, à son insupportable sentiment de trahison.

Que devait-il faire ? Que pouvait-il dire pour la soulager de sa souffrance ?

— Je ne connais pas toute l'histoire, Ciara, tu dois me croire. Aussi, je vais seulement te dire comment les choses ont pu se passer à mon avis. Je pense que Duncan t'a d'abord aimée toi, Ciara. Il a fait ta connaissance et il a immédiatement pris la mesure de tout ce qui lui manquait : une famille, des enfants, un foyer. Il ne m'a pas du tout parlé de ta mère lorsqu'il m'a demandé de te sculpter un cheval avant mon départ pour Dunalastair.

C'était la vérité. Duncan passait alors son temps à parler d'une petite fille aux cheveux blonds et aux grands yeux marron. Une petite fille qui adorait les chevaux. Il lui avait alors confié qu'il avait très envie de lui donner quelque chose pour jouer, quelque chose qui la ferait sourire, quelque chose qui lui ferait plaisir. Duncan ne lui avait parlé de Marian que bien plus tard. Ou plus exactement de Mara. C'était ainsi qu'on l'appelait à l'époque.

— Ensuite, Duncan est devenu ton père et cela ne s'est jamais démenti depuis. Tu le sais bien au fond de ton cœur, Ciara.

— Et ma mère ? Etait-elle… ? A-t-elle… ?

— Il y avait des rumeurs à ce sujet, répondit hâtivement Tavis.

A ces mots, Ciara baissa la tête, comme anéantie par le poids de la vérité. Alarmé, Tavis s'approcha aussitôt d'elle, mais se retint au dernier moment de la prendre dans ses bras.

— Ciara, je peux t'assurer que, depuis que je la connais, Marian ne s'est jamais conduite de façon déshonorante. Et en épousant Duncan, elle est immédiatement devenue membre de notre clan et nous n'avons plus jamais entendu parler de Robertson la catin.

Ciara se frottait les yeux du revers de la main, mais elle ne faisait qu'étaler ses larmes.

— Si je comprends bien, à part moi, tout le monde connaît cette histoire ?

— Je suis désolé, Ciara. Les rumeurs qui circulaient sur le compte de ta mère allaient bon train à l'époque. Tu sais bien comment cela se passe. Dès qu'un scandale éclate, il ne fait qu'enfler. Les gens n'avaient hélas pas grand-chose d'autre à se mettre sous la dent. C'était impossible de les faire taire. Mais depuis, de l'eau a coulé sous les ponts.

— Pourquoi ne m'ont-ils rien dit ? Ils espéraient vraiment que je n'apprendrais jamais qu'ils m'avaient menti, trahie ?

— Ciara, murmura-t-il, ils espéraient que jamais leur fille bien-aimée ne serait blessée par des commérages sordides. Ils espéraient te trouver un bon mari et te savoir heureuse.

Il allait poursuivre mais elle leva la main pour le faire taire.

— Si mes parents m'aimaient autant que tu le prétends, ils m'auraient dit la vérité pour m'éviter de tout apprendre de la bouche de parfaits étrangers. Pourtant, ce qui me fait le plus mal, Tavis, c'est que toi, tu ne m'aies rien dit alors que tu connaissais la vérité.

Son accusation le fit tressaillir. Elle avait raison, seulement, ils n'avaient jamais eu l'occasion de parler de cette histoire. Au début, elle était trop jeune et n'aurait pas compris. Puis, lorsqu'elle avait été en âge de connaître la vérité, il avait estimé que ce n'était pas à lui de la lui dire. Et comme elle ne lui avait jamais posé de questions… Hélas, elle souffrait tant à présent qu'elle n'accepterait certainement pas de voir les choses sous cet angle.

— Tu te rends compte de ce que je subis, Tavis ? Mes proches ne m'ont jamais rien dit sur mes origines et j'ai appris la vérité de la bouche d'étrangers qui n'en veulent qu'à ma dot ! J'ai dû entendre mon futur beau-père expliquer à mon fiancé qu'il trouvera de nombreux avantages à partager son lit avec la fille d'une putain…

A ces mots, Tavis se leva d'un bond et serra les poings rageusement. Ces prétentieux avaient osé l'insulter ? Ciara se présentait vierge au mariage et les Murray trouvaient encore à y redire ? Ils méritaient une bonne correction pour avoir osé proférer de telles horreurs en sa présence ! Mais il ne pouvait pas l'abandonner maintenant, pas dans cet état de fragilité. Il se rapprocha doucement d'elle, tandis qu'elle reprenait d'une voix brisée :

— Je comprends tout, maintenant. Il fallait me procurer une dot conséquente pour espérer venir à bout des objections que la plupart des familles formuleraient lorsqu'on inciterait leur fils à épouser une femme telle que moi. Mon oncle et Duncan ont donc constitué ma dot, dans l'espoir de me trouver un mari et de pouvoir se débarrasser de moi !

— Ciara, tu es hors de toi. Tes mots dépassent ta pensée. Ils dépassent la raison.

Et il en savait quelque chose puisqu'il s'était lui-même comporté de manière excessive lorsqu'il avait fini par comprendre la nature des relations qui les unissaient tous les deux... Pourvu qu'il parvienne à la calmer. Hélas, cela semblait mal engagé. Elle continuait comme s'il n'avait rien dit.

— Je te rassure, les Murray se fichent éperdument de savoir si j'ai encore ma vertu avant le mariage !

Suffoqué, Tavis croisa son regard et n'y vit qu'une immense peine. Sa douleur lui était insupportable. Il devait à tout prix l'apaiser...

Sans même prendre le temps de réfléchir à ce qu'il convenait de faire, Tavis s'assit au côté de Ciara et la prit dans ses bras pour essayer de la réconforter. La jeune femme se laissa aller contre lui en éclatant en sanglots déchirants.

Avec de lents gestes apaisants, il lui dégagea doucement les mèches de cheveux collées sur son visage tandis qu'elle pleurait à chaudes larmes tout contre sa poitrine. D'ordinaire,

Ciara était rarement en proie à une telle confusion, mais cette fois, elle souffrait d'une vilaine blessure au cœur. Et cette histoire ne risquait pas de l'aider à avoir davantage confiance en elle !

En fait, Tavis comprenait très bien sa colère. Pourquoi Duncan et Marian ne l'avaient-ils pas préparée à supporter des révélations aussi fracassantes ? Ainsi, étant donné les circonstances, pourquoi devrait-il continuer à obéir aux ordres qu'on lui avait donnés ? Alors même qu'il pouvait lui apporter l'apaisement dont elle avait besoin. Sa décision prise, Tavis reprit d'une voix calme :

— A l'époque, ton père et moi étions partis en voyage à Dunalastair pour négocier un traité avec ton oncle Iain. J'étais encore un jeune garçon et c'était la première fois que je participais à un tel événement. J'étais le plus jeune de tous, mais j'avais tout de même déjà entendu parler de la mauvaise réputation de Marian Robertson. Avant de partir, Duncan avait rassemblé tous les hommes et nous avait formellement interdit d'évoquer cette affaire au cours du voyage, car la femme dont il était question dans ces ragots n'était autre que la sœur du nouveau laird avec qui nous allions négocier !

Tandis qu'il parlait, les sanglots de Ciara s'étaient un peu apaisés. Tavis savait qu'il avait maintenant toute son attention.

— Les rumeurs étaient réellement scandaleuses, mais, même les jeunes idiots que nous étions, savaient qu'il y en avait forcément à prendre et à laisser. C'est toujours la même chose avec ce genre d'affaires, les histoires prennent inévitablement des proportions terribles à mesure que les gens répètent ce qu'ils croient savoir.

— Et qu'as-tu entendu dire exactement ? demanda-t-elle dans un murmure, en penchant légèrement la tête pour pouvoir soutenir son regard.

— A peu près la même chose que toi. Que Marian était une… une fille de petite vertu. Qu'on l'avait trouvée au lit avec plusieurs hommes et que son père l'avait bannie pour avoir déshonoré leur clan. J'avais également entendu dire qu'une fille était née de ces ébats sulfureux.

— Et Duncan l'aurait épousée sur ces entrefaites ?

— Non. Tu avais déjà cinq ans quand il l'a épousée. Duncan lui a proposé de l'épouser juste avant notre départ de Dunalastair et ils se sont finalement mariés au printemps suivant. Ta sœur est née moins d'un an plus tard.

— Comment ont-ils fait pour réussir à me cacher toute cette histoire, Tavis ? Si tant de gens sont au courant, comment se fait-il que je n'en ai jamais rien su ?

— La nuit de notre retour à Lairig Dubh, alors que les commérages allaient bon train et que chacun y allait de sa remarque, Connor a mis les choses au clair pour tout le monde. Il se tenait alors à côté de ta mère et venait de reconnaître officiellement la validité du mariage qui l'unissait à Duncan, lorsqu'il a déclaré qu'elle faisait désormais partie du clan MacLerie. Il a fait savoir avec la plus grande fermeté que la moindre insulte proférée à l'encontre de sa belle-sœur, l'épouse de son frère, revenait à insulter le clan tout entier.

— Et c'est tout ? demanda-t-elle en redressant le buste.

Tavis regrettait déjà la chaleur de son corps, mais il ne voulait pas la brusquer.

— N'oublie pas de qui nous parlons, Ciara. Connor leur a joué son numéro de bête féroce. Celui qu'il utilise pour effrayer les gens et les sommer d'obéir. Et tu sais bien que personne alors n'ose défier notre laird !

— Jocelyne ne se gêne pas, elle.

— Parce qu'elle n'a jamais cru aux rumeurs qui le décrivent comme un monstre sanguinaire…

Tavis laissa volontairement le silence s'installer entre eux pour permettre à Ciara d'en arriver aux mêmes conclusions que lui.

— Alors, si je comprends bien, toi, tu penses que ma mère n'était pas une putain ? Que tout cela, ce n'étaient que des rumeurs et des histoires ? demanda-t-elle d'une petite voix où une faible note d'espoir transparaissait.

Tavis craignit de s'être mal exprimé. Pour être honnête, il ne savait rien de la femme qu'était véritablement Marian avant de la rencontrer. Depuis qu'il la connaissait, en revanche, elle s'était toujours comportée avec la plus grande dignité, cela ne faisait aucun doute. Avait-elle fait table rase de la vie scandaleuse qu'elle avait menée auparavant ? Ou bien avait-elle été victime de ces rumeurs ? Il n'en avait pas la moindre idée.

— Ta mère et Duncan sont les seuls à connaître la vérité sur ta naissance. Et ils ne l'ont jamais révélée à qui que ce soit à ma connaissance. D'ailleurs, peu de temps après leur engagement mutuel, je me souviens que des membres d'un autre clan sont venus d'assez loin pour poser des questions à ton sujet.

— A mon sujet ? Que voulaient-ils savoir exactement ? demanda-t-elle d'un air interrogateur.

— Les rumeurs attirent les rumeurs et il y en avait vraiment beaucoup sur la famille du vieux laird Robertson. Duncan a juré devant tous les membres du clan et les nouveaux venus que tu étais de lui.

Ciara n'allait pas cesser de poser encore et encore de nouvelles questions. Des questions auxquelles il ne pourrait pas répondre. Maudits soient Duncan et Marian pour ne pas avoir pris la peine d'expliquer toute cette histoire à leur fille avant de la marier ! Seuls eux connaissaient les réponses.

— A la vérité, je crois que j'avais deviné en mon for intérieur… Je veux dire, j'ai toujours su que je n'étais pas vraiment digne de la vie que je menais. Je comprends maintenant pourquoi je ne suis nulle part chez moi. Je ne suis qu'une bâtarde dont personne ne veut.

Horrifié par ces paroles, il l'attira instinctivement vers lui et lui prit le visage dans les mains. A cet instant, Tavis eut le pressentiment qu'il aurait mieux valu pour eux arrêter cette conversation et la remettre au lendemain, lorsqu'ils auraient les idées un peu plus claires. Il aurait également mieux valu rentrer… Au diable son instinct ! Lentement, il attira son adorable visage vers le sien et posa délicatement les lèvres sur les siennes.

— Je t'interdis de penser cela, Ciara, tu m'entends ? murmura-t-il entre deux baisers.

Sans pouvoir s'en empêcher, il reprit ses lèvres avec une fièvre nouvelle. Au départ, il était poussé par de bonnes intentions et avait simplement voulu lui témoigner de la compassion. C'est en tout cas ce dont il s'était persuadé. Mais ses illusions n'avaient pas résisté à la douceur de sa bouche. Dès que ses lèvres avaient touché celles de Ciara, ses bonnes résolutions avaient volé en éclats.

Tavis l'embrassait avec fougue à présent, et tout son corps frémissait de désir. Depuis combien de temps ne s'était-il pas senti aussi… vivant ? Bon sang, il avait une folle envie de découvrir sa peau nue pour la caresser à loisir. Il brûlait de la faire gémir sous ses caresses. Heureusement, sa conscience lui rappela à temps que Ciara ne serait jamais à lui. Ce rappel à l'ordre, toutefois, n'était pas assez fort pour l'empêcher de l'embrasser encore et encore.

Pourquoi aurait-il dû couper court à ces instants de pur bonheur, alors qu'ils échangeaient là leur baiser d'adieu ?

Tandis qu'elle murmurait son nom tout contre ses lèvres, il sentit une vague de frustration l'envahir. Il voulait encore entendre son nom prononcé par ses lèvres, même s'il avait bien conscience que c'était certainement la dernière fois que cela se produisait. Soudain, il revint à la raison et se redressa. Il se mit debout et s'empara de la torche qui se trouvait toujours sur le sol pour faire ce qui devait être fait. Même si c'était la chose la plus difficile de toute son existence.

— Viens, Ciara, dit-il en lui tendant la main.

Elle posa ses doigts sur ses lèvres, encore sous l'emprise du baiser qu'il venait de lui donner, puis le regarda bien en face.

— Où m'emmènes-tu, Tavis ?

Tavis ferma un instant les yeux pour retrouver sa résolution. Ciara allait lui en vouloir toute sa vie, mais il fallait absolument sauver leur honneur. Son honneur.

— Nous rentrons. Si Elizabeth part à ta recherche, cela compliquera encore un peu plus la situation.

Ciara fronça d'abord les sourcils puis écarquilla les yeux quand elle comprit. Si elle avait cru qu'il avouait son amour en l'embrassant, et elle avait dû le penser, son rêve d'un avenir commun venait probablement de se briser en mille morceaux.

— Tavis, tu m'as embrassée. Tu me désires, je le sais, le défia-t-elle.

Tavis leva vers elle un regard hanté.

— C'est vrai, Ciara. Mais cela ne change rien, je ne peux pas te posséder. Trop de choses dépendent de ton mariage avec l'héritier des Murray. Je ne veux pas déshonorer ta parole ou même la mienne.

Brusquement, elle leva la main comme pour le gifler. Il l'avait bien mérité, au fond, aussi attendit-il le coup avec soulagement. Mais, au contraire, elle posa doucement la main sur sa joue et le caressa tendrement. Ce geste de tendresse lui brisa le cœur.

— James pense déjà que nous sommes amants, tu sais. Mon honneur n'a plus rien à perdre.

Abasourdi par cet aveu, Tavis recula vivement et se dirigea

vers le sentier qui remontait au manoir. Il ne devait pas se laisser détourner de la voix de la raison, sous aucun prétexte.

— Raison de plus pour lui prouver qu'il a tort. Je ne franchirai pas ce pas. Tu lui prouveras qu'il se trompait lors de ta nuit de noces.

Ciara semblait à présent en pleine confusion. S'il ajoutait le moindre mot, il risquait d'empirer la situation. En silence, Tavis s'empara de sa main et la guida jusqu'aux portes du mur d'enceinte. Puis, il attendit dans l'obscurité de la voir rentrer dans la maison, en se traitant mentalement de tous les noms.

C'était pourtant la meilleure chose à faire. Pour elle. Pour lui. Rien ne pourrait jamais exister entre eux. Il n'en était pas digne. Les raisons qui les tenaient éloignés l'un de l'autre n'allaient pas disparaître d'elles-mêmes simplement parce qu'il la désirait comme un fou.

Chapitre 10

Le soleil était radieux, le lendemain matin. Chacun vaquait à ses occupations sauf Ciara qui avait gardé le lit. Lorsque Elizabeth la questionna, inquiète, elle prétexta de terribles maux d'estomac et un début de migraine. Peu charitable, Cora lui répliqua aussitôt que, la prochaine fois, elle ferait mieux de s'abstenir de boire autant de vin si elle ne tenait pas à se retrouver dans un état pareil. Exaspérée, Ciara les somma alors de quitter sa chambre.

Elle avait besoin de calme et de solitude. Hélas, Elizabeth et Cora ne cessaient d'aller et venir pour voir comment elle allait. Lady Murray elle-même passa prendre de ses nouvelles et lui apporta un remède de famille supposé la remettre sur pied.

Dieu, pourvu que ce ne soit pas du poison ! Ciara avait senti l'odeur fétide du remède avant même de prendre la tasse que lady Murray lui tendait et, alors que son estomac allait plutôt bien jusque-là, elle se mit à avoir des haut-le-cœur. Elle n'éleva cependant aucune objection et avala tout, jusqu'à la dernière goutte, pour éviter de voir la visite se prolonger. Une envie irrépressible de dormir la gagna presque instantanément, ce qui n'était pas forcément une mauvaise chose étant donné qu'elle n'avait pas fermé l'œil de la nuit.

L'esprit enfin délivré de ses tourments, elle sombra dans le sommeil. Elle se mit alors à rêver du baiser que Tavis lui avait donné quelques heures plus tôt. Les mots passionnés qu'il lui avait murmurés lorsqu'il avait posé les lèvres sur les siennes résonnaient dans sa tête. Il lui caressait les lèvres, leurs langues s'entremêlaient délicieusement. Tavis lui faisait perdre pied…

Ciara avait déjà été embrassée mais, jusque-là, aucun baiser ne lui avait fait un tel effet. Un torrent de lave coulait dans ses veines. Il lui semblait qu'elle était sur le point de fondre sous la chaleur qui la dévorait. Son corps vibrait d'un désir inconnu, intense, sauvage. Et tandis qu'elle se laissait aller entre ses mains expertes, son esprit, en dépit de tout ce que Tavis avait pu dire, se prit à espérer que, désormais, les choses changent entre eux.

Dans les limbes de son rêve, Tavis reconnaissait sans peine qu'il la désirait follement. Et sa bouche laissait présager de tels plaisirs… Alors qu'elle murmurait son nom, les yeux clos, impatiente, il lui murmurait son amour. Fiévreuse, elle attendait sa prochaine caresse, son prochain baiser… Plus que tout, elle attendait le moment où il lui demanderait sa main, enfin. Elle savait, elle avait toujours su que leur amour serait le plus fort et qu'ensemble, ils n'hésiteraient pas à combattre quiconque essaierait de faire obstacle à leur bonheur.

Pourtant, même au cœur de son rêve, une ombre planait. Lui aussi l'avait trahie, comme l'avaient fait d'ailleurs toutes les personnes qui lui étaient chères. Soudain paniquée, Ciara tenta de s'extirper de ce sommeil agité, de ce doux rêve qui se transformait brutalement en cauchemar de traîtrise. Alors que son rêve s'évanouissait lentement, elle prit conscience que son corps la faisait souffrir. Elle ouvrit lentement les yeux, profondément secouée par les émotions intenses qu'elle venait d'expérimenter dans l'inconscience.

Et la première chose qu'elle aperçut à son réveil, ce fut James. Il était assis à son chevet. Elizabeth, quant à elle, était en train de faire de la couture dans un coin de la pièce. En dépit de la sensation d'étouffement qui lui comprimait la poitrine à la suite de son rêve, Ciara faillit éclater de rire. Quelle situation ridicule ! Elizabeth se trouvait là pour préserver sa réputation. Quelle ironie après tout ce qu'elle avait entendu la veille… Mais son amie ne savait rien de tout cela. Et elle prenait soin d'elle, comme elle le pouvait.

— Vous voilà réveillée, dit James d'une voix douce.

Ciara remonta immédiatement ses couvertures pour éviter de montrer qu'elle portait toujours la même robe que la veille. Elle détourna le regard quelques instants, pour prendre le temps de chasser les images du baiser que Tavis lui avait donné.

— Oui. La potion que votre mère m'a donnée m'a fait dormir comme un nourrisson. J'ai l'impression que la matinée est déjà bien avancée, dit-elle en voyant la lumière vive qui pénétrait dans la pièce.

Ciara prit appui sur ses coudes pour s'adosser contre la tête de lit. Puis, elle rassembla ses cheveux défaits pour les placer sur une épaule.

— Il est midi passé, confirma James. Elizabeth, vous m'avez bien dit que Cora avait fait du thé pour Ciara ?

Aussitôt, Elizabeth se leva pour lui en apporter une tasse. James lui avait à peine tourné le dos qu'elle adressa une petite moue discrète à Ciara pour lui signifier son regret de manquer une telle conversation. Elle laissa la porte ouverte en partant.

Dès qu'ils se retrouvèrent seuls, James lui prit la main, visiblement embarrassé.

— Je suis vraiment désolé de vous trouver souffrante. Et je crains fort d'en être responsable après vous avoir pressée de mon affection comme je l'ai fait hier soir. Je vous présente mes excuses les plus sincères si tel est le cas.

Ciara l'observa attentivement. Elle avait beau le haïr

pour ce qu'il avait dit, elle ne parvenait à déceler en lui ni mépris, ni méchanceté. Comme elle n'avait jamais été du genre à jouer un rôle ou à cacher la vérité, elle jugea que la sincérité était préférable au mensonge, même face à un homme qui l'avait insultée. De toute façon, elle ne pouvait guère reculer, elle devait absolument se montrer honnête envers lui afin de poser les jalons qui allaient définir leur existence ensemble. Elle allait bel et bien passer sa vie avec lui.

— Ce ne sont pas vos baisers qui en sont la cause, James, mais plutôt la conversation que j'ai surprise ensuite, entre vous et votre père.

Ciara n'en dirait pas davantage. Elle voulait voir sa réaction. Celle-ci fut immédiate. James pâlit violemment et baissa le regard, visiblement honteux. Puis, tout à coup, il se leva et se mit à arpenter la chambre de long en large, comme s'il cherchait les mots adéquats pour expliquer sa conduite. Ciara le regardait aller et venir sans émotion. Comme il ne parlait toujours pas, elle s'impatienta.

— Je n'avais jamais entendu parler de ces rumeurs avant de vous entendre, vous et votre père.

— Ciara… Je…, bégaya-t-il, incapable de trouver ses mots.

Elle leva la main et secoua la tête pour l'empêcher de poursuivre.

— Voyez-vous James, je ne peux pas répondre du passé de ma mère. Se prostituait-elle autrefois ? J'avoue que je n'en sais rien.

Ciara s'interrompit brutalement en entendant un fracas de vaisselle qui venait tout juste de se briser dans le couloir. Elizabeth avait manifestement écouté aux portes et avait sans doute renversé la théière et la tasse qu'elle était censée lui apporter. James se précipita aussitôt vers la porte pour la fermer afin de pouvoir terminer leur conversation loin des oreilles indiscrètes.

— Je suis le fruit de l'éducation qui m'a été donnée et ne peux répondre que de ma propre conduite, reprit-elle, étonnamment calme et distante. Si vous avez des questions à ce sujet, posez-les maintenant pour éviter tout malentendu entre nous.

A ces mots, James s'immobilisa et se mit à la regarder fixement. Il semblait encore plus décontenancé. Sans doute s'était-il attendu à des cris et des reproches. Mais, non seulement ce n'était pas dans son caractère, et de surcroît, elle ne comptait nullement perdre son sang-froid devant lui. Visiblement abasourdi, James cligna des yeux plusieurs fois d'affilée.

— Vous êtes décidément bien différente des autres femmes que je connais, Ciara, dit-il avec le plus grand sérieux.

— C'est bien possible. En tout cas, je suis comme cela, pour le meilleur ou pour le pire.

Elle repoussa les couvertures et se glissa au bord du lit. Il parut remarquer qu'elle portait la même robe que la veille, mais ne fit aucun commentaire à ce sujet.

— Hier soir, vos paroles m'ont tellement choquée et blessée que j'ai immédiatement cherché des réponses aux questions que je me posais auprès de la seule personne qui pouvait m'aider.

— L'homme qui vous a amenée jusqu'ici ?

— Oui. Tavis est un vieil ami de mes parents également, alors je suis allée lui demander conseil.

En réalité, elle avait obtenu bien plus que des conseils, seulement cela n'avait plus aucune importance désormais. Tavis l'avait renvoyée dans les bras de James Murray et avait définitivement refusé toute autre éventualité. Ciara sentit sa gorge la piquer. Non, elle ne devait pas faiblir. Pas maintenant, pas devant James.

Le visage de celui-ci s'était assombri à la mention de Tavis. Il pensait probablement aux soupçons que son père avait exprimés la veille au sujet de la relation qu'elle entretenait avec Tavis. Toutefois, même s'il était assailli par le doute, James ne posa aucune question. Eh bien, elle lui donnerait tout de même les explications qu'il ne demandait pas.

— Lorsque j'étais enfant, je pensais être amoureuse de lui. C'était il y a bien longtemps. Ce sont mes parents qui lui ont demandé d'assurer ma sécurité durant mon voyage jusqu'ici. C'est un ami de la famille.

Seigneur, comme elle aurait aimé se convaincre elle-même de la véracité de ces paroles. Hélas, au plus profond de son cœur, elle savait bien qu'elle se mentait à elle-même. Elle avait envie de crier sa colère.

L'entêtement dont Tavis faisait preuve était incompréhensible. Il les condamnait tous deux à une vie de solitude et d'ennui. Il continuait à refuser de voir la vérité en face et à nier les sentiments profonds qui les unissaient. Et les raisons qu'il avait invoquées pour justifier son refus ne tenaient pas debout… Mais ce n'était pas le moment de repenser à cela. Alors qu'elle essayait de chasser tout cela de son esprit, James paraissait réfléchir à ce qu'elle venait de dire. Il finit par hocher la tête pour indiquer qu'il la croyait.

— Ciara, je n'avais pas l'intention de mettre en cause votre honneur, commença James. Je tiens à m'excuser pour le mal que je vous ai fait. A ma décharge, mon père m'avait dit tellement de choses sur votre compte ! Aussi, lorsque j'ai appris par un des gardes que vous étiez partie à la recherche de Tavis hier soir, j'avoue que j'ai eu… quelques doutes.

Quelqu'un venait de frapper à la porte, qui s'entrouvrit. C'était Elizabeth qui lui apportait une nouvelle tasse de thé. La pauvre était blanche comme un linge.

— Merci Elizabeth. Laisse-nous, s'il te plaît, demanda Ciara en lui adressant un sourire rassurant.

Elizabeth hocha la tête en signe d'assentiment et referma doucement la porte derrière elle. Ciara se posta face à James.

— Sachez qu'en dépit du passé de ma mère, en dépit de toutes les rumeurs que vous pourrez entendre, je me présenterai vierge à vous pour notre nuit de noces.

Il écarquilla d'abord les yeux, sans doute choqué par cet aveu peu conventionnel. Puis un lent sourire apparut sur ses lèvres. Visiblement, il appréciait sa franchise autant que la nouvelle de sa pureté.

— Cela me fait très plaisir, Ciara. Et c'est un grand honneur après la façon détestable dont je vous ai involontairement insultée.

Il lui prit les mains, les embrassa l'une après l'autre et ajouta :

— Je crois que j'aime beaucoup cette sincérité entre nous.

— Je ne peux pas vous promettre qu'il n'y aura jamais de conflit entre nous, James. En revanche, ce que je peux vous promettre, c'est que, si cela devait arriver, il n'y aura eu aucune malhonnêteté de ma part.

Un instant, James sembla sur le point de l'embrasser, mais au dernier moment, il parut se raviser et recula de quelques pas. Elle s'en voulut d'en être intensément soulagée. Si elle voulait essayer d'être heureuse auprès de lui, elle devrait au moins apprendre à apprécier son contact. Sur un dernier regard, il souleva le loquet de la porte et sortit. Elizabeth eut juste le temps de reculer précipitamment.

— Elizabeth, prenez bien soin de votre amie, lui dit James en la saluant d'un signe de tête. J'espère vous voir toutes les deux au dîner ce soir.

La porte n'était pas refermée depuis une seconde qu'Elizabeth courut à elle et demanda aussitôt :

— Qu'a-t-il dit au sujet de ta mère ? Ai-je bien entendu ?

Ciara but une petite gorgée de thé pour reprendre contenance. Il lui fallait un peu de temps pour réfléchir à ce qu'elle allait dire à son amie. Et surtout, comment le lui dire. Elizabeth dut sentir sa réserve car elle lui prit les mains et les serra dans les siennes.

— Parle-moi, Ciara, je t'en prie. Je n'ai pas pu entendre ce que je crois avoir entendu, n'est-ce pas ? Explique-moi ce qui se passe à la fin, implora-t-elle, alors qu'elle n'avait toujours pas ouvert la bouche et cherchait péniblement les mots qu'elle allait employer.

— J'ai surpris une conversation entre James et son père hier soir. James avait apparemment quelques doutes sur notre mariage.

— Quand cela ? J'étais pourtant avec toi à la fête, hier soir.

— Tu étais déjà montée te coucher. James a demandé à me raccompagner jusqu'à la chambre puis m'a embrassée sur le palier.

Elizabeth soupira, un sourire béat aux lèvres. De son côté, Ciara retint une moue, c'est elle qui aurait dû avoir ce sourire extatique ! Or, ses projets de mariage mettaient clairement Elizabeth dans tous ses états. De toute façon, son amie n'avait jamais caché qu'elle estimait que Tavis n'était pas un bon parti pour Ciara. Elle le trouvait trop âgé pour elle. Au contraire, elle appréciait James parce qu'il n'était pas beaucoup plus âgé qu'elles. C'est vrai qu'il était loin d'être aussi intimidant que Tavis.

— Comment c'était, Ciara ? Absolument merveilleux ? demanda-t-elle en fermant les yeux, extasiée.

— C'était… agréable.

Elizabeth roula sur le côté et jeta un regard perplexe à son amie.

— Agréable ? C'est tout ? Enfin… C'est plutôt une bonne chose, non ?

A présent qu'elle avait connu le tourbillon de la passion, Ciara n'était pas de cet avis. Un baiser agréable, cela n'avait aucun intérêt ! Elle voulait bien plus que cela. Le baiser de son futur mari devait être merveilleux, passionné, transcendant ! Hélas, seul celui de Tavis avait eu un tel effet sur elle.

Cependant, comme elle n'avait pas envie d'entrer dans les détails, elle acquiesça vaguement.

— Oui. Seulement, ensuite, je me suis aperçue que j'avais oublié mon châle sur le dossier de ma chaise et je suis redescendue pour le récupérer.

— Celui-là ? James l'a rapporté tout à l'heure.

Ciara opina de la tête, étonnée de ne pas l'avoir remarqué plus tôt.

— J'allais entrer dans la pièce lorsque je les ai entendus qui parlaient de ma mère, reprit-elle.

Aussitôt, Elizabeth s'assit à côté d'elle, au bord du lit, le visage grave. Elle lui saisit fermement la main en un geste de son soutien.

— Je n'avais jamais entendu parler de quoi que ce soit, murmura Ciara d'une voix éteinte.

Les mots qu'elle devait prononcer étaient tellement difficiles à accepter. Encore plus maintenant qu'il lui fallait en parler à quelqu'un qui connaissait Marian.

— Autrefois, on surnommait ma mère « Robertson, la catin ».

Même prononcés à haute voix, ces mots n'avaient toujours aucun sens pour elle. Marian Robertson, sa propre mère, se comporter comme une fille sans morale ? Seigneur, sa mère n'avait même jamais posé le regard sur un autre homme depuis son mariage. Elle était follement amoureuse de Duncan. Ciara secoua la tête.

— Je n'arrive pas à y croire, cependant Tavis m'a confirmé ces rumeurs.

— Tu en as déjà parlé avec Tavis ? Mais quand ? demanda Elizabeth en lui glissant un mouchoir en lin dans la main.

Ciara ne s'était même pas rendu compte qu'elle s'était

remise à pleurer. Elle se tamponna les yeux puis tenta de raconter la suite de l'histoire.

— C'était horrible, Elizabeth. J'ai écouté leur conversation jusqu'au bout. Je ne pouvais pas croire un mot de tout ce qu'ils avaient raconté. Aussi, je suis immédiatement partie à la recherche de Tavis. Au fond de moi, j'espérais qu'il me dirait que tout cela n'était qu'un tissu de mensonges.

A bout de nerfs, Ciara respira profondément pour essayer de se donner un peu de courage avant de poursuivre son récit.

— Selon les rumeurs, ma mère était au lit avec plusieurs hommes. C'est son père qui l'a trouvée. Il l'a aussitôt bannie et elle a dû partir en exil. Elle s'est vite aperçue qu'elle était tombée enceinte. Elle n'a eu le droit de revenir qu'après ma naissance, lorsque son père est mort et que son frère Iain est devenu laird.

Elizabeth paraissait totalement sidérée.

— Ce n'est pas la vérité, Ciara. Ce n'est pas possible.

Puis, elle secoua la tête plusieurs fois et bégaya :

— Ta mère et ton père…

— Je ne sais pas, Elizabeth, je ne sais plus que penser. Ma mère n'a jamais rien voulu me dire au sujet de mon véritable père. Je n'étais qu'une enfant les rares fois où j'ai posé la question et, malgré mon jeune âge, j'ai compris qu'il ne fallait plus jamais recommencer. J'ai interrogé ma mère une nouvelle fois, juste avant de quitter Lairig Dubh, mais elle a eu l'air paniquée et a prétendu que nous parlerions de ces choses lorsque nous aurions davantage de temps…

Ciara secouait la tête tristement. Elizabeth fit de même, aussi abasourdie que son amie.

— A mon avis, ma mère ne tient pas à me dire qu'elle-même ne sait pas lequel de ces hommes est mon père, ajouta Ciara, tandis que l'amertume lui envahissait la gorge.

Elizabeth lui lâcha la main et se leva du lit, d'un bond.

— Tavis a dit que c'était la vérité ?

— Non, il a confirmé les rumeurs qui ont couru. Il ne sait pas si c'était la vérité. Toutefois, il a entendu circuler les mêmes rumeurs lorsqu'il a accompagné Duncan à Dunalastair, à l'époque où celui-ci a rencontré ma mère. Et il sait aussi que ma mère n'a jamais nié. Et puis, notre laird a déclaré que cette histoire appartenait au passé et que personne à Lairig Dubh ne devait plus jamais en reparler. Il n'y a pas eu de démenti.

— Tout de même, si c'était vraiment la vérité, tes parents t'en auraient certainement parlé, non ? Ils se seraient bien doutés que tu finirais par l'apprendre un jour !

— Peut-être qu'ils espéraient que les Murray n'iraient pas déterrer de tels scandales et ne s'amuseraient pas à insulter les MacLerie ou les Robertson, alors que nos familles sont sur le point de s'unir. De toute façon, je ne peux rien demander à mes parents avant mon retour à Lairig Dubh. Et il est désormais trop tard pour revenir sur mon accord. J'ai déjà accepté d'épouser James.

— Je ne comprends pas. Pourquoi changerais-tu d'avis ? Certes, il a manqué de délicatesse, mais si ces rumeurs ont vraiment couru, il n'est pas réellement fautif, si ? Si tu le veux bien, laisse-moi avoir une petite conversation avec lui, je vais lui faire comprendre que ce ne sont que des mensonges.

C'était tout Elizabeth ! Toujours prête à la protéger et à la défendre.

— James et moi sommes désormais en paix sur le sujet, Elizabeth. Il a d'ailleurs apprécié la franchise avec laquelle je lui ai parlé de cette affaire. Ce n'est donc pas la peine d'aller l'agacer une nouvelle fois avec toute cette histoire.

— Et Tavis ? Que pense-t-il de tout cela ?

Ciara détourna brusquement la tête et son regard se perdit dans les souvenirs de la veille. Il l'avait embrassée avec un tel abandon ! Puis il l'avait renvoyée dans les bras de James et lui avait demandé de tenir ses engagements. Ce qui signifiait qu'elle devait vivre sans lui…

Si seulement il n'était pas aussi têtu ! Pourquoi était-il persuadé qu'il n'avait pas le droit de la demander en mariage ? Il n'avait pas écouté les arguments sensés qu'elle avait avancés. Il y avait quelque part un obstacle infranchissable… mais il refusait de s'expliquer ! Maudit soit-il !

La voix enrouée par l'émotion, Ciara se confia à Elizabeth.

— Il m'a conseillé de vivre parmi les Murray. Seulement… il m'a également prouvé qu'il ressent quelque chose pour moi. En fait, c'est lui, et non James, qui m'a donné un aperçu de la passion…

Elizabeth la regardait, bouche bée.

— Pardon ? Qu'a-t-il fait ?

— Oh ! ce n'était qu'un baiser, expliqua Ciara, en essayant de parler d'un ton détaché.

Seulement, son corps n'avait pas oublié la chaleur et les frissons qui l'avaient parcourue à son contact. Comment pourrait-elle jamais oublier une telle expérience ?

Pourtant, elle le devait. Parce qu'il l'avait renvoyée dans les bras de James. Elle lui en voulait tellement ! Comment avait-il pu lui avouer qu'elle représentait tant à ses yeux et se débarrasser d'elle l'instant d'après ? Sentant son courage vaciller, Ciara se reprit.

— Un instant d'abandon bien vite terminé, voilà tout. Ne t'inquiète pas, Elizabeth, cela ne se reproduira pas.

Ciara puisa un peu de réconfort dans le regard compatissant de son amie, qui lui donna la force de continuer.

— Je pense que cette vérité qu'on me cache, quelle qu'elle soit, explique en grande partie la raison pour laquelle les MacLerie sont si pressés de se débarrasser de moi. Par ailleurs, je sais que c'est mon oncle Iain qui a constitué ma dot pour l'essentiel. Ce mariage ne coûte pas grand-chose ni à mes parents ni à mon oncle Connor, et leur rapporte beaucoup en retour. Quant aux Murray, ils sont au bord de la ruine et on peut dire que ma dot tombe à point nommé… James m'épouse uniquement pour l'argent que j'apporte à sa famille et, apparemment, les rumeurs qu'ils ont entendues à mon sujet ne rentrent même pas en ligne de compte. Voilà la situation…

Secouée de tremblements, Ciara dut s'interrompre et s'obligea à respirer lentement.

— Tavis ne veut pas m'épouser pour des raisons dont il ne veut pas parler. Mes parents mènent une existence entière fondée sur un mensonge qu'ils ne veulent pas révéler. Et moi, je me retrouve au beau milieu de cet imbroglio. Je récolte au passage un mari qui ne veut pas vraiment de moi et je perds un homme qui, lui, m'aime, mais est trop têtu pour le reconnaître. Quant à mes parents et ma famille, ils ne se soucient pas assez de moi pour oser me dire la vérité.

Alors qu'elle s'effondrait, terrassée par la cruauté de sa situation, Elizabeth la prit dans ses bras et la serra contre elle.

— Tout cela n'a aucune importance, Ciara. Tu es un véritable joyau et si James Murray est aveugle au point de ne pas s'en apercevoir, je vais le lui faire rentrer dans la tête à coup de pioche ! Dès qu'ils découvriront tes talents, dès qu'ils te connaîtront mieux, les Murray verront bien qu'en réalité, ce sont eux les gagnants dans cette affaire.

Pour l'apaiser, Elizabeth saisit sa brosse à cheveux qui était sur la table de chevet et commença à lui démêler les cheveux. Après un long silence, elle reprit :

— Dans cette histoire, tu as parlé de tous les protagonistes mais tu as oublié l'essentiel, Ciara. Toi. Que penses-tu de tout cela et que ressens-tu exactement ?

Ciara haussa les épaules

— Je n'en sais rien, à vrai dire. En quelques semaines, mon univers tout entier s'est complètement effondré. Mes parents ne sont pas ceux que je croyais. Un homme qui ne m'aimait soi-disant pas, se trouve en fait ne pas vouloir assumer ses sentiments. Et moi, je me retrouve fiancée à un homme que je n'aimerai jamais, pas plus qu'il ne m'aimera. A l'heure qu'il est, pour être tout à fait honnête avec toi, je crois que je ne ressens plus rien du tout.

Pourtant, Ciara avait beau clamer qu'elle ne ressentait rien, la colère continuait de gronder en son cœur.

Elles sursautèrent lorsque des coups retentirent à la porte. C'était Cora. Elle les regarda avec l'air suspicieux d'une mère qui prend ses enfants en train de faire des bêtises. Eternelles complices, Ciara et Elizabeth éclatèrent aussitôt de rire. Oubliant son mécontentement, Cora leur rappela de ne pas trop tarder à descendre dîner. Elle ne put toutefois s'empêcher de jeter un regard réprobateur à la robe que Ciara portait depuis la veille. Puis, elle sortit et les laissa entre elles.

— Tu sais, les prochaines semaines sont déjà toutes tracées, expliqua Elizabeth en aidant Ciara à enlever sa robe.

Puis, elle se mit en quête d'une robe propre pour son amie avant de continuer :

— Tu n'apprendras rien de plus avant de rentrer à Lairig Dubh et d'avoir enfin l'occasion de parler à tes parents. Alors profite du temps dont tu disposes d'ici là pour t'habituer à James. Puisque tu es certaine de l'épouser…

Elizabeth s'interrompit et jeta un regard à Ciara pour savoir si elle pouvait continuer. Comme Ciara lui adressait un signe de tête encourageant, elle poursuivit :

— Alors, il n'y a aucun mal à essayer de mieux le connaître pour te préparer à ta nouvelle vie.

— Tu as raison. D'autant plus qu'il semble vraiment décidé à m'accepter malgré les horreurs qu'il a entendues sur le compte de ma mère.

Elizabeth l'aidait maintenant à enfiler une robe de couleur vert pâle.

— C'est tout à son honneur. Et, de la sorte, même si cette histoire sordide correspond à la réalité, tu n'as aucune inquiétude à avoir le concernant.

Ciara hocha la tête, peu convaincue. A quoi bon ôter ses illusions à Elizabeth ? Voilà pourquoi elle n'avait pas tout dit, même à sa meilleure amie. La pauvre Elizabeth aurait été choquée de savoir que, la nuit précédente, Ciara aurait offert sans remords sa vertu à Tavis. Simplement pour avoir l'occasion de connaître la plénitude entre ses bras, juste une fois, avant d'appartenir à jamais à un autre homme.

Cela faisait des années que Tavis n'avait pas rêvé de Saraid… Quatre ans au moins. Même si elle continuait à le hanter. Même s'il pensait à elle tous les jours. Il se reprochait continuellement de ne pas avoir réussi à la sauver comme il le lui avait promis. Et voilà qu'il avait rêvé de Saraid la nuit précédente. Pas la Saraid qui l'avait imploré de mourir, pas celle qui avait rendu l'âme sous ses yeux affolés, non, celle dont il était tombé amoureux bien des années auparavant.

Dans son rêve, ils parcouraient ensemble les chemins et les collines autour de Lairig Dubh en riant. Comme ils l'avaient fait lorsqu'ils apprenaient à se connaître, alors qu'ils étaient fiancés. Ils passaient leur temps à mettre leur amour à l'épreuve comme le faisaient tous les couples d'amoureux depuis la nuit des temps.

Malgré son désir de jeune homme, Tavis savait qu'il ne la déshonorerait pas. Il attendrait de l'avoir épousée. Ils avaient toute la vie pour s'aimer… Saraid se trouvait à quelques mètres devant lui et s'était mise à courir. Cela ne lui aurait demandé aucun effort de s'élancer à sa poursuite, mais c'était un jeu auquel ils aimaient jouer. Ils s'amusaient à faire durer le plaisir. Car le gagnant pouvait exiger une récompense. Comme elle venait une nouvelle fois de détaler devant lui, il courut quelques secondes avant de l'attraper, de l'attirer tout contre lui et de réclamer son dû.

Cette fois, ce fut elle qui l'embrassa avec ferveur. Il en fut tout surpris, car Saraid prenait rarement l'initiative de leurs baisers. Tavis songea avec bonheur qu'il venait d'entrevoir la passion qui était tapie au fond d'elle. Pour lui, rien que pour lui. Plus que quelques semaines et elle serait à lui.

Lorsqu'il s'éloigna d'elle et lui toucha la joue, Saraid lui sourit et murmura : « S'il m'arrive quelque chose, tu dois continuer à vivre. »

Tavis secoua la tête, soudain vaguement alarmé. « Il ne t'arrivera rien. Nous allons vivre heureux. »

« Promets-le-moi. Promets-le moi, Tavis, tu dois continuer à être heureux », le pressa-t-elle. « Je te le promets », répondit-il, mais dans l'inconscience du rêve, il savait déjà qu'il lui mentait.

Tavis s'était réveillé en entendant sa propre voix répéter sa promesse encore et encore. Il se redressa sur la paillasse peu confortable où il dormait, complètement hagard. Il regarda autour de lui. Apparemment, aucun des autres hommes ne l'avait entendu. Heureusement ! Bouleversé par son rêve, il se leva, s'enroula dans son plaid et sortit. Les premières lueurs de l'aube apparaissaient à l'horizon. Les oiseaux n'allaient plus tarder à réveiller ses compagnons.

Tavis essaya tant bien que mal de calmer son cœur qui battait à tout rompre. Bon sang, ce rêve lui avait semblé tellement réel ! C'était comme si Saraid s'était vraiment trouvée là, comme s'il l'avait réellement embrassée. Comme par le passé. Il avait pourtant tout oublié depuis longtemps des paroles qu'ils avaient échangées ce jour-là ainsi que la promesse qu'il lui avait faite. Tout lui revenait néanmoins très clairement à la mémoire, à présent que son rêve avait éveillé ses souvenirs.

Saraid évoquait souvent en plaisantant tous les malheurs

qui s'étaient abattus sur sa famille et semblait prendre son parti du fait qu'elle risquait elle aussi d'être emportée par une quelconque catastrophe. Tavis avait toujours pris cela sur le ton de la plaisanterie. Rétrospectivement, il en avait encore des sueurs froides. Elle savait. Elle savait ce qui finirait par arriver. Elle ne savait juste pas quand ni où cela arriverait.

Que Dieu le prenne en pitié ! Si seulement il n'était pas parti en colère. Si seulement... Tavis se frotta vigoureusement le visage pour chasser les images terribles qui le hantaient. Mais il ne pouvait cesser de penser à la promesse qu'il lui avait faite et qu'il avait oubliée pendant si longtemps, écrasé sous le poids du chagrin et de la culpabilité.

« Si jamais il m'arrive quelque chose, tu dois continuer à vivre. »

Tavis se mit à fouiller sa mémoire. Avait-elle réellement prononcé ces mots ou était-ce simplement sa conscience coupable qui s'amusait à lui jouer des tours ? Maintenant qu'il y réfléchissait sérieusement, il réalisa avec stupeur que Saraid n'avait jamais cessé de lui répéter ces mots tout au long de leur mariage.

Le soleil s'était levé, mais Tavis resta encore quelques minutes dans la cour, absorbé par sa réflexion. Enfin, il prit la décision d'aller voir Connor dès son retour. Il comptait lui demander de le transférer sur d'autres terres du clan, plus au nord. Il ne pouvait plus continuer à emprunter les mêmes chemins, à vivre chaque jour dans les lieux où il avait commis les pires erreurs de son existence. Il allait ramener Ciara à ses parents, saine et sauve, expliquer ses erreurs à Connor et partir vivre ailleurs en espérant retrouver enfin un peu de sérénité.

Chapitre 11

— J'aimerais vous parler, MacLerie, lança James Murray en s'approchant.

Tavis hocha la tête en guise de salut et pointa du doigt sa tenue.

— Puis-je aller m'habiller, monseigneur ?

James n'avait visiblement pas remarqué que Tavis n'était pas correctement vêtu et lui donna son assentiment d'un geste impérieux.

— Je vais vous attendre.

Tavis ne se pressa pas plus qu'à l'ordinaire. Lorsqu'il ressortit dans la cour, James était en train d'examiner les chevaux qui trottaient dans leur enclos.

— Ciara est très bonne cavalière, dit James. On peut dire que son cheval a un fichu caractère.

— Oui, elle se débrouille très bien. Depuis très longtemps d'ailleurs, ajouta Tavis.

— Depuis combien de temps la connaissez-vous ?

— Elle n'avait que cinq ans lorsque je l'ai rencontrée. Une toute petite fille avec de grands yeux expressifs.

— Et vous assurez sa protection désormais ?

Tavis hocha la tête avec une certaine hésitation, ne sachant pas très bien ce que James Murray lui voulait.

— A la demande de ses parents et de Connor MacLerie.

— Quelle place occupez-vous auprès du laird ?

— Je commande sa garde personnelle et travaille avec Rurik Erengislsson, le commandant en chef de tous ses soldats. Pourquoi vous ne me posez pas simplement la question que vous avez envie de me poser, monseigneur ?

— Très bien. Pourquoi ? Dites-moi pourquoi elle est venue vous voir hier soir !

— J'ai tout fait pour lui faire passer un agréable voyage lorsqu'elle a quitté Dunalastair pour aller vivre avec ses parents à Lairig Dubh. Je me suis lié d'amitié avec elle alors qu'elle se sentait bien seule. Elle sait que je la protégerai toujours, même ici.

— Cela relève de ma responsabilité désormais, MacLerie.

— Ce sera vrai. Dès que vous aurez échangé vos vœux. En attendant, je poursuis la mission que mon laird m'a confiée.

James tourna les talons et commença à s'éloigner. Soudain, il s'arrêta brutalement et revint sur ses pas.

— Je n'avais pas l'intention de révéler quelque chose d'aussi douloureux pour elle. Je ne voulais offenser personne, ni elle, ni votre laird.

Tavis allait le laisser partir sans ajouter un seul mot, puis il se ravisa. James Murray n'avait pas un mauvais fond, il était juste… jeune et trop impulsif. Pour être honnête, Tavis reconnaissait en lui beaucoup de ce qu'il était au même âge.

— Je ne vais pas me mettre en travers de votre chemin. Je ne m'opposerai pas à votre mariage avec Ciara.

Peu importaient ses propres désirs et ses propres besoins, il accomplirait son devoir ! Le jeune Murray acquiesça sans dire un mot. Il semblait avoir une autre question en tête sans savoir comment la poser.

— Autre chose, monseigneur ?

— Avez-vous pris part à des batailles, MacLerie ?

— Oui. Et j'ai manqué me faire tuer plus d'une fois.

Heureusement, sur le champ de bataille, il pouvait toujours compter sur un cousin ou un camarade pour lui venir en aide en cas de difficultés importantes. Grâce à cette solidarité, ils s'en étaient tous sortis chaque fois avec des blessures et quelques cicatrices.

— Je vous ai observé lorsque vous vous entraîniez au combat avec vos hommes. Je me joindrais volontiers à vous…

— Nous allons nous entraîner après le petit déjeuner, monseigneur. Vous êtes chez vous. Personne ne refusera de combattre avec vous.

Le jeune lord s'éloigna alors rapidement et l'étrangeté de la situation frappa Tavis. Lorsqu'il laissait l'amertume le submerger, il détestait cet homme parce que c'était lui qui allait épouser Ciara. Il ne pouvait pas supporter l'idée que James Murray allait partager son lit, la faire sienne, être celui qui déciderait de son existence et de son avenir.

Tavis secoua la tête et se retourna pour regarder les chevaux courir. Pour l'instant, s'il en jugeait par ses actes, le jeune lord n'était pas un mauvais bougre. Il s'était excusé après avoir parlé d'histoires qu'il aurait mieux valu ne pas déterrer et avait fait en sorte d'arranger les choses entre eux deux, conscient que Tavis revêtait une certaine importance aux yeux de Ciara.

Malgré sa jeunesse, James Murray s'était conduit avec une grande sagesse et n'avait pas hésité à faire amende honorable après les propos qu'il avait tenus. Bien des hommes n'en auraient pas fait autant. Alors Tavis se devait de le respecter, même si c'était à contrecœur. Et puis, à dire vrai, James Murray n'était qu'un pantin dans cette farce, tout comme Ciara et lui.

Par ailleurs, James avait su comprendre ses explications au sujet des relations qu'il entretenait avec Ciara et cela plaidait en sa faveur. Après tout, il l'avait tout de même soupçonné de ne pas se conduire comme la décence l'exigeait avec sa fiancée, pourtant il n'avait pas laissé la colère l'emporter…

Autour de lui, ses hommes commençaient à s'éveiller,

tout comme le reste de la maisonnée. Tavis avait prévu un entraînement jusqu'à midi puis il s'occuperait des préparatifs pour le voyage de retour à Lairig Dubh. Ils partiraient dès le lendemain matin. Une fois leur petit déjeuner avalé, il appela ses hommes dans la cour et les répartit par groupes de deux, soit avec une épée, soit avec une hache et une cible. James les rejoignit comme prévu, et même s'il n'avait clairement aucune expérience d'un champ de bataille, Tavis dut admettre qu'il se débrouillait plutôt bien lors des simulations de combat.

Lorsque Tavis s'aperçut que Ciara les observait, il était en train d'affronter James. Craignait-elle qu'ils ne s'entretuent ? Il aurait bien aimé savoir qui, de lui ou de James, elle aurait encouragé dans un combat réel. De toute façon, il serait peu judicieux de sa part de vaincre l'héritier des Murray devant sa famille et ceux qui étaient à son service. Il ne lui restait donc qu'à prendre sur lui pour contenir la frustration qu'il mourait d'envie de déverser sur cet homme et laissa James gagner.

La mort dans l'âme.

— Ils sont devenus fous ! s'exclama Ciara en voyant Tavis et James combattre dans la cour.

— Non, ce sont des hommes et ils se comportent comme tels, dit Cora qui se trouvait juste derrière elle.

Ciara, Elizabeth et Cora étaient en train de se promener et de profiter de la belle matinée ensoleillée lorsqu'elles les avaient repérés près de l'enclos à chevaux. Pour son dernier matin au manoir, Ciara avait pensé faire un peu de cheval avant de se préparer au voyage de retour. C'est alors qu'elles étaient tombées sur la plupart des Murray et tous les MacLerie en train de se battre. Lord Murray lui-même observait la scène. Il y allait de ses suggestions et encourageait son fils et ses hommes.

C'était un entraînement avec des règles strictes. Dès

qu'un homme tombait à terre, il quittait aussitôt le terrain. Certes, personne ne serait tué ou mutilé, néanmoins, Ciara n'était pas certaine qu'aucune vilaine blessure ne serait à déplorer. Le sang coulait parfois, elle le voyait bien, même à cette distance, car la plupart d'entre eux combattaient torse nu. Ses pas l'avaient amenée à quelques mètres d'eux, le souffle court, alors qu'il ne restait plus que Tavis et James au centre du terrain. Même si les MacLerie étaient de loin les moins nombreux, ils n'en étaient pas moins bruyants que les Murray lorsqu'ils encourageaient leur champion.

Soudain, Tavis envoya l'épée de James voler en l'air. James, qui avait également perdu son poignard au cours du duel, se retrouvait maintenant totalement désarmé. Il chargea aussitôt Tavis, et, au dernier moment, lui fit un croche-pied. Tavis s'affala alors de tout son long, dans un mouvement qui parut fort peu naturel à Ciara. Une clameur s'éleva. Les Murray félicitaient James à cor et à cri tout en aidant Tavis à se relever.

Comment les hommes faisaient-ils donc ? Comment pouvaient-ils être ennemis jurés un instant et camarades celui d'après ? Ciara secoua la tête, perplexe, elle vit Tavis qui donnait des conseils à James pour éviter de se faire désarmer une nouvelle fois à l'avenir.

Cora les entraîna alors vers la demeure pour préparer leurs bagages. Les domestiques de lady Murray étaient déjà en train de faire les malles. Ciara espérait secrètement que le voyage de retour durerait bien plus longtemps que celui qui les avait amenés ici. Elle n'était vraiment pas pressée de rentrer…

Cependant, cette fois, ils allaient avoir de la compagnie. Leur convoi comporterait quatre chariots, ainsi qu'une vingtaine de gardes du clan Murray. Ajoutés aux MacLerie, il y aurait environ quarante gardes ! Lady Murray s'était également arrangée pour pouvoir dormir en route dans sa famille, ce qui rendrait le voyage plus confortable. Après tout, si son égoïsme profitait à tout le monde, Ciara ne pouvait que s'en réjouir.

Une vraie petite armée ! Voilà à quoi leur troupe ressemblait !

Tandis qu'elle grimpait sur sa monture, Ciara entendit la clameur qui montait depuis le village jusqu'à la route principale. Leur départ matinal ne passait pas inaperçu ! Comme lady Murray préférait voyager dans un chariot, le leur avait été garni de confortables coussins et Cora avait demandé à pouvoir s'y réfugier également. Elizabeth se trouvait juste derrière elle, à cheval, et James chevauchait à son côté.

Somme toute, l'ambiance était plutôt agréable. Il y avait des domestiques pour parer à leurs besoins, des hommes pour monter la garde et suffisamment de compagnie pour faire un brin de causette. D'après Tavis, ils allaient rentrer à Lairig Dubh en empruntant un itinéraire différent de celui qu'ils avaient pris à l'aller. Ils allaient passer plus au sud, en suivant le fleuve Tay jusqu'au loch du même nom, puis ils se dirigeraient plein ouest, le long de la vallée de Glen Lyon, et enfin vers le nord jusqu'à Lairig Dubh. Ils allaient une nouvelle fois se retrouver sur les routes des bergers mais, comme la transhumance n'avait pas encore commencé, les troupeaux ne gêneraient pas leur progression.

Finalement, ils ne passeraient pas par Dunalastair sur le chemin du retour. Cela éviterait toute situation embarrassante suite aux propos que James et son père avaient tenus sur sa mère. Ciara ne savait pas si James avait dit à lord Murray qu'elle avait entendu leur conversation mais, quoi qu'il en soit, son père se montrait beaucoup plus amical avec elle maintenant que le mariage approchait et qu'il était sur le point d'obtenir le soutien des MacLerie, en plus de sa dot.

Ciara avait demandé à James de bien vouloir trouver un bon parti à Elizabeth pour lui permettre de venir vivre à ses côtés après leur mariage. James avait alors régulièrement proposé à Elizabeth de partager leur compagnie. Notamment lors des parties d'échecs qui étaient organisées à la nuit tombée.

Dès son plus jeune âge, Marian lui avait appris à jouer. Ciara avait été une élève assidue et battait généralement la plupart de ses adversaires. Elle en avait passé des nuits à s'entraîner, pour faire plaisir à son père qui passait son temps à lui vanter les mérites de ce jeu de logique et de stratégie. Sa mère restait sa plus redoutable adversaire, elle remportait systématiquement les parties qu'elle jouait, contre n'importe lequel des MacLerie.

Trois jours après avoir quitté les terres des Murray, alors que le repas du soir était terminé et que le plateau du jeu d'échecs avait été installé, Ciara proposa une partie à Elizabeth. Comme il l'avait déjà vue remporter plusieurs parties contre son amie, James proposa son aide à Elizabeth.

Le silence régnait alors que chacun réfléchissait au pion qu'il allait bouger. Bientôt, leur affrontement devint l'attraction de la soirée et rassembla presque tous les membres du convoi. Certains se mirent même à parier sur le nom du vainqueur. Ciara sentait dans son dos la présence de Tavis qui observait la partie sans dire un mot.

De l'avis de tous, James et Elizabeth formaient une prodigieuse équipe, pourtant Ciara réussissait invariablement à contrecarrer leurs efforts.

Soir après soir, les parties endiablées se poursuivirent sous un ciel clément. Puis, ils essuyèrent quelques tempêtes plusieurs jours d'affilée. Le voyage devint pénible. La pluie les ralentissait beaucoup et les obligeait à avancer au pas car les routes et les chemins étaient désormais terriblement boueux et les chariots avaient tendance à s'embourber facilement. Quand le soleil se remit à briller, Ciara fut soulagée de ne plus se retrouver confinée pour se protéger du mauvais temps.

Ce soir-là, suivies de près par plusieurs gardes, Ciara et Elizabeth étaient parties faire une petite promenade pour se dégourdir un peu les jambes et faire passer leurs crampes pendant que les domestiques préparaient le dîner.

Une fois le repas terminé, des torches furent disposées autour d'une table improvisée sur laquelle avait été installé le plateau du jeu d'échecs. Lorsqu'elle s'aperçut que certains hommes étaient déjà en train de miser alors que personne n'avait encore réservé l'échiquier, Ciara fut prise d'un fou rire.

— Je me demande bien qui va être le premier à réclamer le plateau, dit-elle d'un air songeur en s'approchant de la table.

Beaucoup tournaient autour mais personne n'avait encore pris place sur les tabourets.

— Je commence à me lasser de ce jeu, dit Elizabeth en soupirant.

— Même lorsque tu fais équipe avec James ? demanda Ciara.

Etonnée, elle vit son amie rougir jusqu'à la racine des cheveux à sa question. Elle semblait ne pas trouver ses mots. Une voix forte retentit soudain. James venait de lancer un défi.

— Les Murray contre les MacLerie ! Qui va défendre le clan MacLerie ?

A grand renfort de rires et d'exclamations, les MacLerie se concertèrent en se poussant du coude pour décider qui allait défendre leur honneur. Bien sûr, seuls les hommes étaient concernés ! Les MacLerie finirent par se disperser. Ils avaient désigné Tavis pour les représenter. Celui-ci paraissait déterminé à remporter la victoire, pourtant Ciara savait qu'il n'avait jamais particulièrement apprécié le jeu.

Ciara et Elizabeth prirent place sur des tabourets, tout près du plateau. La partie semblait égale. Chaque coup était mûrement réfléchi et l'avantage passait régulièrement d'un camp à l'autre. Ciara avait beaucoup de mal à prédire qui finirait par remporter la partie. Puis, elle porta son attention sur Tavis et remarqua qu'il se pinçait les lèvres d'une façon adorable lorsqu'il étudiait les différentes possibilités qui s'offraient à lui.

Ciara avait bien conscience de le regarder un peu trop fixement, seulement, elle était incapable de détacher son regard. Elle avait la vague impression qu'il se tramait quelque chose, mais ne parvenait pas à comprendre ce qui se passait exactement. Mais lorsque Tavis bougea son pion, elle comprit soudain. Il s'arrangeait pour faire gagner James, sans pour autant que sa défaite soit écrasante ! Si James bougeait le mauvais pion ou se mettait en mauvaise posture, Tavis faisait immédiatement en sorte de rétablir la situation. Tout en buvant une tasse de thé qu'un domestique venait de lui apporter, Ciara réfléchissait à plein régime. Pourquoi agissait-il ainsi ?

Tout à coup, les images du combat qui avait opposé Tavis et James lui revinrent à la mémoire. James, un jeune homme inexpérimenté et de moindre stature, s'était mesuré à un guerrier aguerri redouté de tous. Un homme qui s'entraînait depuis ses plus jeunes années à manier les armes et à se battre à mains nues ! Et pourtant, alors qu'il était désarmé, James avait vaincu Tavis… Seigneur ! Voilà pourquoi la chute de Tavis avait été si étrange, ce n'était pas le geste de James qui l'avait déséquilibré, il avait chuté de lui-même pour laisser la victoire à son adversaire.

Ciara se concentra de nouveau sur le jeu pour en avoir le cœur net. Oui, Tavis commettait des erreurs qui ne lui ressemblaient pas. Des erreurs qui permettaient à James de prendre l'avantage. Cependant, Tavis opérait très discrètement : les autres ne se rendaient apparemment compte de rien.

Ainsi donc, Tavis perdait délibérément... Mais pourquoi ?

Chapitre 12

Maintenant qu'elle avait compris ce que Tavis manigançait, Ciara avait terriblement envie de rire. Elle se mordit la langue. Elle devait absolument rester de marbre, autrement la victoire de James n'en serait pas vraiment une. Elle ne comprenait pas franchement les enjeux de cette mascarade. Seulement, Tavis devait certainement avoir de bonnes raisons pour agir ainsi… D'autant que le jeu ne devait pas être simple pour lui. Faire en sorte de perdre n'était pas chose aisée, surtout avec tous ces regards qui scrutaient le plateau en permanence.

L'avantage continuait de passer d'un camp à l'autre lorsque, soudain, Ciara s'aperçut que James était en très mauvaise posture. Si Tavis bougeait la bonne pièce, il était assuré de remporter la victoire. Elle saurait avec certitude s'il faisait exprès de perdre.

Elle remarqua alors qu'il se pinçait de nouveau les lèvres. Si elle ne l'avait pas observé avec une très grande attention, elle n'aurait rien vu, comme c'était probablement le cas de ceux qui suivaient la partie. Tavis opta en définitive pour un coup défensif. James n'avait plus qu'à saisir sa chance. Le sourire aux lèvres, celui-ci fit glisser sa pièce pour faire échec au roi.

Les Murray qui étaient présents laissèrent aussitôt éclater leur joie. James tendit la main à Tavis et celui-ci le félicita chaleureusement. Tavis risqua un coup d'œil vers Ciara… pour la foudroyer du regard. Comme pour lui intimer l'ordre de se taire. Ainsi, il avait compris qu'elle avait vu clair dans son jeu. Ciara retint un sourire amusé, il savait pourtant bien qu'il en fallait plus que cela pour l'effrayer. Tavis lui devrait une explication à un moment ou à un autre. Elle ne manquerait pas de lui poser des questions dès que l'occasion se présenterait…

Tavis jura intérieurement. Ciara était une joueuse exceptionnelle. Il aurait dû se douter qu'elle le démasquerait ! Il se leva précipitamment de la table de jeu pour se diriger vers la tente où il dormait avant de prendre son tour de garde et souhaita une bonne nuit à tout le monde. Le regard de Ciara lui brûlait le dos. Il ne se sentait pas prêt à l'affronter. Il fit donc comme si de rien n'était et ne se retourna pas. Elle allait lui poser des questions et il n'avait aucune envie d'y répondre…

De toute façon, il ne saurait quoi lui répondre. Il ne tenait pas particulièrement à réfléchir aux raisons qui l'avaient incité à truquer la partie. Car il ne pouvait pas nier qu'il avait voulu — il en avait même eu sacrément envie ! — flanquer une raclée à James lors du combat qui les avait opposés. Il avait fait preuve d'une grande maîtrise pour ne pas réduire à néant les stratégies ridicules auxquelles James avait essayé de recourir pendant leur partie d'échecs. Il s'était abstenu pour ne pas risquer de le vexer. Car une personne aurait ensuite eu à en pâtir.

Ciara.

Mieux valait éviter de se fâcher avec le futur mari de Ciara, car alors, elle se retrouverait seule et sans défense dès qu'elle ne serait plus sous la protection des MacLerie. Or, cela n'allait plus tarder. James avait l'air d'un homme pondéré, certes ; toutefois, Tavis ne voulait pas prendre le risque de compromettre la sécurité ou l'avenir de Ciara en contrariant l'héritier des Murray. Même si cela lui aurait fait un immense plaisir.

Les paroles que Duncan avait prononcées au cours de leurs discussions lui revenaient à la mémoire. Tout comme les mises en garde de Connor, qui lui avait maintes fois répété de tout faire pour favoriser une bonne entente entre Ciara et James. Durant le voyage, il s'était promis de prendre modèle sur le calme et l'impartialité dont Duncan faisait toujours preuve au cours des négociations qu'il menait. Hélas, dès que Ciara était concernée, les choses se compliquaient… Son orgueil de mâle ne cessait de le titiller et il devait le combattre à tout moment.

Duncan et Connor connaissaient-ils la nature de ses sentiments pour lui avoir tenu un même discours, chacun leur tour, avant son départ de Lairig Dubh ? Savaient-ils que les sentiments qu'il croyait profondément enfouis en lui n'allaient pas manquer de faire surface pendant le voyage ? Avaient-ils tout compris avant lui ? Bon sang ! Quel imbécile il faisait !

Pour se vider l'esprit, Tavis alla chercher ses outres pour les remplir au ruisseau qui coulait non loin de là. Bon prétexte pour mettre un peu de distance entre elle et lui. Marcher lui ferait le plus grand bien après tout ce temps assis devant le plateau de jeu.

A mi-chemin, il entendit des branches craquer et comprit que quelqu'un le suivait. Il se mit à marcher bruyamment pour signaler sa présence. Malédiction ! Il n'avait pas besoin de se retourner, il savait parfaitement qui il allait trouver derrière lui.

— Tu devrais aller t'installer confortablement pour la nuit, lança-t-il à voix haute.

Il n'attendait pas vraiment de réponse. Les bruits de pas

s'arrêtèrent quelques secondes avant de reprendre de plus belle, tandis qu'il attendait au bord du ruisseau.

— Je voudrais te parler, Tavis, dit-elle d'une voix essoufflée par la marche rapide qu'il lui avait imposée.

— Non, Ciara. Va t'allonger dans ta tente. Nous parlerons demain matin.

Peine perdue. Elle ne l'avait pas lâché d'une semelle et arrivait déjà sur ses talons. Ce n'était pas la première fois qu'il lui demandait de remettre une conversation au lendemain et qu'elle n'en faisait qu'à sa tête. D'ailleurs, avait-il jamais réussi à la faire changer d'avis ? Alors qu'il se retournait d'un mouvement agacé, il la vit qui trébuchait. D'instinct, il bondit à son secours et la retint à temps. Par malheur, elle reposait à présent entre ses bras. Son corps souple et chaud semblait fait pour épouser ses muscles durs et tendus. Il se força à l'éloigner de lui et croisa les bras sur sa poitrine pour résister à la tentation de ce joli corps.

— Retourne d'où tu viens, maintenant, dit-il d'une voix dure, en désignant le campement du menton.

On voyait distinctement les lueurs des torches qui éclairaient les tentes et les chariots. Comment avait-elle fait pour échapper aux gardes qu'il avait postés un peu plus tôt ?

— Je voulais seulement te…

— Retourne d'où tu viens.

Elle croisa les bras sur la poitrine elle aussi. Il savait pertinemment que la bataille était perdue d'avance, mais il devait quand même essayer.

— Je t'en prie, Ciara, rentre au campement, supplia-t-il dans un souffle.

— Tu as fait exprès de perdre, dit-elle d'un ton accusateur. Aux échecs et lors du combat.

Elle ne semblait pas décidée à bouger d'un millimètre.

— Et alors ? Quelle importance ? Va te coucher maintenant.

Bon sang ! Ses suppliques, comme ses ordres, restaient

lettre morte. Ciara restait campée à un mètre de lui et n'avait apparemment aucune intention de partir. Partagé entre la frustration, l'exaspération et la violence de ses sentiments, Tavis se frotta les yeux des doigts puis il se mit à regarder fixement la lune qui se trouvait juste au-dessus d'eux. Surtout, il ne devait pas la regarder. Comment la faire obéir ? S'il lui parlait franchement, est-ce qu'elle retournerait au campement et cesserait de le tourmenter ? Ses mots, ses sourires, ses froncements de sourcils, tout le faisait souffrir dès qu'il était en sa présence. Après quelques instants, il lui fit face et lui désigna une nouvelle fois la direction qu'il lui demandait de prendre.

— Quel intérêt pourrait-il bien y avoir à humilier James Murray devant tout son clan ? Ma petite satisfaction personnelle exceptée, à quoi bon lui imposer une défaite, tu peux me le dire ?

Elle avait sursauté et le regardait à présent, les yeux écarquillés.

— Ta petite satisfaction personnelle ? Qu'est-ce que tu entends par là, Tavis ?

Involontairement, il baissa les yeux sur elle. Bon sang ! Il s'était promis de ne pas le faire. Elle ne se rendait pas compte de l'effet qu'elle avait sur lui ! Il avait beau se répéter qu'elle appartenait à un autre, rien n'y faisait... Il continuait à la désirer comme un fou.

— C'est vrai que je pourrais lui mettre une raclée sans trop me forcer. Et j'aurais pu lui prendre son roi en cinq coups tout à l'heure, ajouta-t-il, avec suffisamment d'humour pour détendre l'atmosphère.

— Cinq coups ? Quel fanfaron ! J'en avais compté au moins sept.

— A toi, il t'aurait peut-être fallu sept coups. Moi, je pouvais réussir en cinq coups. Peu importe. Cela aurait tout mis en péril. N'oublie pas la raison pour laquelle nous sommes allés à Perth. Tout ce qui compte, c'est que James te protège, à présent que tu as accepté sa proposition.

Tavis croisa le regard de Ciara et cela lui fit mal. Il y lut une abnégation douloureuse ! Elle était décidément la digne héritière de Duncan. Peu importait qui était vraiment son père, elle était sans conteste la fille de cœur de son père, le conciliateur. Son regard intelligent lui disait tout ce qu'il avait besoin de savoir. Ciara comprenait parfaitement la situation et avait bien conscience des dangers qu'elle encourait. Elle avait beau se montrer taquine et trop curieuse à l'occasion, elle savait ce qui l'attendait et semblait s'y résoudre.

Toutefois, Ciara était également très fragile, elle n'acceptait qu'avec douleur l'inéluctable. C'était visible à sa façon de crisper machinalement les mains sur sa robe avant de toucher du bout des doigts ce qui se trouvait dans la petite bourse qu'elle avait à la ceinture. Il l'avait vue faire ce geste des dizaines de fois au cours du voyage. Cette bourse ne semblait d'ailleurs jamais la quitter.

— Quel souvenir précieux as-tu emporté avec toi ? demanda-t-il brusquement.

Un long frisson le parcourut. Il pénétrait sur un terrain intime, c'était dangereux. Il n'avait pas franchement envie de connaître la réponse. D'ailleurs, Ciara ne semblait pas tenir à lui révéler son secret, pourtant, elle sortit avec une timidité inhabituelle ce qu'elle cachait dans sa bourse.

C'était un petit cheval de bois. Elle le posa délicatement dans la main de Tavis tout en le caressant du bout des doigts. Malgré la patine du temps, il reconnut aussitôt le cheval qu'il avait sculpté pour elle bien des années plus tôt.

Cela semblait provenir d'une autre vie, songea-t-il avec une certaine émotion. A l'époque, il avait tout l'avenir devant lui, de multiples horizons s'offraient encore à lui. Il n'était pas tout à fait un homme à l'époque. C'était avant d'épouser Saraid. Avant… Il y avait tant à regretter…

— Je l'ai toujours avec moi. Depuis le jour où tu me l'as donné. Il me réconforte chaque fois que je me sens perdue ou que j'ai du chagrin. Et lorsque je me pose des questions sur la place que j'occupe au sein du clan MacLerie par exemple, cela m'aide à me remettre les idées en place, murmura-t-elle.

Une telle vulnérabilité affleurait derrière la force qu'elle affichait d'ordinaire ! Ses yeux étaient comme hagards. Que Dieu lui vienne en aide, elle le mettait à genoux… Lorsqu'elle baissait la garde, lorsqu'elle se laissait aller à la confidence, elle devenait terriblement dangereuse pour lui. Il avait alors bien du mal à tenir ses bonnes résolutions et à se souvenir qu'il n'y avait pas de place pour lui dans son existence.

Tavis contemplait le petit cheval de bois et se souvint tout à coup du moment exact où il l'avait vue en train de jouer avec cette statuette pour la première fois. C'était Duncan qui lui avait passé commande car celui-ci savait qu'il travaillait le bois avec un certain talent. Et comme Duncan savait aussi qu'il avait des frères et sœurs à peu près du même âge, il lui avait demandé de s'occuper de Ciara lors du voyage entre Dunalastair et Lairig Dubh. Il y avait d'ailleurs fort à parier qu'aucun des deux n'avait un seul instant imaginé les répercussions que cela pourrait avoir.

Des liens très forts pour la vie, rien de moins. Tandis qu'il examinait le cheval très attentivement, Tavis s'aperçut qu'il n'avait rien sculpté depuis fort longtemps.

Depuis la mort de Saraid.

Bon Dieu ! Il ne voyait pas comment il allait survivre si Ciara continuait à lui rappeler sans cesse ses faiblesses et ses manquements ! A force d'observer le cheval, il remarqua que, avec la patine du temps, la tête n'avait presque plus d'oreilles et que les jambes s'étaient transformées en moignons. Un petit rire triste se mit à pétiller au fond de lui quand il comprit la dévotion qu'elle avait portée à sa création de bois.

— Il est tellement usé qu'il ne ressemble plus à rien, dit-il.

Elle leva le menton fièrement pendant quelques instants, les lèvres tremblantes. Puis, elle prit une profonde inspiration avant d'expirer longuement, l'air exaspéré. Elle avait déjà retrouvé le contrôle d'elle-même et la femme qui le dévisageait maintenant était de nouveau la Ciara déterminée et confiante qu'il connaissait si bien.

— Je suppose qu'il tiendra le coup jusqu'à la fin du voyage, pas davantage, dit-elle avec une légère tristesse dans la voix.

Parlait-elle du jouet de bois ? Ou d'eux ? Faisait-elle référence aux sentiments qu'ils éprouvaient l'un pour l'autre ? Tavis ressentit une vive douleur dans la poitrine. La vie qui les attendait tous deux venait de lui sauter au visage. Il referma doucement les doigts sur le jouet. Un mélange de colère et de frustration bouillonnait en lui maintenant, et avant d'avoir réfléchi à ce qu'il allait dire, il laissa échapper :

— Je t'en sculpterai un autre.

Tavis se promit de tout faire pour l'aider à rester forte. D'autant qu'il ne serait bientôt plus à ses côtés pour la protéger. Ou pour la guider comme il l'avait si souvent fait par le passé. Soudain, ils entendirent quelqu'un qui appelait depuis le campement.

— Tavis ? Ciara est-elle avec toi ? demandait Dougal d'une voix tonitruante.

Ils venaient à peine de découvrir qu'elle n'était plus au camp.

— Oui, répondit-il. Elle est en ce moment même en route vers vous.

Tavis la regarda alors qu'elle lui adressait un signe de tête et s'éloignait déjà. Il l'interpella.

— Ceci t'appartient, dit-il en lui tendant le cheval de bois.

Ciara ouvrit sa bourse et remit le jouet sculpté à sa place avec d'infinies précautions.

Elle partit sans ajouter un mot, mais le mal était fait. Il s'était laissé prendre au piège par un petit animal de bois, par ses propres souvenirs et par son désir de la protéger. Il la suivit d'assez loin pour s'assurer qu'elle regagnait bien le campement puis revint sur ses pas.

Tavis se passa la main dans les cheveux, perplexe. Depuis combien de temps n'avait-il plus sculpté ? Se souvenait-il seulement comment faire ? Et où était le petit couteau qu'il utilisait pour travailler le bois ? En fait, la seule question valable, c'était comment diable avait-il pu se mettre dans un tel pétrin ?

En proie à une grande agitation, Tavis ne s'était même pas aperçu qu'il avait ramassé plusieurs morceaux de bois et avait déjà rejeté les moins beaux d'entre eux. Allons, il ne trouverait pas le repos cette nuit-là. Il retourna au camp à grandes enjambées, puis fouilla dans son sac en cuir et en ressortit fébrilement le couteau.

Autrefois, sculpter le bois l'apaisait et il espérait retrouver les mêmes sensations car il avait grand besoin de se détendre. Puis, comme les premières lueurs du jour déchiraient déjà le ciel, il comprit que rien ne viendrait à bout de ses tourments.

Lorsqu'il vit distinctement ce qu'il avait sculpté, il se mit à pester comme un beau diable. Il était allé au-devant des ennuis sans même s'en rendre compte… Comme si cela ne suffisait pas ! Il avait beau examiner l'objet sous tous les angles, ce n'était pas un cheval du tout. Il le regarda avec la plus grande attention à la lumière blafarde du matin qui se levait.

Tout ce qu'il voyait, c'était un cœur. Un cœur en lambeaux. Etait-ce le sien ?

Chapitre 13

Au cours des jours suivants, Ciara vit à plusieurs reprises Tavis en train de travailler un petit morceau de bois avec son couteau. Mais il n'avait visiblement pas l'intention de lui montrer ce qu'il était en train de faire et n'évoqua jamais le sujet en sa présence. Elle n'avait toujours pas très bien compris pourquoi elle lui avait révélé son attachement dévot à la statuette, mais elle n'en éprouvait aucun regret. Tavis devait connaître la place qu'il occupait dans son cœur, qu'il occuperait toujours, même lorsqu'elle n'aurait plus pour seul souvenir que son petit cheval de bois.

A la nuit tombée, les échecs restaient la distraction préférée de tous. Lors des affrontements entre James et Tavis, Ciara n'avait plus jamais surpris Tavis laisser James remporter la partie. Peut-être avait-il simplement appris à mieux dissimuler son jeu ?

Elizabeth avait pour sa part retrouvé le plaisir de jouer et faisait équipe avec James ou elle-même, à tour de rôle. Son amie s'entendait à merveille avec James. Parfois, ils avaient même des discussions assez animées, à table ou en route, comme cela pouvait arriver entre amis. Ciara s'en réjouissait. Pour deux raisons essentielles.

D'abord, parce que Elizabeth paraissait pleinement heureuse à l'idée d'aller vivre avec elle dans le comté de Perth. Ensuite, parce que James prenait apparemment très au sérieux la tâche qu'elle lui avait confiée. Depuis qu'elle lui avait demandé de trouver un bon mari à son amie, il consacrait beaucoup de temps à Elizabeth pour apprendre à mieux la connaître. Et vu les heures qu'ils passaient ensemble et toute l'attention que James semblait lui porter, Ciara ne doutait pas qu'il finirait par proposer de bons partis à Elizabeth lorsque le temps viendrait pour elle de convoler.

Après tous ces jours de voyage, leur convoi se dirigeait vers le nord. Toutefois, ils allaient d'abord s'accorder une bonne journée de repos avant d'affronter des routes de montagne plutôt difficiles. Il fallait être en bonne forme physique pour pouvoir endurer la dernière partie du voyage. Sous les ordres de Tavis, les hommes installèrent donc un campement et montèrent des tentes pour abriter les femmes. Des hommes partirent à la chasse et rapportèrent de la viande fraîche aux domestiques chargés de préparer le dîner. Ciara regardait tous ces préparatifs avec une admiration croissante pour Tavis, qui obtenait que tous suivent ses ordres sans avoir jamais à élever la voix plus que nécessaire.

Une fois le périmètre de sécurité clairement établi, James vint alors perturber sa rêverie en l'invitant à se promener en sa compagnie. Et comme à l'accoutumée, Tavis ne la lâchait pas des yeux. Cependant, ils avaient à peine échangé trois mots depuis leur conversation. Il l'évitait. Ciara sentait le poids de son regard alors qu'elle circulait autour des tentes et des chariots avec James.

Ciara écoutait d'une oreille distraite les propos légers de son fiancé, incapable de se concentrer sur autre chose que la brûlure du regard de Tavis sur elle. Sans doute James allait-il s'arranger, à un moment ou à un autre, pour l'attirer un peu à l'écart. Or, elle ne voulait pas que Tavis le remarque.

Heureusement, les minutes s'écoulèrent sans que James ne prenne aucune initiative. Il lui faisait des compliments sur sa façon de jouer aux échecs, lui assurait qu'il n'avait jamais rencontré une cavalière aussi douée qu'elle. Il lui posait également des questions sur ses parents tout en la tenant par la main. Alors pourquoi diable n'essayait-il plus jamais de lui voler des baisers ? Non que ses baisers lui manquent, mais tout de même, cette réserve nouvelle l'inquiétait. L'attitude de James avait clairement changé à son égard.

Elle devait en avoir le cœur net. Bien décidée à provoquer le hasard, Ciara vint se blottir contre lui dès qu'elle fut certaine de n'être vue de personne, puis elle pencha légèrement la tête. C'était pour lui l'occasion rêvée de l'embrasser. James battit aussitôt en retraite. Pour un peu, elle se serait vexée !

Il se montrait toujours extrêmement prévenant et courtois mais, depuis leur départ, il faisait en sorte de maintenir une certaine distance entre eux. En public comme en privé. D'où provenait cette froideur nouvelle ? Quand allait-il de nouveau lui accorder quelques signes d'affection ?

Le repas qu'ils partagèrent ce soir-là ressemblait beaucoup aux dîners décontractés de Lairig Dubh. Lord et lady Murray avaient visiblement fini par l'accepter et paraissaient être venus à bout de leur réserve. Les tensions semblaient s'être enfin dissipées… Peut-être allait-elle faire un mariage heureux et mener une vie satisfaisante ?

Ciara passait chaque jour de longs moments en compagnie de la mère de James et elle commençait maintenant à bien connaître l'histoire de la famille ainsi que tous les projets d'aménagement de leurs terres. Peu à peu, lady Murray avait cessé de la prendre de haut et avait même commencé à lui confier quelques ragots sur le voisinage.

Une fois le repas terminé, James déclara qu'il réservait le plateau d'échecs. Il proposa à Tavis de faire équipe avec Ciara tandis que, de son côté, il jouerait avec Elizabeth. Les deux hommes paraissaient eux aussi avoir appris à se supporter depuis qu'ils avaient quitté Perth. Tavis donnait volontiers des conseils à James en matière de combat chaque fois que l'occasion se présentait. Et lorsque James perdait un combat ou une partie d'échecs qui l'opposait à Tavis, il acceptait manifestement la défaite sans sourciller. Ciara n'aurait pourtant pas parié sur cette entente cordiale…

La partie venait à peine de commencer, à la lueur du feu et des torches. Ciara connaissait bien la technique de jeu que Tavis employait car elle avait déjà eu maintes fois l'occasion de le voir jouer. A eux deux, ils formaient une très bonne équipe. Ils avaient des tactiques complémentaires, Tavis était plutôt conventionnel, elle, prenait davantage de risques. Surtout, ils savaient tous deux anticiper les coups qui allaient être joués. Les règles avaient clairement été établies avant que la partie ne commence : chaque joueur d'une même équipe devait jouer à tour de rôle. Elizabeth jouait donc juste après Tavis et Ciara derrière James. Une petite foule s'était progressivement amassée autour d'eux et les hommes avaient une nouvelle fois fait de nombreux paris sur l'équipe victorieuse.

Ciara eut bien du mal à conserver son calme. James et Elizabeth jouaient certes bien dans l'ensemble, mais ils ne faisaient pas le poids face à elle et Tavis, encore que ce dernier n'y mettait guère du sien. Elle aurait même juré qu'il s'arrangeait pour les laisser gagner. Heureusement, alors que la victoire était à portée de main, il cessa de prolonger inutilement la partie et s'associa à elle pour ravir son roi à l'équipe adverse.

Une fois la partie terminée, Tavis s'empressa de rejoindre ses hommes, et James raccompagna Ciara et Elizabeth jusqu'à leur tente. Elizabeth s'éclipsa rapidement à l'intérieur. Comme James se tenait près d'elle, Ciara se demandait avec inquiétude s'il comptait l'embrasser. Peut-être devait-elle prendre l'initiative ? James venait de lui souhaiter de passer une bonne nuit et s'apprêtait à partir. Il ne fallait surtout pas rater l'occasion ! Elle lui prit rapidement la main et l'attira vers elle en penchant légèrement la tête pour poser les lèvres sur les siennes. James se laissa faire et l'embrassa doucement. Ce baiser n'avait pas été différent des autres, en définitive.

Ni plus écœurant, ni plus agréable.

Comme il était inutile d'en espérer davantage, Ciara le salua et entra précipitamment sous la tente qu'elle partageait avec Elizabeth.

Hélas, elle fut incapable de s'endormir… Elle ne cessait de se tourner et se retourner dans son lit. Que se passait-il ? James avait-il changé d'avis ? Peut-être qu'il n'avait plus envie de l'épouser après tout… Etait-elle trop pressée ? Peut-être lui témoignait-il simplement beaucoup de respect et attendait-il leur mariage officiel avant de lui manifester son affection ? Surtout, pourquoi diable se sentait-elle en partie soulagée par cette distance nouvelle ?

Sans réponse à ses questions, Ciara ne dormit pas de la nuit. Aussi, le lendemain matin, elle éprouva les pires difficultés à rester éveillée en selle. Elle était sur le point de s'assoupir et menaçait de tomber de cheval lorsque Tavis s'en aperçut et eut juste le temps de la rattraper.

— Que se passe-t-il, Ciara ? demanda-t-il en la faisant sursauter. Laisse-moi régler les sangles de ta selle. J'ai l'impression qu'elles ne sont pas correctement fixées.

Tavis la guida jusqu'à une petite clairière et ordonna aux autres de continuer à avancer. D'un mouvement leste, il sauta de cheval.

— Tu vas bien, Ciara ? demanda-t-il avec sollicitude tout en vérifiant le côté droit de sa selle.

La sangle était bien en place.

— J'ai l'impression que tu étais en train de t'endormir. Tu as bien failli tomber de cheval, tu sais.

Elle se frotta les yeux et secoua vigoureusement la tête pour se remettre les idées en place.

— Je n'ai pas bien dormi et ce voyage m'épuise.

Tavis fit le tour du cheval pour vérifier l'autre sangle. Maudit soit-il ! Comment avait-il pu se méprendre à ce point ? Elle lui avait paru plutôt heureuse pendant le voyage et, plus les jours passaient, plus elle semblait pressée de rentrer à Lairig Dubh. Il savait pourtant bien, au fond de lui, que ce n'était pas son mariage qui la rendait tellement impatiente. Elle voulait simplement retrouver son foyer, ses parents. Il s'en voulait terriblement à présent. Si seulement il avait pu la prendre dans ses bras pour la consoler. Il recula aussitôt, effrayé par son instinct protecteur.

— Courage, Ciara. Je pense que nous serons arrivés demain à la tombée de la nuit si nous ne traînons pas en route. Je vais envoyer un homme en éclaireur dès les premiers rayons du soleil, demain matin.

Tavis remonta à cheval puis tourna la tête vers elle et lui demanda :

— Tu redoutes d'entendre ce que tes parents ont à te dire, n'est-ce pas ? Sur les raisons de ce mariage loin d'eux ?

— Oui, répondit-elle d'une petite voix, je ne me suis jamais sentie aussi mal.

Il s'approcha d'elle et lui prit la main. C'était tout ce qu'il pouvait faire. Rien de plus. Et encore, il se le permettait seulement parce qu'elle semblait dévastée.

— Tu seras toujours Ciara, quoi qu'il advienne. Rien ni personne ne pourra jamais changer la personne que tu es au fond de toi.

— Si seulement tu pouvais avoir raison, murmura-t-elle. Si seulement j'arrivais à me convaincre que tout cela n'a aucune importance.

— Tu penses vraiment que tes parents ont agi par pure méchanceté ? lui demanda-t-il pour essayer de mettre les choses en perspective.

— Non, je sais bien que ce n'est pas le cas.

— Crois-tu qu'une seule personne du clan MacLerie ait voulu te faire du mal ? Ou se débarrasser de toi ?

Elle soutint alors son regard et il vit de grosses larmes dans ses yeux.

— Mes parents sont sûrement les seuls à se préoccuper de mon sort. Une fois que je serai partie, personne ne remarquera mon absence.

— Bien sûr que si, Ciara. A commencer par moi. Dieu me pardonne, mon cœur saura que tu es partie.

Un long silence s'ensuivit. Il ne la quittait pas des yeux.

— Pourquoi ? Dis-moi seulement pourquoi ? lui demanda-t-elle d'un ton suppliant.

Tavis avait du mal à respirer à cause de l'émotion qui lui serrait la gorge. Il parvint seulement à chuchoter :

— Parce que je suis ton ami.

Mieux valait faire semblant de ne pas comprendre sa question. Qu'il était douloureux de fermer ses lèvres sur les mots qu'il aurait tant aimé prononcer. Hélas, elle lui demandait l'impossible. Soudain, une vague de colère froide le submergea. Il s'en voulait terriblement. Il sentait la rage monter en lui, le défier, l'exhorter à faire la seule chose qu'il ne pouvait se résoudre à faire…

Sous le flot des émotions, Tavis sentait qu'il perdait le contrôle de la situation. Pouvait-il lui déclarer son amour ? Non, c'était de la folie pure. Et, s'il le faisait, il se maudirait sans doute pour le restant de ses jours et les condamnerait tous deux au malheur. S'il prononçait les mots qui lui brûlaient les lèvres, Ciara reprendrait espoir alors qu'il n'y en avait aucun. Il se mordit la langue au sang et garda pour lui les mots qu'il avait au fond du cœur.

Je t'aime, Ciara.

Une larme coula sur sa joue alors qu'elle attendait des mots qu'il n'avait pas le droit de prononcer.

— Dis-le, Tavis, avant qu'il ne soit trop tard.

Tandis qu'elle se penchait de sa monture vers lui, il sentit sa petite main se poser sur sa poitrine, à la place du cœur. Savait-elle ce qu'elle lui demandait ? Ce n'étaient pas uniquement des mots qu'il lui faudrait prononcer s'il lui ouvrait son cœur ! Il devrait également agir en accord avec ses sentiments, contre son honneur ! S'il lui avouait son amour, il devrait la demander en mariage ! Or, cela était impossible.

Comment aurait-elle pu comprendre ? Il était responsable de la mort de Saraid et jamais il ne prendrait le risque de causer la sienne. Comment lui faire comprendre qu'il préférait la voir partir loin de lui, plutôt que de la voir mourir par sa faute. Soudain, une barrière céda en lui, toute résistance cessa et les mots coulèrent d'eux-mêmes :

— J'ai causé la mort de Saraid, Ciara. Je causerais la tienne également. Je préfère que tu épouses un autre homme plutôt que de te perdre comme je l'ai perdue.

A ces mots, Ciara pâlit. Son cheval se cabra en réaction. Elle ouvrait la bouche pour l'interroger sur le sens de ses paroles lorsqu'ils entendirent James qui les appelait, non loin de là.

Tavis poussa un soupir de soulagement. James arrivait à point nommé... Il lui avait évité de franchir une étape qui aurait pu mener sa vie et surtout celle de Ciara au désastre !

Tavis remonta en selle et partit aussitôt en avant pour permettre à James de chevaucher au côté de Ciara. Celui-ci prit poliment de ses nouvelles et Ciara répondit d'un ton léger.

Tavis avait terriblement envie de se retourner pour la regarder. Que pensait-elle de lui maintenant qu'elle avait entendu une partie de ses secrets ?

A l'époque, elle était trop jeune pour savoir ce qui s'était réellement passé à la mort de Saraid. Elle avait pourtant bien le droit de connaître la vérité désormais, puisque cela les touchait de près tous les deux… Lorsqu'ils seraient de retour au clan, elle apprendrait toute l'histoire.

Puis, elle quitterait Lairig Dubh et l'abandonnerait pour toujours. Sans regret.

Chapitre 14

Personne ne prononça la moindre parole en traversant le village. Ils avaient progressé à un rythme infernal toute la journée et étaient tous épuisés. Ils avaient quitté Perth, le cœur léger, en pleine forme, et étaient maintenant couverts de poussière et complètement affamés. Mais ils étaient arrivés ! Lorsqu'ils passèrent les portes des murailles qui encerclaient le château, Tavis salua les hommes qui montaient la garde.

Il avait envoyé un messager en éclaireur pour s'assurer que le laird et sa femme les attendraient en compagnie de Duncan et de Marian. Pourvu qu'un bon repas chaud soit déjà en train de mijoter pour eux tous.

Ceux qui dirigeaient les chariots suivirent ses instructions et les conduisirent un peu plus loin. Les guerriers Murray, quant à eux, se tenaient près de l'entrée et attendaient impatiemment d'être congédiés pour aller s'installer dans les baraquements avec les autres hommes. Lord Murray devait d'abord descendre de cheval et aider lady Murray à sortir de son chariot.

Connor et Jocelyne se tenaient dans la cour pour accueillir leurs nouveaux alliés. A leur arrivée, Connor s'approcha en signe d'hospitalité et déclara d'une voix tonitruante :

— Soyez les bienvenus à Lairig Dubh. Vous semblez

complètement épuisés. Nous pouvons très bien attendre demain matin pour les rites protocolaires, vous savez.

Tavis connaissait ce discours décontracté par cœur. Il avait vu Connor à l'œuvre tant de fois ! Parfois, le laird voulait juste faire clairement comprendre aux nouveaux venus quel était son rang, d'autres fois, il cherchait simplement à mettre ses visiteurs à l'aise. Tavis ne parvenait pas à savoir quel était le cas de figure en l'occurrence.

— Je suis le comte de Douran et voici mon épouse, Jocelyne MacCallum, lady MacLerie, ajouta Connor.

Voilà qui répondait à la question de Tavis. En général, Connor n'utilisait pas son titre honorifique. Il tenait sans doute à rappeler aux Murray que, contrairement à eux, les MacLerie possédaient un titre de noblesse et avaient donc les faveurs du roi. Tavis observait la scène avec une distance amusée. Lord Murray et son épouse s'inclinèrent devant Connor, comme son rang supérieur l'exigeait. Un peu d'humilité et de soumission ne ferait pas de mal à ces prétentieux après ce qu'ils avaient fait subir à Ciara…

— Je vous présente mon fils James, monseigneur, dit Murray en le désignant de la main.

Le jeune homme s'inclina également, sans qu'on lui prête grande attention. Ciara, de son côté, fut accueillie avec toute la chaleur réservée aux membres de la famille. La situation, enfin équilibrée, réjouit le cœur de Tavis. Le laird attendit encore quelques instants avant de serrer la main à chacun de ses hôtes de manière plus informelle.

— Nous allons bientôt devenir bien plus que de simples alliés ! Cela ne vous dérange pas j'espère si je vous appelle par vos prénoms ? Nous allons bientôt faire partie de la même famille, alors inutile de faire des façons entre nous. Appelez-moi Connor et appelez mon épouse Jocelyne.

Tavis savait que tout cela n'était que de l'esbroufe, mais il remarqua que la tension qui était palpable quelques instants plus tôt s'était dissipée instantanément. Il suivit tout le monde à l'intérieur du château, où Duncan et Marian étaient certainement en train de les attendre.

Tavis jeta un regard discret à Ciara, elle semblait de plus en plus nerveuse. Elle se tenait droite et raide, ses mains tremblaient légèrement. Bon sang ! Voilà qu'elle craignait de revoir ses parents. Une brusque flambée de colère anima Tavis. Pourquoi avait-il fallu qu'elle apprenne cette sombre histoire dans de telles circonstances ? Quoi qu'il en soit, elle devait absolument passer une bonne nuit pour pouvoir aborder sereinement la question avec ses parents, dès le lendemain matin. C'était une affaire de famille désormais, il ne pouvait plus lui apporter son soutien.

De son côté, il retrouva ses marques rapidement. On l'avait traité comme un domestique chez les Murray, mais ici il jouissait d'un certain statut. Il irait directement faire son rapport à Connor une fois que leurs hôtes seraient installés.

Connor présenta la famille Murray à Duncan et Marian, ainsi qu'à Rurik et d'autres personnes parmi ses plus proches collaborateurs, puis tout le monde prit rapidement place à table. Une conversation informelle s'engagea pendant que les domestiques servaient le repas. Tavis observait Ciara à la dérobée. Elle était silencieuse. Ses parents l'avaient accueillie très chaleureusement et sa mère l'avait longuement serrée dans ses bras, sans qu'elle réponde vraiment à son étreinte.

On leur avait préparé un repas simple mais nourrissant et tout le monde semblait se régaler. Une fois le dîner avalé, un majordome accompagna les Murray à l'étage pour leur montrer leurs chambres.

Ils étaient arrivés depuis moins d'une heure mais le silence régnait déjà au château, chacun ayant regagné ses pénates. Connor devait l'attendre dans ses appartements pour entendre son rapport. Il ne se pressa pas de monter pour permettre à Connor et Jocelyne de se parler. Pourtant, lorsqu'il pénétra enfin dans la pièce, Tavis constata avec surprise que Jocelyne allait apparemment assister à leur entretien.

— Parle-moi des Murray et de leur fils héritier, commença Connor avec son habituelle franchise.

Tavis lui parla d'abord de leurs terres, de leurs propriétés et des gens qui travaillaient à leur service. Puis, ce fut le tour de la famille Murray. Tavis répondait du mieux qu'il le pouvait aux questions que Connor lui posait. Il raconta ensuite comment le voyage s'était passé, à l'aller et au retour, et donna son opinion personnelle sur lord et lady Murray ainsi que sur James.

— Et que penses-tu de ce mariage, Tavis ? Cela débouchera-t-il sur une union solide et sur un bon traité par la même occasion ?

Jocelyne semblait pendue à ses lèvres. Pourquoi diable son avis leur importait-il autant ? Il n'avait aucune envie de donner son opinion sur un mariage qu'il haïssait !

— Ils ont l'air de plutôt bien s'entendre, d'après ce que j'ai pu voir, concéda-t-il. James semble tout à fait disposé à l'épouser.

Connor se mit à pouffer de rire.

— Je veux bien te croire ! Avec ce que sa famille va gagner au change, je parie qu'il épouserait mon cheval si on le lui proposait !

— Connor ! protesta Jocelyne.

Tavis ne parvint qu'à émettre un grognement écœuré au trait de Connor. Jocelyne lui jeta immédiatement un regard noir. Comme si elle le rendait responsable, lui, de cette mascarade ! Alors que cette histoire de dot le rendait fou, tant elle faisait souffrir Ciara ! Les Murray utilisaient la jeune femme uniquement pour parvenir à leurs fins. Sa vertu et son honneur leur importaient peu… Ils ne s'intéressaient qu'à sa fortune, bon sang !

Connor haussa les épaules et demanda :

— Et Ciara dans tout cela ? Ce mariage lui convient-il ?

Un silence assourdissant envahit la pièce alors qu'ils attendaient sa réponse. Connor tenait visiblement au bonheur de Ciara. Le laird hocha d'ailleurs la tête comme s'il venait d'entendre ses pensées.

— Nos enfants ont bien grandi. C'est la première à se marier.

Nos enfants ? Connor parlait certainement de ses enfants et de ceux de Duncan et de Rurik. La fille aînée de Connor serait la prochaine à partir se marier. La date de son mariage était peut-être même déjà fixée.

En dépit de sa volonté, Tavis ne parvint pas à répondre à la question qui lui avait été posée. Comment aurait-il pu approuver le mariage de Ciara avec James ? Il dégagea les mèches de cheveux qui lui barraient le front. Les mots que Connor attendait restaient bloqués dans sa gorge. Il avait essayé de convaincre Ciara que ce mariage était une bonne chose, mais ne se sentait pas capable de recommencer cette supercherie.

— Il faudra lui poser vous-même la question, Connor. Elle est la seule à vraiment connaître la réponse.

Connor fronça aussitôt les sourcils tandis que Jocelyne arborait un large sourire, parfaitement hors de saison. Tavis n'aurait su dire laquelle de ces deux réactions l'inquiétait le plus. Comme il craignait de s'être mal fait comprendre, il s'empressa d'ajouter :

— Ciara sait que telle est votre volonté. Que cet accord profitera aux deux clans. Elle connaît son devoir et ne s'y opposera pas à moins d'avoir de sérieuses raisons.

A présent, c'était Connor qui arborait un large sourire et Jocelyne qui fronçait les sourcils. Tavis ne savait plus sur quel pied danser…

— J'irai voir Duncan demain matin, déclara Connor.

— Elle sait.

Les mots que Tavis venait de cracher semblèrent suspendus dans l'air. Ce n'était pas la peine d'expliquer ce que Ciara savait. C'était évident pour chacun d'entre eux.

— Iain le lui a dit ? demanda Connor, la voix rauque.

— Non, elle a surpris une conversation au sujet de sa mère. Elle m'a ensuite demandé confirmation de ce qu'elle avait entendu.

— Que lui as-tu dit, Tavis ? demanda Jocelyne d'une voix pleine d'inquiétude.

— La vérité. Je lui ai dit que je ne connaissais pas toute l'histoire mais que j'avais entendu les mêmes rumeurs circuler à l'époque. Seulement, ce n'était pas à moi de le lui dire !

— Tu as raison. Nous avions tous espérer, un peu sottement, que ce ne serait pas nécessaire de revenir là-dessus. Que personne ne serait assez stupide pour lui parler de ces vieilles histoires.

— De fait, personne ne lui en a parlé directement. C'est bien pire. Ciara a surpris une conversation privée entre lord Murray et son fils. Elle n'était pas censée l'entendre. A sa décharge, James lui a immédiatement présenté ses excuses. Il est parfaitement conscient de la gravité de la situation et en est sincèrement désolé, à mon avis.

— Je ne voudrais pas être à la place de Marian, remarqua Jocelyne doucement. C'est vraiment terrible quand les péchés du passé resurgissent et vous rattrapent.

Le laird et son épouse avaient à présent tous les deux une mine préoccupée. Au moins, il comprenait leur réaction cette fois. Les rumeurs pouvaient gâcher la vie de ceux qu'elles touchaient.

Il n'était encore qu'un jeune garçon lorsque Connor avait été surnommé la Bête des Highlands. Les rumeurs de l'époque disaient qu'il avait tué sa première femme. Toutefois, lorsque Tavis avait été en âge de travailler et avait commencé à servir Connor, sous la supervision de Duncan, personne ne parlait plus de cette histoire. A en juger par le regard douloureux que Connor et sa femme venaient d'échanger, ils étaient sans doute en train de penser à cette vieille histoire.

— Autre chose, Tavis ? demanda Connor.

— Jocelyne, j'ai parlé à votre frère et il vous passe le bonjour. Il espère venir vous rendre visite avant l'arrivée de l'hiver.

Jocelyne retrouva le sourire mais Connor plissa le front. L'inimitié entre les deux hommes ne datait pas d'hier. La première fois qu'Athdar était venu à Lairig Dubh, c'était pour forcer Connor à épouser sa sœur… Heureusement, les choses s'étaient nettement apaisées entre eux depuis.

— Je te remercie pour cette bonne nouvelle, Tavis. Et je te remercie également d'avoir mené cette mission à bien, répondit Jocelyne.

— C'était un honneur. Connor, Jocelyne, je vous souhaite une bonne nuit, ajouta-t-il en les saluant avant de quitter la pièce.

Tavis essaya vainement d'ignorer la colère qui commençait à bouillir en lui. Il tenta de se convaincre qu'il allait apprécier de dormir dans son propre lit et de se réveiller chez lui le lendemain matin. Il sortit du château à grandes enjambées, vérifia par habitude que tout était en ordre puis franchit les portes du mur d'enceinte pour descendre au village. Sans savoir pourquoi, il emprunta le chemin qui passait devant la chaumière de Duncan.

Malgré leur fortune, Duncan, Marian et leurs enfants vivaient simplement et préféraient habiter une maison au village plutôt que d'être logés au château. Aucune lumière n'était allumée. Ce n'était guère étonnant. Ciara lui avait semblé extrêmement fatiguée au dîner. Il espérait donc qu'elle avait réussi à s'endormir facilement. Elle avait besoin de forces pour affronter la pénible conversation qui l'attendait le lendemain matin.

Le village était silencieux et sombre. Comme sa propre maison. Il ouvrit la porte et trouva un seau d'eau fraîche sur la table, ainsi que de la nourriture. Du pain et du fromage enveloppés dans un linge. Il donnait quelques pièces à une femme du village pour s'occuper de sa maison lorsqu'il était en voyage pour le compte du laird et il pouvait compter sur elle. Il y avait des draps propres sur le lit et du bois près de la cheminée. C'était un réel plaisir de rentrer dans une maison propre et de ne pas avoir à s'occuper de l'intendance.

Tavis ôta ses vêtements, fit une rapide toilette et s'écroula sur son lit. Il tombait de sommeil, lui aussi. Il s'était attendu à rester éveillé et à repasser dans sa tête toutes les paroles échangées avec Connor, mais avant d'avoir réalisé ce qui se passait, le soleil brillait déjà par la fenêtre.

Tavis se demanda aussitôt si Ciara dormait toujours.

A peine couchée, Ciara s'était imaginé qu'elle allait passer la nuit à redouter le lever du jour, pourtant l'épuisement avait eu raison de ses craintes et elle n'avait pas pu résister à l'appel du sommeil. A son réveil, son frère et sa sœur reprirent leurs bonnes habitudes. Ils sautèrent sur son lit en s'en donnant à cœur joie et la supplièrent de leur raconter son voyage. Leur curiosité était insatiable et les questions fusèrent. Au bout d'un moment, Marian finit par leur ordonner de la laisser un peu tranquille.

Lorsque sa mère était entrée dans sa chambre pour en chasser son frère et sa sœur, Ciara avait aussitôt remarqué que celle-ci semblait rongée par la peur et la culpabilité. La vérité n'allait sûrement plus tarder à éclater… L'espace de quelques secondes, Ciara avait eu l'envie irrépressible de s'enfouir sous les couvertures et de feindre la maladie.

Hélas, elle n'avait plus vraiment l'âge de recourir à de tels subterfuges… Et rien ne pourrait plus désormais l'empêcher d'apprendre la vérité sur son passé et celui de sa mère.

Ciara était étrangement partagée sur la question. Elle désirait de toutes ses forces obtenir des réponses, pourtant, en même temps, elle redoutait terriblement ce moment. Comme elle traînait un peu au lit, elle entendit sa mère qui pressait son frère et sa sœur de sortir de la maison avec ordre de rendre visite à leur tante et à leurs cousins au château. Ciara se demandait quand sa mère allait se décider à venir la voir, lorsque celle-ci entra avec une tasse fumante dans chaque main.

— Duncan n'arrive pas à déterminer si tu préfères me parler en privé ou avec lui, commença-t-elle.

Au tremblement de ses mains, elles allaient toutes les deux finir ébouillantées. Ciara repoussa ses couvertures, sauta du lit et s'empara des tasses pour les poser sur sa table de chevet.

— A vrai dire, je n'en sais rien. Je n'ai aucune idée de ce que je vais entendre, je te laisse donc juge de la situation.

— Duncan, dit Marian en élevant la voix.

Son beau-père apparut immédiatement dans l'encadrement de la porte.

— Bonjour, Ciara. Tu as bien dormi ? demanda-t-il en s'approchant du lit pour l'embrasser sur le front comme il avait l'habitude de le faire.

— Oui, répondit-elle en essuyant une larme solitaire qui coula sur sa joue.

Ciara savait qu'elle s'apprêtait à en essuyer bien d'autres…

Comme sa mère s'asseyait au bord du lit, elle préféra s'asseoir sur une chaise. Duncan, lui, se tenait près de la porte, un peu en retrait. Ciara avait réfléchi à la première question qu'elle allait poser pendant tout le chemin du retour, mais maintenant qu'elle était confrontée à la situation, rien ne lui venait à l'esprit. Duncan s'éclaircit la gorge et adressa un signe de tête à sa mère pour l'inciter à commencer.

— Ciara, avant toute chose, tu dois bien comprendre qu'il s'agit d'une conversation privée et qu'elle devra le rester. Tu ne devras en parler à personne. Je dis bien, personne. Ni à James, ni même à Tavis ou à Elizabeth. Donne-moi ta parole et jure que tu sauras garder tout cela secret.

— Personne d'autre n'est au courant ? demanda Ciara, interdite. Pas même le laird ? Ni oncle Rurik ?

— Ils se doutent certainement de quelque chose et Jocelyne connaît une partie de l'histoire, mais seuls Duncan, mon frère Iain et moi-même connaissons la vérité que je vais te confier.

Stupéfiée par cette révélation, Ciara hocha la tête.

— Non, Ciara. Nous te demandons de prêter serment. Cette affaire dépasse notre simple histoire familiale et affecte un certain nombre de clans, de traités, de réputations et de vies innocentes, expliqua Duncan. Il faut que tu en fasses la promesse solennelle.

Il procédait toujours ainsi durant les négociations en vue d'un traité ou d'un accord. Toutes les parties impliquées devaient proclamer haut et fort les termes du contrat sur lesquels ils s'étaient mis d'accord pour s'assurer que tout le monde avait bien compris la même chose. Et tous finissaient invariablement par prêter serment, à l'oral et à l'écrit.

— Oui, papa. Je jure de ne divulguer à personne ce que vous allez me révéler aujourd'hui. Je n'en parlerai à personne, pas même à oncle Conor si tel est votre souhait.

Duncan hocha la tête en direction de Marian et Ciara s'arma de courage en pensant à ce qui l'attendait.

— Tu as donc entendu les vieilles rumeurs ? demanda sa mère. Celles qui parlent de moi sous le nom de Robertson, la cat…

Comme sa mère ne parvenait pas à terminer sa phrase, Ciara opina de la tête.

— Tout cela est absolument faux, Ciara. J'étais vierge lors de ma nuit de noces. Même si personne ne le sait.

— Mais tu m'as eue avant d'épouser Duncan, dit Ciara. J'avais cinq ans quand…

Sa mère lui prit la main et la serra de toutes ses forces.

— Tu es ma fille d'esprit et de cœur mais je ne t'ai pas mise au monde, ma chérie.

Les rumeurs dont elle avait entendu parler jusque-là l'avaient beaucoup perturbée, mais cette nouvelle révélation la fit vaciller. Sa tête se mit à tourner, sa vue s'obscurcit et la chambre tangua violemment autour d'elle. Ciara inspira profondément, ferma les yeux et pria pour que son vertige se dissipe rapidement.

— Ciara ! Ciara ! disait Duncan d'une voix forte tout en lui tapotant la joue.

Elle s'obligea à ouvrir les yeux et vit qu'il se trouvait à son côté, la tasse devant son visage.

— Bois, ordonna-t-il.

Il porta le breuvage à sa bouche et Ciara n'eut d'autre choix que d'avaler. Il y avait une bonne dose de whisky dans le liquide. Elle but tout d'une seule traite.

— Alors, qui… ? parvint-elle à articuler d'une voix faible.

Peu importaient les rumeurs qu'elle avait entendues finalement. Jusque-là, personne n'avait jamais mis en doute qu'elle était bien la fille de Marian Robertson !

— Ma meilleure amie, qui était aussi ma belle-sœur, est morte en te mettant au monde. Elle t'a mise dans mes bras et m'a suppliée de te protéger et de m'occuper de toi.

— Beitris ? La femme d'oncle Iain ? demanda Ciara. Comment est-ce possible ?

Sa mère et son beau-père échangèrent plusieurs regards, puis Marian poursuivit :

— Mon père était sur le point de la bannir parce que…

Marian s'était de nouveau interrompue et ne parvenait pas à dire ce qu'elle avait prévu. Elle respira violemment plusieurs fois avant de fondre en larmes. Marian se tourna vers Duncan et le supplia du regard de poursuivre à sa place puisqu'elle n'en était manifestement pas capable.

— Beitris et Iain avaient toutes les peines du monde à concevoir un enfant ensemble et à mener une grossesse à terme. Ils ont essayé pendant des années et Beitris a fait au moins deux fausses couches. Désespérée, elle a fini par accepter de partager son lit avec d'autres hommes, à la demande de son mari.

Ces quelques mots firent voler son univers en éclats… Ciara, qui ne s'était jamais gênée pour poser des questions ou demander de plus amples explications, était muette de stupéfaction. Son oncle aurait donc très bien pu être son père ! Ou bien c'était un autre homme… inconnu. Sa mère n'était finalement pas la femme qui lui avait donné la vie. Personne n'était qui elle croyait, elle incluse. Et ce n'était qu'un début ! Elle ferma les yeux pour écouter la suite.

— L'ancien laird, le père de Iain et de Marian, que le diable l'emporte, était bien décidé à bannir Beitris et à protéger son fils héritier. Il a décrété que Marian pouvait te garder seulement si elle acceptait que la faute soit rejetée sur elle. Elle l'a fait pour toi et pour son amie.

Duncan parlait d'une voix pleine de dégoût.

— L'ancien laird a annoncé à tout le monde que Beitris et son bébé étaient morts lors de l'accouchement et qu'il avait retrouvé Marian au lit avec plusieurs hommes. Elle avait déshonoré la famille. Il l'a traitée de putain et l'a bannie du clan.

Duncan fit une pause. Ciara ouvrit les yeux. Il serrait rageusement les poings.

— Cette histoire s'est immédiatement propagée dans

les Highlands et a remplacé la réalité. Ce vieux salopard a quand même tenu sa promesse et a honoré ses engagements : Marian et toi avez trouvé refuge dans la famille, très loin, de l'autre côté des terres du clan Robertson.

Ciara n'en revenait pas. Sa mère, non, sa tante… Quelle importance au fond ? La femme qui était assise en face d'elle, bouleversée, était sa mère et rien ne pourrait jamais la faire changer d'avis sur ce point. Marian serait toujours sa mère.

Celle-ci prit une profonde inspiration et reprit la parole d'une voix tremblante :

— Je t'ai élevée et j'ai remercié Dieu chaque jour de m'avoir donné la chance de m'occuper de toi, Ciara. Même si mon honneur avait été détruit au passage, moi je savais que les abominations qui avaient été proférées à mon encontre étaient de purs mensonges. Et peu m'importait le prix à payer, au fond. Je ne voulais qu'une seule chose : prendre soin de toi puisque ta mère naturelle ne le pouvait pas.

— Oncle Iain est-il… ?

Ciara ne réussit pas à terminer sa phrase. Elle repensa à toutes les heures qu'elle avait passées avec lui. Iain était peut-être bien plus qu'un oncle…

— C'est bien possible, répondit sa mère. Mais nous ne pouvons pas en avoir la certitude. Il y avait d'autres hommes… Toutefois, personne ne peut nier que tu lui ressembles beaucoup.

Lorsqu'elle parvint enfin à retrouver un peu de calme, Ciara remarqua à quel point sa mère semblait apeurée. Emue, elle s'élança aussitôt vers elle. Marian ouvrit les bras pour la serrer très fort, comme elle l'avait fait quantité de fois depuis la naissance de Ciara. Mais leur étreinte avait une telle charge émotionnelle, cette fois ! La fille pleurait en pensant à la douleur et à l'humiliation que la mère avait dû endurer pour assurer sa sécurité, son avenir.

— Je ne pourrai jamais assez te remercier pour tout

ce que tu as fait pour moi… Pour ton amie… Pour tout, murmura Ciara en embrassant sa mère sur la joue.

Puis, elle se tourna vers le seul père qu'elle eût jamais connu et lui adressa un signe de tête. Duncan s'éclaircit la voix, visiblement ému. Il tentait de chasser les larmes qui brillaient dans ses yeux.

— Tu comprends maintenant pourquoi toute cette histoire doit demeurer secrète ? demanda-t-il.

Ciara était tellement bouleversée par tout ce qu'elle venait d'apprendre ! Toutefois, lorsqu'elle réfléchit posément à tous ceux qui pouvaient être touchés si la vérité venait à éclater, elle prit conscience des conséquences. Cela affecterait effectivement bon nombre de clans, engagerait l'honneur de bien des gens, sans oublier l'innocence d'une femme, sa mère naturelle, qui avait accepté de donner un enfant à son mari par tous les moyens.

— Oui, je comprends. Il y a autre chose que je ne comprends pas, cependant. Pourquoi la famille de Beitris est-elle venue poser des questions ensuite ? Tavis m'a dit que tu avais subi une espèce d'interrogatoire, dit-elle en regardant son père droit dans les yeux.

Duncan pâlit brutalement. Ses parents échangèrent un regard lourd de sens. Ils ne s'attendaient manifestement pas à devoir répondre à cette question, mais Ciara comptait bien obtenir une réponse. Elle avait besoin de clarifier les événements.

— De folles rumeurs ont circulé à propos de la nuit où tu es venue au monde. Au château, certains ont affirmé avoir entendu un bébé pleurer. D'autres ont déclaré qu'ils avaient vu un bébé sortir en vie du château. Pourtant, ce n'est pas cela qui a déclenché les questions. Un des hommes impliqués dans cette histoire a confessé sur son lit de mort le rôle qu'il avait joué, et la famille de Beitris en a entendu parler. Comme ils savaient que j'étais un homme de parole, ils m'ont interrogé et m'ont demandé si Marian était vierge lorsque je l'ai épousée ou s'il était possible qu'elle soit ta mère naturelle.

Ainsi donc, l'honneur de Duncan avait lui aussi été grandement éprouvé dans cette histoire.

— Tu as menti pour elle ? Pour moi ? murmura-t-elle, abasourdie.

— Tu étais son enfant, Ciara. Elle n'aurait pas supporté de te perdre et je n'aurais jamais permis une chose pareille.

Ciara sentit son cœur s'emplir de gratitude. Qu'y avait-il de plus beau qu'un homme d'honneur qui consentait à mentir pour la femme qu'il aimait…

Bien d'autres questions restaient à poser, mais aucune ne lui venait plus à l'esprit. Ce qu'elle avait entendu changeait absolument tout ce qu'elle savait sur sa famille, sur son clan et sur elle-même. Elle aurait besoin de temps pour assimiler tout ce que cela impliquait. Mieux valait reprendre cette conversation quand elle aurait retrouvé son calme.

Quelqu'un frappa à cet instant de grands coups à la porte de leur maison et ils sursautèrent tous les trois. Duncan sortit immédiatement de la chambre en prenant garde de bien refermer la porte derrière lui pour voir qui était là. Ciara se souvint alors des engagements qu'elle avait pris la veille.

— Ah ! James ! Elizabeth ! Je vous souhaite la bienvenue ! Entrez donc, dit Duncan d'une voix tonitruante.

On avait dû l'entendre jusqu'à l'autre bout du village, s'amusa Ciara. Elle voulut sortir de sa chambre mais sa mère l'arrêta.

— Laisse-le, il s'en sortira très bien tout seul. Tu as besoin d'un peu de temps pour…

— Pour laisser mes yeux dégonfler ? demanda-t-elle doucement.

Le spectacle n'était pas beau à voir lorsqu'elle se mettait à pleurer ! Ses yeux gonflaient immédiatement, son nez ressemblait à celui d'un malade et il n'y avait rien à faire d'autre qu'attendre. Tavis l'avait taquinée à ce sujet bien des fois et l'image qui se reflétait à présent dans le miroir lui donnait entièrement raison. Elle sourit tristement à cette pensée.

Elle entendait les voix depuis la pièce d'à côté. Son père suggéra à Elizabeth d'emmener James faire le tour du village et expliquait que Ciara était trop fatiguée pour sortir de sa chambre ce matin. Une fois la porte refermée sur eux, Ciara attendit encore un peu avant de sortir de sa chambre.

— Elizabeth paraissait ravie de jouer les guides pour James. Ils espèrent te voir ce soir au château pour le dîner, lui dit son père.

— J'y serai.

— James m'a également présenté ses excuses pour la peine qu'il t'a causée lorsque tu as surpris sa conversation avec son père.

Ciara sourit. James tentait de se montrer digne et c'était tout à son honneur. Quelle ironie du sort tout de même ! Elle n'était plus certaine de regretter cette conversation odieuse. Après tout, c'est grâce à elle que ses parents lui avaient enfin révélé la vérité…

— Il est sincèrement désolé, je pense. Il ne savait pas que j'étais là, expliqua Ciara.

— C'est plutôt bon signe pour un jeune homme de se sentir responsable de ses actes. D'autant plus qu'il n'avait manifestement pas l'intention de nuire, dit son père.

— Ce mariage a donc ton entière approbation ? demanda-t-elle d'une petite voix.

Assise au côté de Duncan, Marian fit la moue, comme si, de son côté, ce mariage n'emportait pas son assentiment. Pourtant, elle se tut.

— Mais, bien sûr, Ciara, répondit simplement Duncan.

Et ce qui vient de se passer ne fait que confirmer mon avis sur la question.

Sa mère se mit à renifler bruyamment mais elle détourna la tête lorsque Ciara croisa son regard.

— Maman ? dit-elle, impatiente d'entendre sa mère exprimer ses inquiétudes.

Ses parents ne disaient rien, mais leurs regards étaient lourds de sous-entendus. Sa mère se contenta finalement de hausser les épaules.

— C'est à toi de prendre la décision, ma chérie. En tout cas, sache que je serai toujours à tes côtés.

Comme ils allaient quitter la chambre, les questions qui avaient envahi son esprit au cours du voyage lui revinrent à la mémoire.

— Ma dot, dit-elle.

Ses parents s'immobilisèrent, main dans la main, et la dévisagèrent.

— Elle vient de lui, n'est-ce pas ? demanda-t-elle.

— De qui parles-tu, Ciara ? De Iain ? demanda son père.

— Oui.

Il secoua la tête.

— En fait, il a constitué une dot pour Marian et toi. Mais nous avons décidé qu'elle te revenait entièrement puisque ta sœur va recevoir des terres de sa grand-mère du côté des Robertson.

— Cette dot, c'est le prix du sang si je comprends bien. Il a donné cet argent pour se faire pardonner le rôle qu'il a joué dans la mort de sa femme, de ma mère ?

— Moi, je vois plutôt cela comme le remboursement de ses dettes, Ciara. Nous avons toutes les deux vécu dans une situation de grande pauvreté alors que nous avions droit à plus, à bien plus même, et que nous ne pouvions pas réclamer notre dû.

— Il a voulu alléger sa conscience, si tu préfères, concéda Ciara.

— Il a offert son aide pour essayer de compenser ce qu'il n'a pas pu faire autrefois, répliqua sa mère.

— Tu sembles lui pardonner ses péchés bien facilement, maman.

— Ciara, ne laisse pas l'amertume te gagner, je t'en prie. Nous t'avons élevée avec amour, nous t'avons donné tous les privilèges et tout le confort possibles. J'avoue qu'à l'époque, j'ai eu envie de refuser cette dot, par fierté, puis j'ai décidé que tu la méritais bien et qu'elle t'assurerait un bel avenir.

Quelle ironie ! Sa mère ne se rendait même pas compte que cette dot de malheur était au cœur même de tous ses problèmes… C'était cette fortune et rien d'autre qui attirait tous les prétendants qu'elle avait eus jusqu'alors. Sans cette maudite dot, elle aurait pu épouser quelqu'un d'ici, quelqu'un…

Ciara secoua la tête avec résignation. Elle n'avait pas le droit de tenir de tels raisonnements. Elle devait bien admettre que le montant de sa dot lui donnait un pouvoir que ne possédaient pas de nombreuses jeunes filles de son rang. Pour autant, en ce qui la concernait, il était hors de question de montrer la moindre reconnaissance vis-à-vis des actes que Iain Robertson avait commis par le passé.

— Je comprends, mentit-elle.

Elle abandonnait la partie pour le moment, elle savait qu'elle ne parviendrait pas à les convaincre.

— J'aimerais aller marcher un peu pour réfléchir à tête reposée.

— Comme tu voudras. Je vais te préparer un bon bain chaud pendant ce temps-là. Un peu d'air frais t'aidera certainement à y voir plus clair, dit sa mère. Sache que nous sommes là si tu as la moindre question à nous poser. Nous te répondrons de notre mieux.

Ciara hocha la tête et ferma la porte derrière eux. Elle prit une robe propre dans sa malle, s'habilla et enfila ses bottes en cuir. Il faisait doux dehors. Elle n'avait donc pas besoin de manteau. Elle comptait aller au bord du ruisseau se rafraîchir le visage. Cela lui donnerait le temps de penser à toutes ces histoires et à tous les changements intervenus dans son existence. Alors qu'elle se dirigeait vers le chemin qui bifurquait à côté de chez elle, elle sentit un regard peser sur elle.

Tavis !

Chapitre 15

Cela faisait un certain temps que Tavis était posté au même endroit. Il avait vu Duncan entrer, James et Elizabeth arriver et repartir, puis Duncan et Marian avaient fini par ressortir eux aussi. Peu après, Ciara avait ouvert la porte à son tour. Elle avait l'air à la fois bouleversée et étrangement calme. Au moment où elle avait posé les yeux sur lui, il s'était attendu à la voir filer, pourtant elle lui adressa au contraire un léger sourire et lui fit un petit signe de tête. Encouragé, il s'approcha d'elle.

— James et Elizabeth sont partis au château en passant par le village, dit-il.

— Nous devrions peut-être prendre une autre direction, alors, répliqua-t-elle.

Son attitude frondeuse aurait dû le choquer, l'inquiéter, mais il n'en était rien… Il pénétra avec elle dans la forêt et la suivit sur le chemin tortueux qu'elle avait choisi. Ils se dirigèrent vers le ruisseau qui alimentait les puits des environs. Ils marchaient en silence, sans éprouver la moindre gêne. Une fois la rive atteinte, Ciara s'agenouilla et plongea les mains dans l'eau pour s'en asperger le visage.

— Tu as beaucoup pleuré, n'est-ce pas ? demanda-t-il d'une voix douce.

Il lui tendit le mouchoir en lin qu'il avait emporté par précaution.

— Tu sais bien les ravages que le chagrin provoque sur mon visage…

Seigneur, il avait tant de questions à lui poser, néanmoins, elle avait besoin de calme et de silence. Sans quoi elle aurait suivi James et Elizabeth dans l'autre direction. Lorsqu'elle cessa de rafraîchir son visage avec le linge mouillé, il s'agenouilla à côté d'elle.

— Tu vas bien, Ciara ?

— Je pense que oui, répondit-elle, même si son regard semblait dire le contraire.

— As-tu obtenu les réponses aux questions que tu te posais ?

Elle inspira profondément et Tavis regretta aussitôt sa question. Elle semblait une nouvelle fois au bord des larmes… Au dernier moment, elle parvint à surmonter son émotion.

— Oui.

Elle détourna aussitôt la tête et se concentra sur la surface ondulée de l'eau.

— Cela a-t-il changé quelque chose aux sentiments que Duncan et Marian éprouvent envers toi ou à ceux que tu éprouves pour eux ?

Bon sang ! Pourquoi insistait-il ? Elle n'avait peut-être pas envie d'en parler. Seulement, il voulait tant savoir pourquoi elle avait mal.

— Je pense que je les aime encore davantage depuis notre conversation. J'étais loin d'être une enfant non voulue, j'étais au contraire ardemment désirée, Tavis !

— En voilà une bonne nouvelle !

Brusquement, Ciara leva le visage vers lui.

— Tu seras à la fête ce soir ?

Il secoua la tête.

— J'ai des choses à faire, mentit-il.

— Réponds-moi franchement, Tavis. Iras-tu, oui ou non ?

Elle avait compris qu'il mentait, alors pourquoi insister ?

— Ciara, je t'en prie, murmura-t-il alors qu'elle s'approchait de lui.

Il n'aurait pas su dire s'il préférait la voir s'arrêter ou la voir s'approcher encore davantage. Seigneur ! Pourquoi toujours faire semblant ? Il rêvait de la serrer tout contre lui !

Elle hésita puis recula de quelques pas. C'était mieux ainsi, bien sûr. Il aurait été incapable de lui résister, alors qu'elle était vulnérable. Même si ses larmes avaient cessé, il sentait bien qu'elle avait terriblement besoin de son soutien. Et non de son désir.

— Pardonne-moi de t'avoir mis dans cette situation difficile, Tavis. Je suis encore secouée par ce que je viens d'apprendre et il me faudra encore un peu de temps pour prendre en compte toutes les conséquences.

Que faisaient-ils tous les deux en plein milieu de la forêt ? Il ne pouvait tout de même pas ignorer que c'était lui qu'elle avait suivi, et pas James… Qu'elle avait choisi d'en parler avec lui, et pas avec James… Que Dieu lui vienne en aide ! Pourquoi ne se confiait-elle pas à son futur époux ? Pourquoi n'allait-elle pas chercher du réconfort auprès de lui ?

Allons, il savait bien pourquoi. Il n'ignorait plus la nature des liens qui les unissaient. Des liens qui avaient pris leur source dans l'enfance et s'étaient nourris de leur amitié. Si seulement il ne s'était pas moqué d'elle, le jour où elle avait eu le courage de lui déclarer son amour. Mais non, il avait exprimé des doutes. Il avait résisté. Il avait même essayé de nier ses propres sentiments avant de n'avoir pas d'autre choix que de les reconnaître.

Au cours du voyage, la vérité avait enfin éclaté à ses propres yeux et il avait alors compris les répercussions que cet amour déraisonnable pouvait avoir sur leurs vies. Ils avaient chacun des responsabilités à honorer envers leur clan et leur devoir était clair : elle devait épouser James et lui devait partir. Leur amour ne faisait que rendre ces évidences plus douloureuses.

— La vie ne s'est pas montrée très tendre envers toi dernièrement, Ciara. Il te faudra du temps pour retrouver un peu de sérénité.

Elle esquissa un sourire triste puis hocha la tête sans le regarder.

— C'est bientôt la saison des moissons et les troupeaux vont entamer leur transhumance. Comme les activités ne manquent pas en automne, ils ont fixé la date du mariage. Il sera célébré dans une semaine.

Tavis resta un instant immobile, le temps d'assimiler la terrible nouvelle. Plus que quelques jours avant de la perdre pour toujours ! Pis encore, il risquait de la perdre encore plus rapidement s'il lui révélait les raisons pour lesquelles il ne pouvait la demander en mariage. Pour être honnête, il ne craignait pas d'être banni. Il pouvait très bien vivre en reclus. Il ne craignait pas non plus de perdre tout ce qu'il possédait ici : sa maison, son travail, ses amis… Il s'éloignerait bientôt de toute façon, puisqu'il allait quitter Lairig Dubh pour aller travailler sur d'autres terres appartenant à Connor.

Ce qu'il redoutait, en fait, c'était de lire la déception dans les yeux de Ciara et de voir mourir son amour pour lui comme il avait vu Saraid mourir, par sa propre stupidité.

— Cela te rendrait-il les choses plus faciles si je quittais Lairig Dubh maintenant ? proposa-t-il.

Ce serait peut-être moins douloureux que de se retrouver constamment face à un amour impossible.

— Non, dit-elle en lui posant la main sur le bras. Ne fais pas cela, je t'en prie.

Ciara déglutit avec peine et reprit d'une voix pleine de sanglots :

— Cela m'aide à me rappeler mes devoirs envers ceux

que j'aime lorsque je te vois faire la même chose, faire ce qui est juste.

Il acquiesça et recula.

— Si c'est ce que tu veux vraiment…

— Oui, reste auprès de moi pour le temps qu'il nous reste. Il me faut y aller, maintenant. Ma mère va venir à ma recherche si je tarde à rentrer.

— Je te verrai au dîner, alors.

Il pouvait bien faire ce compromis. Il y aurait des tas d'autres gens pour l'empêcher de penser à elle. Il lui devait bien cela, après tout.

Ciara partit sans ajouter un mot et Tavis la suivit de loin pour s'assurer qu'elle rentrait chez elle en toute sécurité.

De retour chez lui, il se mit en devoir d'accomplir tout ce qu'il avait laissé en suspens lorsqu'il avait pris la décision de l'accompagner dans le comté de Perth, quelques semaines plus tôt. Il s'activa tant et si bien qu'il n'eut presque pas une minute pour songer au mariage qui allait bientôt être célébré.

Enfin presque.

Pour venir à bout de sa colère et de sa frustration, il proposa un duel à Rurik. Quelques heures plus tard, il était trop faible et abattu pour pouvoir penser.

Il était grand temps de se rendre au château…

James était assis à la table d'honneur et regardait Ciara qui dansait en contrebas avec les membres de son clan. Sa silhouette fine se mouvait avec grâce, en rythme avec la musique des cornemuses, des tambours et de la harpe. Plus que quelques jours et elle serait sa femme. Définitivement. Chaque fois que quelqu'un venait lui parler de son prochain mariage, James se forçait à sourire. A l'évidence, tout le monde semblait se réjouir pour lui.

Allons, ils allaient bien s'entendre tous les deux, cela ne

faisait aucun doute. Il l'avait compris au cours du voyage. Et, fort heureusement, Ciara lui avait promis de se préserver pour leur nuit de noces. Hélas, cela ne voulait pas dire pour autant qu'un autre homme ne hanterait pas ses pensées. Un autre homme habiterait son cœur… James parcourait des yeux l'immense salle de réception lorsqu'il le vit.

Tavis MacLerie.

L'homme de confiance du laird. Un homme digne. Fiable. Sérieux.

Bien sûr, toutes ces belles qualités ne l'avaient nullement empêché de tomber amoureux de Ciara. James comprenait d'ailleurs parfaitement pourquoi, car c'était une femme extrêmement séduisante. Intelligente aussi. Douée en calcul et en langues. Et formée aux arcanes de la finance par le meilleur professeur possible. Son beau-père. En résumé, l'homme qui allait l'épouser n'avait pas matière à se plaindre… Et cet homme, ce serait lui.

Pourtant, même s'il ne l'aurait jamais avoué à son rival, il savait bien que Tavis aimait Ciara comme il aurait dû lui-même l'aimer. Or, il n'était pas amoureux. Et il n'était pas sûr que cela arrive un jour…

Elizabeth avait cessé de danser et revenait vers leur table, quand un groupe d'amies l'arrêta. James ne put détourner son regard. Dieu, qu'elle était ravissante ! Ses longues boucles noires lui balayaient le dos et les hanches alors qu'elle discutait avec ses amies. Contrairement à Ciara qui l'intimidait parfois, il se sentait toujours à l'aise avec Elizabeth.

Justement, elle venait de s'asseoir à leur table et buvait quelques gorgées de vin. Il s'obligea à détourner le regard et observa les invités qui dansaient. S'il voyait encore une fois ses lèvres douces toucher le bord de son verre, il ne répondait plus de rien… Pour se donner une contenance, il lui adressa la parole.

— J'ai l'impression que Ciara va mieux maintenant, fit-il observer.

— Bien sûr ! James… Elle ne vous reproche rien, vous savez. Elle a parfaitement conscience que vous n'avez pas révélé volontairement ces terribles rumeurs, dit-elle en posant doucement sa main sur son bras.

Dès que ses doigts frôlèrent la peau nue de son poignet, ils tressaillirent tous les deux et firent aussitôt comme si rien n'était arrivé…

Mieux valait-il changer de sujet. Ce qu'il avait à dire n'était pas forcément très plaisant, mais il faudrait bien en parler un jour ou l'autre.

— Elizabeth, Ciara m'a chargé de vous trouver un mari. Vous pourriez peut-être me dire ce qui vous plaît chez un homme pour que je puisse connaître vos goûts et trouver celui que vous aimeriez épouser ?

Rêvait-il où sa pâleur s'était-elle accentuée à ces mots ? Malgré tout, Elizabeth se pencha un peu plus vers lui et se mit à énumérer les caractéristiques et les talents de l'homme idéal. Tout cela n'était rien de plus qu'un jeu. Il allait bientôt épouser Ciara et ses sentiments envers sa meilleure amie disparaîtraient d'eux-mêmes…

Hélas, le portrait de l'homme parfait qu'avait brossé Elizabeth lui correspondait point par point ! Que Dieu lui vienne en aide ! Il allait au-devant de sérieux problèmes… Elizabeth s'amusait maintenant à lui désigner discrètement les hommes qu'elle trouvait attirants. Ils partageaient tous, sans exception, les mêmes caractéristiques physiques que lui ! Pris de panique, James se mit à dresser la liste de toutes les raisons pour lesquelles il devait absolument épouser Ciara.

Au fond, il se sentait aussi misérable que sa future épouse à l'approche de leur mariage. Comment diable faisait-elle pour ne rien laisser paraître ?

Justement, Ciara se dirigeait vers eux, digne et altière.

Voyant que son assiette et son verre étaient vides, elle appela un serviteur pour lui apporter à manger et à boire. C'était une maîtresse de maison parfaite en tout point. Elle serait également une épouse parfaite, il n'avait aucun doute là-dessus…

Le seul souci, c'est qu'il tremblait dès qu'Elizabeth le touchait, et que sa future femme avait scruté la foule des yeux plusieurs fois au cours de la soirée pour s'attarder sur Tavis, l'espace de quelques secondes. Pis encore, cela ne le dérangeait pas. Pas vraiment.

Il aimait bien cet homme, en fait. Lorsqu'il lui avait demandé de définir les relations qu'il entretenait avec Ciara, il lui avait parlé avec une grande franchise et n'avait pas cherché à dissimuler l'amitié particulière qui les liait. Et puis, dès que Ciara et lui partiraient vivre dans le comté de Perth, Tavis ne serait plus qu'un lointain souvenir pour elle…

Il serait le seul et unique homme à partager le lit de Ciara. Pour ce qui était de son cœur, en revanche, c'était une tout autre histoire ! Comme il aurait voulu pouvoir changer le cours des événements. Toute cette affaire lui faisait l'effet d'une immense farce. Il n'avait aucune envie d'épouser une femme éprise d'un autre, sans compter qu'elle paraissait beaucoup tenir à sa famille et à son clan. A la vérité, il aurait souhaité un mariage dépourvu de toute dot, de toute raison politique.

Hélas, cet argent revêtait une telle importance pour ses parents… Il était à l'origine de tous leurs problèmes. Et cette maudite dot allait déterminer le cours de son existence !

Et que se passerait-il s'il tombait amoureux d'une autre femme ? Il se tourna vers Elizabeth et croisa son regard. Elle lui adressa aussitôt un merveilleux sourire. Dieu du ciel, c'était déjà arrivé. Jamais il ne pourrait aimer Ciara, pas plus qu'elle ne l'aimerait car leurs cœurs appartenaient à d'autres. C'était terrible ! Ils allaient se retrouver pris au piège et vivraient alors un véritable enfer…

James chassa ces tristes pensées et invita Ciara à danser. Elle accepta sans hésiter, avec sa bonne humeur coutumière. Il la regarda soudain au fond des yeux avec l'espoir de voir ce qu'elle ressentait pour lui. Mais il avait beau chercher, il ne trouvait nulle trace d'un véritable amour.

Tournoyant dans les bras de James, Ciara faisait son possible pour trouver son contact… grisant. Peine perdue. Elle avait beau faire tout ce qu'elle pouvait pour apprécier la compagnie de James et pour se rendre agréable à ses yeux, elle voyait bien qu'il manquait quelque chose, une étincelle entre eux.

Comme de nouveaux invités se joignaient à la fête célébrée en leur honneur, elle les présenta à James. Dans une semaine, ils seraient unis, jusqu'à ce que la mort les sépare. Ce qui aurait dû être une joie ne provoquait en elle qu'une infinie tristesse. Elle vivrait avec lui, dormirait avec lui et, si telle était la volonté de Dieu, elle aurait des enfants de lui. Un jour, il deviendrait le chef de son clan et elle serait à ses côtés pour l'aider à assumer ses obligations, tout comme Jocelyne aidait Connor. Et jour après jour, elle ferait tout son possible pour lui cacher qu'elle en aimait un autre. Ce n'était pas… bien.

Elle trébucha tout à coup et James la soutint fermement. Il l'aida à retrouver son équilibre, la main sur sa taille, puis ils regagnèrent la table d'honneur. La nuit était déjà bien entamée lorsqu'il se pencha vers elle et lui murmura à l'oreille :

— J'aimerais vous parler en privé, Ciara.

Elle en resta interdite, il ne cherchait jamais son contact, ne tentait jamais de s'isoler avec elle. Alors que lui voulait-il ?

Poussée par la curiosité, elle lui répondit avec un sourire sincère :

— Bien sûr, James.

— Demain ? demanda-t-il.

Ciara se tourna vers Elizabeth.

— Elizabeth ? Quand la couturière doit-elle passer à la maison pour ajuster nos robes ?

— En milieu de journée, si mes souvenirs sont bons. Juste après le repas de midi.

— Dans ce cas, voulez-vous que nous fassions une petite promenade demain matin, après la messe ? Nous pourrions peut-être rentrer ensemble ? proposa Ciara.

— D'accord, je vous retrouverai là-bas.

— Ne sois pas en retard, Jamie, ici la messe commence très tôt, dit Elizabeth.

Abasourdie, Ciara tressaillit. Elizabeth venait-elle d'utiliser un diminutif pour s'adresser à James ? Alors qu'elle-même continuait de le vouvoyer ! Ciara tenta de croiser son regard mais son amie détourna aussitôt la tête. Seigneur, elle ne savait plus que penser. Que signifiait cette complicité, somme toute déplacée, entre sa meilleure amie et son fiancé ? Comme celui-ci se levait précipitamment, elle n'eut finalement pas l'occasion de demander des explications à Elizabeth.

— Je vous souhaite une bonne nuit, Ciara, dit-il en lui prenant la main pour l'embrasser.

— Elizabeth, dit-il ensuite en la saluant d'un signe de tête.

Ciara le regarda partir, plongée dans ses pensées. Quand elle reporta son attention sur Elizabeth, celle-ci continuait à suivre James des yeux, une lueur étrange brillant dans son regard. Un drôle de frisson lui parcourut la colonne vertébrale…

— Ciara, Elizabeth, il se fait tard, les prévint Duncan. Nous allons rentrer, êtes-vous prêtes ?

Duncan et Marian s'étaient déjà levés et prenaient congé du laird.

— Oui, répondirent-elles en chœur.

A dire vrai, une nuit de sommeil n'avait pas suffi à la reposer complètement et Ciara avait hâte de se mettre au lit. Et puis, la nuit lui apporterait peut-être certaines réponses aux questions qui ne cessaient de la hanter. Elle se dirigea vers le laird et son épouse, et les remercia pour leur hospitalité et le dîner qu'ils avaient organisé.

Dorénavant, les préparatifs pour le mariage allaient l'occuper sans répit. La journée du lendemain serait chargée. Sans oublier la conversation privée avec James qui était venue s'ajouter à tout le reste.

Ses parents et elle raccompagnèrent d'abord Elizabeth puis ils rentrèrent. Comme les plus jeunes dormaient déjà, ils marchèrent tous les trois à pas de loup jusqu'à leurs chambres. Un profond silence régnait dans la maison.

De quoi James voulait-il donc lui parler le lendemain matin ? La cérémonie du mariage allait avoir lieu dans quelques jours seulement. Il souhaitait probablement en discuter avec elle. Ou peut-être était-ce à propos du voyage de retour dans le comté de Perth ?

Allons, elle devait se reposer si elle ne voulait pas subir les foudres du père Micheil en arrivant en retard à son sermon, le lendemain matin. Il ne manquait jamais de remarquer tous ceux qui arrivaient après le début. Il les regardait alors fixement en fronçant les sourcils sans jamais les réprimander. Bientôt, le père Micheil célébrerait son mariage avec James. Comme il avait autrefois célébré l'union de ses parents.

Chapitre 16

La messe avait commencé depuis quelques minutes. Marian se tenait au côté de Jocelyne, et son regard ne cessait de revenir sur Ciara et James. Il lui avait touché la main à plusieurs reprises pendant les prières et Ciara lui avait adressé de larges sourires. En apparence, ils offraient un tableau conforme à l'image de deux jeunes gens sur le point de se marier. Respectueux, attentionnés et même affectueux.

Et, que Dieu lui pardonne, cela lui brisait le cœur.

Jocelyne dut remarquer son expression car elle lui demanda si quelque chose clochait. Marian secoua la tête et se concentra de nouveau sur l'autel et le sermon du père Micheil. Mais son esprit était ailleurs.

James leur avait demandé la permission de faire une petite promenade avec Ciara, en tête à tête, après la messe. Une demande somme toute banale pour un couple à l'aube de se marier…

Comme elle aurait donné cher pour se transformer en oiseau et voleter de branche en branche pour pouvoir les espionner à loisir et sonder ce qu'il y avait véritablement dans leurs cœurs !

Comme la messe s'achevait, Marian attendit Jocelyne qui était allée dire un mot au prêtre. Ciara était venue l'embrasser avant de partir en compagnie de James.

En repensant aux terribles secrets qu'elle avait récemment révélés à sa fille, ses yeux s'embuèrent de larmes. Duncan et elle avaient eu bien des doutes et des craintes à la veille de confesser à Ciara la vérité sur ses origines. Mais ils ne pouvaient déjà plus reculer. Elle y avait bien droit, après tout. Et ils étaient absolument certains qu'elle tiendrait sa promesse et garderait le secret à tout jamais.

Marian avait observé Ciara avec la plus grande attention lorsqu'elle lui avait annoncé qu'elle n'était pas sa véritable mère. Elle avait tant redouté sa réaction. Allait-elle lui pardonner ce mensonge ? Cependant, au lieu de la rejeter brutalement comme elle le craignait, Ciara l'avait appelée *maman* et s'était jetée dans ses bras comme elle l'avait toujours fait. Cela lui avait mis un peu de baume au cœur. Et lorsqu'elle avait appelé Duncan *papa,* malgré tout ce qu'elle venait d'apprendre, son cœur s'était gonflé d'amour pour sa fille. Finalement, les choses étaient pour le mieux ainsi.

Jocelyne venait de la rejoindre. Elle lui prit doucement le bras puis elles sortirent ensemble de l'église. Marian savait que son amie avait tout deviné. Elles s'éloignèrent un peu pour éviter les oreilles indiscrètes, puis Jocelyne se mit à la questionner :

— Alors, tu lui as parlé ?

— Nous lui avons tout raconté.

— Bien. Je la trouve plutôt paisible après tout ce qu'elle a dû entendre, fit observer Jocelyne.

Son amie était la seule personne à qui Marian avait raconté une partie de son histoire. Il y avait très longtemps. A l'époque, elle venait à peine d'arriver à Lairig Dubh. Elle avait assisté Jocelyne lors de la naissance de sa fille Sheena, et cela lui avait aussitôt rappelé cette nuit atroce qui avait coûté la vie à Beitris. Elle en avait été terriblement affectée. Jocelyne lui avait alors concocté une merveilleuse tisane et lui avait témoigné une gentillesse qu'elle n'était pas près d'oublier.

— Ciara a surpris une conversation entre James et son père, elle a donc entendu parler des rumeurs qui circulent à mon sujet. Au moins, elle connaît la vérité maintenant. C'est cela, je crois, qui l'a apaisée.

— Comment a-t-elle réagi en apprenant que tu n'étais pas sa mère ?

Marian se souvenait très précisément du visage dévasté de Ciara à ce moment-là, surtout, elle n'oublierait jamais tout l'amour que sa petite fille lui avait témoigné immédiatement après.

— Comme nous nous y attendions, elle a été extrêmement choquée, confessa Marian. Mais elle a rapidement accepté la vérité. Elle a également posé des questions sur l'identité de son père.

— Tu lui as dit ?

— Oui, répondit-elle, en escamotant un peu la réalité.

Duncan, Iain, elle-même et désormais Ciara étaient les seuls à connaître toute la vérité. Jocelyne connaissait les turpitudes auxquelles Iain s'était livré par le passé, aussi croyait-elle que le frère de Marian était le père de Ciara. Et Marian ne comptait pas la détromper.

Elles s'approchaient maintenant d'une fourche. D'un côté, le chemin montait au château, de l'autre, il descendait au village. Elles devaient partir dans des directions opposées car Marian ne rentrerait que plus tard au château pour s'occuper des parents de James. Pour l'instant, le laird logeait son nouvel allié et ils passaient leur temps à discuter. Pour le plus grand plaisir des Murray, apparemment.

Avant de se quitter, Marian prit la main de Jocelyne dans la sienne.

— J'ai beau retourner le problème dans tous les sens, je n'ai toujours pas trouvé la moindre raison qui pourrait empêcher Tavis d'épouser Ciara. Je ne comprends pas, Jocelyne, il l'aime comme un fou, c'est évident, alors pourquoi ? C'est peut-être l'éducation que Ciara a reçue qui l'intimide ? Les hommes ont tendance à se sentir menacés dès qu'ils découvrent tout ce qu'elle sait faire. Mais, sincèrement, j'en doute. Cela ne ressemble pas à Tavis. Il doit forcément y avoir quelque chose de plus personnel. Pourquoi garde-t-il ainsi son cœur fermé à double tour sans lui laisser la possibilité d'y entrer ?

— Tu crois que cela pourrait avoir un rapport avec Saraid ?

— C'est bien possible. Seulement, je ne l'ai pas vraiment connue, elle était très discrète. Et toi, Jocelyne ?

— Moi non plus. Je me souviens simplement que sa famille avait emménagé ici juste avant leur mariage. Tavis l'avait rencontrée lors d'un voyage d'affaires qu'il faisait avec Connor et en était tombé fou amoureux. Les siens sont partis juste après son décès.

— La seule personne qui pourrait répondre à nos questions, c'est Tavis, dit Marian. Ou bien Ciara. Elle le vénérait comme un dieu à cette époque-là et les suivait partout.

— Si je résume bien la situation, les deux personnes à qui nous ne pouvons rien demander sans soulever aussitôt des questions embarrassantes sont les seules à détenir les réponses, soupira Jocelyne. J'ai bien l'impression que rien ne viendra plus empêcher le mariage de Ciara et James. Ce qui, après tout, n'est sûrement pas une mauvaise chose, s'empressa-t-elle d'ajouter en touchant tendrement le bras de son amie.

— Tu as raison, Jocelyne, ce ne sera pas du tout un mauvais mariage. Pourquoi est-ce que je m'entête après tout ? Il n'y a vraiment aucune inquiétude à avoir. C'est seulement que… Ciara va partir vivre très loin d'ici et partager la vie d'un homme qui ne l'aime pas et qu'elle n'aime pas. Mis à part cela, ce ne sera certainement pas un mauvais mariage…

Jocelyne secoua la tête.

— Allons, en quoi ce mariage serait-il différent des nôtres, Marian ? Je suis arrivée ici en croyant que Connor allait m'assassiner à la première occasion. Tu sais bien les bruits qui ont couru sur les circonstances de la mort de sa première femme… Et toi, à peine débarquée ici, on t'a forcée à épouser un homme qui savait pertinemment que tu lui avais menti comme tu avais d'ailleurs menti à tous les autres membres du clan.

Marian éclata de rire et déclara :

— Finalement, le mariage de Rurik et Margriet est peut-être celui qui a été le moins compliqué des trois.

— Je n'en serais pas aussi certaine à ta place. N'oublie pas que Rurik était autrefois un coureur de jupons invétéré et que Margriet a grandi dans un couvent ! Je suis persuadée que leur parcours a été semé d'embûches.

Marian n'avait pas envisagé jusqu'alors les choses sous cet angle. James et Ciara semblaient déjà s'apprécier, ce n'était pas si mal… L'amour pouvait-il éclore plus tard ? Peut-être bien… Hélas, il n'y avait aucune certitude.

James lui prit la main en sortant de l'église, alors qu'ils partaient se promener en forêt. Bien décidée à prendre les choses du bon côté, Ciara avait résolu de se concentrer sur tout ce qu'elle appréciait chez son futur mari.

Elle aimait bien la façon dont il entremêlait leurs doigts lorsqu'il lui prenait la main. Et le fait qu'il ne semblait jamais intimidé en sa présence et l'encourageait toujours à exprimer son opinion. Cela lui plaisait vraiment beaucoup. Elle aimait particulièrement sa voix, aussi.

Voilà quelques points positifs sur lesquels il fallait construire leur relation !

Absorbée par ses pensées, elle n'avait pas remarqué qu'ils s'étaient arrêtés. Sans qu'elle s'y attende, James l'attira vers lui pour l'embrasser. Très vite, il l'incita à ouvrir ses lèvres. Tavis avait fait la même chose ! Cependant, ses réactions entre les bras de Tavis étaient immédiates, instinctives ; or, avec James, son esprit ne cessait de tourner à plein régime. C'est le commentaire désobligeant qu'il avait fait sur son précédent baiser qui incita Ciara à ne pas rester passive. Elle lui passa les bras autour du cou et pressa son corps contre le sien.

Visiblement réceptif, James la plaqua plus près de lui. Malédiction, elle aurait dû prendre plaisir à cette étreinte. Les lèvres de James étaient douces et habiles sur les siennes, ses bras n'étaient pas brutaux... Pourtant, ce baiser ne provoquait ni la fièvre, ni la passion qu'elle avait connues dans les bras de Tavis.

Alors qu'elle priait pour que leur étreinte s'achève, James lui effleura le corsage de la main. Ciara ne put retenir un sursaut. James s'enhardit et caressa sa poitrine, puis il releva la tête en murmurant :

— Vous êtes une jeune femme innocente.

Ciara savait bien que ce geste était parfaitement scandaleux et qu'une telle caresse aurait dû attendre leur nuit de noces. Toutefois, elle n'était pas particulièrement choquée... Non, ce qui l'ennuyait beaucoup, en revanche, c'est qu'elle n'éprouvait absolument rien. Elle ne ressentait pas la moindre envie d'aller plus loin avec lui. Aucune comparaison possible avec l'élan enfiévré qui s'était emparé d'elle lorsque Tavis l'avait embrassée.

— Est-ce donc une mauvaise chose ?

— Non ! Bien sûr que non ! Un homme aime savoir qu'il sera le premier à partager le lit de sa femme.

James recula légèrement et se mit à la regarder fixement.

— Vous êtes généralement l'honnêteté incarnée, Ciara. Puis-je vous imiter ?

Elle acquiesça.

— Avec tout ce qu'on m'avait dit sur votre compte, vous savez, ces rumeurs…, dit-il en hésitant, je ne m'étais pas préparé à épouser une vierge.

— Et vous étiez prêt à l'accepter ?

— Oui, sans aucun doute. Pour les raisons que nous connaissons tous deux.

James soupira légèrement et ajouta :

— J'avais tout de même une lueur d'espoir. Comme toutes les histoires que j'avais entendues concernaient le passé de votre mère, et que depuis son mariage avec Duncan aucun scandale n'avait éclaté, j'en avais conclu que votre mère était désormais une femme fidèle. Et que, par conséquent, vous pouviez en faire autant vous aussi.

Stupéfiée par ces révélations, Ciara se contenta de secouer la tête et de rire. Maintenant qu'elle connaissait la vérité sur le passé de sa mère, les rumeurs lui tenaient moins à cœur… Mais cette histoire était tout de même incroyable… Son fiancé avait imaginé qu'elle était une femme de petite vertu et il était quand même prêt à occulter cette réalité et à l'épouser en toute bonne foi !

— Vous avez aimé ? demanda-t-il d'une voix légèrement rauque.

— C'était très agréable, répondit-elle.

Cela ne l'avait certes pas fait tomber à la renverse et elle n'avait nulle envie de partager son lit, mais peut-être que les choses finiraient par évoluer avec le temps ?

Elle baissa les yeux, soudain gênée, puis croisa de nouveau son regard. James se rapprocha pour l'embrasser de nouveau sur la bouche. Il se mit à mordiller son cou, lorsqu'ils entendirent distinctement des branches craquer.

A l'évidence, ils n'étaient plus seuls. Ils levèrent aussitôt la tête et aperçurent Elizabeth. Instinctivement, Ciara recula et remit un peu d'ordre dans sa coiffure. Même si elle était quelque peu embarrassée de se faire surprendre à un moment aussi intime, le regard plein de douleur que lui lança Elizabeth l'étonna beaucoup.

— Je suis désolée, Ciara, James, dit-elle précipitamment, mais la couturière ne va plus tarder à arriver. J'ai pensé qu'il valait mieux vous prévenir.

— J'arrive tout de suite, dit Ciara à son amie.

Elizabeth semblait sur le point d'ajouter quelque chose mais, finalement, elle se ravisa. Elle leur adressa un petit signe de tête et s'éloigna rapidement. James la regarda partir puis se tourna vers Ciara.

— Je suppose qu'il valait mieux se faire surprendre par Elizabeth plutôt que par vos parents.

Ciara haussa les épaules.

— On permet certaines libertés aux couples sur le point de se marier, James. A l'heure qu'il est, je suis persuadée que mes parents pensent que nous avons déjà échangé quelques baisers.

Il lui prit la main et la porta à sa bouche pour l'embrasser avant de se remettre en marche.

— Je ne sais pas si vous allez me croire, mais ce n'était pas la raison pour laquelle je voulais vous voir en privé, Ciara, dit-il en lui adressant un clin d'œil malicieux.

Ce petit signe de connivence lui fit chaud au cœur.

— En fait, reprit-il, je voulais vous demander quelque chose avant la célébration de notre mariage à l'église. Je dois vous avouer que je n'aime pas beaucoup les surprises de dernière minute.

— Que voulez-vous donc savoir ?

Ciara s'efforça d'imaginer leur mariage. Mais comment

se représenter une cérémonie emplie d'émotions qui n'existaient pas ?

James s'immobilisa brutalement et se tourna vers elle. Ses yeux bleus la fixaient avec une intensité inhabituelle.

— Ciara, avez-vous ou connaissez-vous une raison quelconque qui pourrait empêcher notre mariage ?

Bien des questions lui étaient venues à l'esprit en quelques secondes, mais elle ne s'était absolument pas attendue à celle-là ! Que pouvait-elle répondre ? Aimer un autre homme, était-ce un obstacle susceptible d'empêcher leur union à ses yeux ?

— Je ne veux pas parler de raisons ayant trait à nos clans respectifs, à nos alliés ou à des traités, reprit-il. Ce que je veux vraiment savoir, de vous à moi, c'est si vous êtes satisfaite de votre prochain mariage avec moi ?

— Satisfaite ?

Quel mot étrange pour un tel événement !

— Satisfaite ? répéta-t-elle. Est-ce donc la satisfaction que vous recherchez en m'épousant ? demanda-t-elle d'un ton neutre.

Il détourna le regard et prit une profonde inspiration avant de poursuivre :

— Oui, c'est cela. Je ne suis pas un homme gouverné par la passion, vous savez. Je ne suis pas non plus un homme de grand courage. Notre vie dans le comté de Perth sera bien différente de celle que vous vivez ici, dans les Highlands. J'aimerais que vous soyez satisfaite de votre existence lorsque vous vivrez à mes côtés. C'est vraiment tout ce qui m'importe. J'ai déjà eu l'occasion de voir ce que donnait un mariage entre deux personnes follement éprises l'une de l'autre, eh bien, je peux vous assurer que je ne veux pas de cela pour ma part.

Elle aussi en avait vu des mariages de ce genre. Le mariage de ses parents pour commencer. Celui du laird et de son épouse. Ou encore, celui de Rurik et de Margriet. Il s'agissait avant tout de mariages d'amour. Et pour sa part, c'était exactement ce qu'elle souhaitait connaître elle aussi… Apparemment, James voyait les choses bien différemment. Cela dit, c'était tout à son honneur de lui avoir exposé son point de vue aussi ouvertement. Il ne lui demandait pas son amour, il lui demandait uniquement d'être satisfaite de son sort.

— Ciara, je vous repose ma question. Y a-t-il la moindre raison pour que vous vous opposiez à notre mariage ? Souhaitez-vous sincèrement devenir mon épouse dans deux jours et êtes-vous bien décidée à prononcer vos vœux devant le prêtre ?

C'était donc une vie de contentement, de satisfaction tranquille, qui s'offrait à elle… Loin de ses rêves, mais auprès d'un homme honnête et digne. Elle le regarda au fond des yeux et y lut plus d'émotions qu'elle n'en avait jamais vu dans son regard limpide. Elle eut soudain l'étrange impression qu'il lui demandait de trouver une échappatoire pour annuler leur mariage. Il devait forcément savoir qu'elle avait déjà fait marche arrière autrefois et qu'elle n'avait pas hésité à rompre ses fiançailles plusieurs fois. Voulait-il entendre qu'elle ne voulait pas de ce mariage ?

Ou peut-être craignait-il simplement de se retrouver seul à l'église le jour de son mariage, et il voulait s'épargner une terrible humiliation ? Il venait de déclarer qu'il n'était pas un adepte de la tragédie et il désirait sans doute éviter le pire…

De toute façon, il n'y avait pas à tergiverser. Elle lui avait donné sa parole, elle la tiendrait ! Tout en ayant parfaitement conscience qu'elle laissait derrière elle la passion et l'amour. Tavis était tellement traumatisé par ce qui était arrivé à Saraid qu'il n'était pas en mesure de lui demander sa main. Malgré les sentiments qu'ils éprouvaient l'un pour l'autre… il la laissait aux bras d'un autre homme.

Elle n'avait donc pas le choix.

— Je ne vois aucune raison de ne pas nous marier, James, répondit-elle fermement.

Il poussa un profond soupir et détourna la tête. Etait-il soulagé ou déçu ? Décidément, elle avait bien du mal à démêler l'écheveau de ses sentiments. Quelle situation étrange…

Puis, James hocha la tête, lui adressa un large sourire et lui prit la main.

— Venez. Votre mère, Elizabeth et la couturière doivent vous attendre.

Sur le chemin du retour, ils se contentèrent d'échanger des banalités sur le temps qu'il faisait ou sur la fête donnée au château la nuit précédente. Vaguement malheureuse, Ciara prit conscience qu'il s'agissait d'un avant-goût de l'existence qui l'attendait.

Lorsqu'ils arrivèrent chez elle quelques minutes plus tard, Marian et Elizabeth les attendaient et prenaient une tasse de thé en compagnie de la couturière. Instinctivement, Ciara leva les yeux vers son amie pour la voir adresser un regard interrogateur à James. Etrangement gênée d'avoir intercepté ce regard, Ciara baissa aussitôt les yeux. Que se passait-il entre James et son amie ? Ils semblaient partager une complicité qui aurait dû les unir elle et James.

— J'ai bien l'impression que je n'ai plus rien à faire ici, dit James en plaisantant. Je vais vous laisser entre femmes.

Il les salua d'un signe de tête et prit congé.

La couturière avait repris les mesures de ses robes de soirée pour confectionner sa robe de mariée. Il n'y aurait donc a priori que quelques ajustements à faire. Marian proposa d'aller dans la chambre de Ciara pour effectuer l'essayage. La robe était de couleur rose et ressemblait davantage aux tenues en vogue dans les vallées qu'à celles dans les Highlands. Marian avait voulu faire plaisir aux Murray en adoptant leurs traditions.

— Alors, comment s'est passée cette promenade, ma chérie ? demanda sa mère en lui adressant un clin d'œil.

Comme Ciara ne répondait pas assez vite, Marian ajouta :

— Elizabeth nous a dit qu'elle vous avait vus dans la forêt en venant ici et que vous étiez en pleine conversation.

Ciara sourit avec indulgence. Elle se doutait bien qu'on l'interrogerait sur ces moments, seule avec son fiancé. Elle jeta un rapide coup d'œil à Elizabeth, qui avait raconté un mensonge pour elle, et dit :

— C'était une conversation agréable.

— Tant mieux, dit Elizabeth alors qu'elle passait une épingle à la couturière.

Ciara sentit sa poitrine se serrer. A n'en pas douter, Elizabeth aurait bien plus apprécié qu'elle l'étreinte de James. Son amie aimait ce qui était… agréable, plaisant. Les baisers fougueux et passionnés ne l'intéressaient guère, et elle ne recherchait rien de plus qu'une satisfaction tranquille. Un mariage gouverné par la passion, cela ne l'avait jamais fait rêver… Leurs regards se croisèrent un instant.

Puis elles se remirent au travail en silence. Une fois satisfaite du résultat, la couturière annonça qu'elle allait finir la robe chez elle et la rapporterait le matin du mariage.

Le reste de la journée s'écoula à toute vitesse. Ciara passa un peu de temps en compagnie de la mère de James pendant que celui-ci s'entraînait au combat dans la cour avec les hommes.

Ciara s'était arrangée pour éviter Tavis car elle n'avait pas envie de le voir. Pour autant, elle ne renonça pas à échafauder un plan. Il fallait à tout prix essayer, même s'il y avait de grandes chances que sa stratégie échoue et que Tavis refuse sa proposition.

L'amour ne suffirait pas à lui faire entendre raison, elle le savait parfaitement. Cependant, quand les hommes craignaient quelque chose, quelque chose qu'ils ne voulaient pas reconnaître ou affronter, les femmes devaient parfois intervenir et leur faire entendre raison. Manifestement, depuis la mort de Saraid, une peur irrationnelle s'était emparée de Tavis. Et la peur avait désormais une telle emprise sur lui qu'il avait besoin de quelqu'un pour l'aider à s'en débarrasser. Sans même parler de la culpabilité qui le rongeait lentement, jour après jour.

Pleine de détermination, Ciara se mit en quête de la sage-femme que Saraid avait consultée au début de sa grossesse et se rendit chez elle pour lui poser les questions qui la tourmentaient depuis si longtemps.

Si Gunna trouva ses questions étranges ou déplacées, elle n'en laissa rien paraître. Elle pensait probablement qu'il était bien naturel de la part d'une jeune fiancée de chercher à s'informer à la veille de son mariage. Tout au long de leur entretien, Gunna s'adressa directement à elle. La sage-femme tenait à lui assurer qu'elle n'avait nulle crainte à avoir au sujet de sa nuit de noces et de ses futures grossesses.

Sans même le savoir, Gunna venait ainsi de lui confirmer que la terreur qui tenaillait Tavis depuis tant d'années était sans fondement. Il avait tort de penser qu'il avait causé la mort de Saraid. Selon Gunna, rien ni personne n'aurait pu la sauver.

Voilà ! A présent que certains faits étaient établis, c'était à son tour d'entrer en scène. Avant de quitter pour toujours son clan au bras de James Murray, il lui fallait à tout prix libérer son meilleur ami, l'homme qu'elle ne cesserait jamais d'aimer, de la tyrannie de la culpabilité qui gardait son cœur captif.

Ainsi, avant de prononcer les mots qui feraient d'elle

l'épouse de James Murray, elle consommerait avec Tavis la passion à laquelle elle allait renoncer le jour de son mariage… Avant de quitter ses parents, elle se comporterait une toute dernière fois comme la jeune femme audacieuse et sûre d'elle qu'ils avaient éduquée.

Ce serait son dernier acte de liberté. Et, pour lui, un acte de délivrance, du moins l'espérait-elle.

Une fois tout le monde au lit, Ciara repassa dans sa tête le plan qu'elle avait élaboré pour parvenir à ses fins. Partagée entre l'impatience et la nervosité, elle attendit ensuite un bon moment, le cœur palpitant, que les bruits de la maisonnée cessent. Au bout de quelque temps, seul le chant des oiseaux de nuit venait encore perturber par moments le silence qui régnait dans la maison.

Ce qu'elle avait prévu de faire était scandaleux, elle en avait parfaitement conscience. Pis encore, elle allait rompre la promesse faite à James de se présenter vierge lors de leur nuit de noces. En dépit de cela, pas un seul instant elle n'hésita lorsqu'elle se leva et quitta sa chambre. Sa loyauté allait d'abord à Tavis, et ce, jusqu'à ce qu'elle jure d'appartenir à James devant Dieu.

Ne restait plus qu'à convaincre Tavis de venir à elle lorsqu'elle s'offrirait à lui. Or, elle avait beau retourner la question dans tous les sens, elle ne savait pas quelle serait sa réaction. Allait-il une nouvelle fois la rejeter ?

Hors de question ! La défaite n'était pas envisageable. Déterminée, elle rassembla les affaires dont elle aurait besoin. Contrairement à Tavis, elle n'avait nulle intention de laisser le doute, la peur ou la culpabilité diriger sa vie. Elle allait très prochainement remplir son devoir et mener une vie qui ne lui correspondait pas le moins du monde, mais cette nuit, ce serait différent. Il ne serait question que d'amour…

Et c'était sûrement la seule nuit de toute son existence

qu'elle pourrait partager avec lui, aussi avait-elle bien l'intention d'en profiter.

Elle avait attendu cette nuit presque toute sa vie !

Et personne ne la lui enlèverait.

Chapitre 17

Tavis travailla très dur pour retarder autant que possible le moment où il devait rentrer chez lui. Sa maison lui semblait tellement vide ! Depuis leur retour, il s'entraînait au combat sans relâche et se mesurait aussi bien aux MacLerie qu'aux Murray. Il ne s'arrêtait qu'une fois que son corps épuisé ne le portait plus. Hélas, cela ne suffisait pas encore. Rien ne parvenait à évacuer la terrible frustration qui le tenaillait.

Ce soir-là, il avait accepté l'invitation à dîner de Rurik et Margriet, espérant qu'un peu de diversion soulagerait son esprit obsédé par Ciara. Le repas était terminé depuis longtemps, pourtant il ne trouvait pas la force de partir. Il parlait en détail de la nouvelle mission que Connor lui avait confiée, alors même qu'il avait largement dépassé les limites de la bienséance.

Comme les coups d'œil appuyés vers la porte d'entrée ne suffisaient pas, Rurik finit par lui demander de partir. Malheureux, Tavis bafouilla quelques excuses et sortit. Il prit encore tout son temps pour rentrer chez lui. Sa maison lui rappelait sans cesse les promesses qu'il n'avait pas tenues et le terrible gâchis qui en avait découlé.

De façon inhabituelle, lorsqu'il arriva en vue de la porte d'entrée, l'image de Ciara lui apparut. Telle qu'elle était la nuit où elle lui avait demandé de l'épouser. Eh bien, au moins, ce n'était pas le fantôme de Saraid, qui revenait le hanter, comme à l'accoutumée.

Intrigué, Tavis remarqua alors que les volets étaient fermés. Il était pourtant certain de ne pas y avoir touché en partant. En s'approchant, il se rendit également compte que de la lumière filtrait sous la porte. Quelqu'un était manifestement entré chez lui en son absence. Peut-être y était-il encore. Aux aguets, il saisit le manche de son poignard, se posta sur le côté de la porte, puis souleva le loquet et entra à pas de loup.

Ciara était assise devant la cheminée et lisait à la lueur des chandelles. Ses cheveux d'or étaient détachés et flottaient librement sur ses épaules. Elle portait une robe très simple et un châle. L'incarnation de la jeune femme des Highlands. Son cœur se mit à saigner à ce spectacle, tandis que son corps, lui, réagissait tout autrement. Elle ne serait jamais à lui et cette idée lui était devenue insupportable.

— Ciara ? Que fais-tu ici ? demanda-t-il en faisant glisser son poignard dans son étui.

— Je t'attendais, répondit-elle calmement.

Elle referma doucement le livre qu'elle lisait et le reposa sur l'étagère qui se trouvait au-dessus de la cheminée.

— Il fallait que je te voie. En privé, ajouta-t-elle.

Il ne répondit pas tout de suite. L'attente sembla durer une éternité. Impossible de trouver les mots adaptés dans une situation pareille…

— Ciara, nous ne devrions…

Il repensa à leur dernière rencontre, seul à seul, en pleine nuit. Mieux valait éviter cette conversation. La dernière fois, il avait fini par la prendre dans ses bras et l'embrasser à perdre haleine, pour la marquer comme sienne. Il ne devait pas recommencer, mais la présence de la jeune femme était comme une drogue puissante pour ses sens exacerbés. A la voir ainsi, chez lui, à sa portée, il s'imagina l'entraîner vers le lit. Il éveillerait lentement sa passion, se délecterait de ses courbes délicates. Déjà, son membre se tendait à l'extrême…

— Ecoute-moi, Tavis, j'ai une dernière chose à demander à mon meilleur ami avant de me marier.

Tavis ferma les yeux, dévasté. Avait-elle besoin de lui rappeler qu'elle allait l'abandonner pour toujours ? L'espace d'un instant, lorsqu'il était entré chez lui, il s'était imaginé qu'il la retrouverait ainsi chaque soir. Elle l'attendrait. Elle serait là, toute proche, avide de ses caresses, de ses baisers, de son corps, de son amour…

Voilà que ses paroles venaient de le ramener à la triste réalité. Ciara ne lui appartenait pas. Elle ne lui appartiendrait jamais. Il inspira pour chasser l'émotion qui l'étreignait.

— Que veux-tu me demander ?

— Ce matin, James et moi avons eu une discussion sérieuse à propos de notre mariage. Il m'a clairement expliqué qu'il désire avant tout une relation calme et sans surprises, fondée sur la courtoisie. Une petite vie très paisible, en somme.

Tavis n'avait aucun mal à la croire. Le jeune Murray serait sans nul doute un mari pondéré, courtois et doux. Pourtant, il ne voyait pas Ciara dans le rôle étriqué de la châtelaine douce et réservée. Surtout, lui n'aurait jamais envisagé une existence aussi lisse si Ciara… Non ! Inutile de se perdre encore en rêveries et en faux espoirs.

— Mon destin risque de se résumer à cela. Une existence morne occasionnellement ponctuée de quelques marques d'affection, dit-elle en s'avançant vers lui. Je l'accepte, j'y suis résignée. Seulement… avant cela, je veux connaître la passion et le plaisir dont je serai privée.

Tavis la regarda sans comprendre. Puis un éclair de lucidité le pétrifia. Maudite soit-elle ! A quoi jouait-elle ? N'avait-elle pas conscience de la terrible tentation qu'elle représentait pour lui ? Que savait-elle du combat intérieur qui le minait depuis la nuit où il avait connu ce moment d'abandon en goûtant sa bouche délicieuse ? Depuis, il n'avait pas passé une seule nuit sans éprouver un désir insatiable, seul dans son lit froid !

— Ciara, je t'en prie, il faut que tu t'en ailles maintenant, dit-il, les dents serrées. Avant qu'il ne soit trop tard.

— Il est déjà trop tard, Tavis.

Elle s'approcha un peu plus de lui et ajouta en lui caressant la joue du bout des doigts :

— Je te promets que je sortirai d'ici, pour toujours... dès que tu m'auras accordé un baiser, souffla-t-elle en le retenant captif de son regard voilé par la passion.

Doux Jésus ! Comment faisait-elle pour être aussi provocante, tellement irrésistible ?

— Un vrai baiser, Tavis. C'est tout ce que je demande. Je t'en prie, murmura-t-elle, divinement tentante.

Il semblait à Tavis que ses veines charriaient de la lave en fusion. L'amour et la raison se livraient un terrible combat dans son cœur et son esprit.

— Un baiser, et je partirai ensuite pour toujours, avec ce merveilleux souvenir que je garderai au plus profond de mon cœur.

Soudain, Tavis capitula.

Allons, il était un homme d'honneur tout de même ! Il trouverait bien la force de la laisser partir après l'avoir embrassée... Il ne la toucherait pas, cela, non. Sans quoi il n'était pas certain de pouvoir s'arrêter...

Mais Ciara savait parfaitement ce qu'elle voulait. Lorsqu'il approcha son visage du sien pour l'embrasser, elle posa les doigts sur les lèvres de Tavis en secouant la tête.

— Non, Tavis. Un seul baiser... Mais, seulement lorsque je l'aurai décidé.

Seigneur ! Elle allait l'envoyer en enfer... Tavis serra les mâchoires. Il était parvenu à lui résister jusque-là, il n'y avait pas de raison de perdre le contrôle… Il y arriverait bien… Il le fallait…

Peut-être aurait-il eu une chance de résister si Ciara n'avait pas tendu la main vers la ceinture qui maintenait son tartan en place. Si elle ne lui avait pas lentement tourné autour, pour lui retirer ses armes une à une, puis sa ceinture, son kilt et sa chemise. Il aurait pu s'en sortir si elle n'avait pas apporté un seau d'eau fumante pour le laver.

Que le diable l'emporte, lui et sa faiblesse face à cette enchanteresse… Il n'avait pas eu une seule chance de s'en sortir depuis le début et, à voir la façon dont ses yeux brillaient de malice, elle le savait fort bien. Le supplice s'intensifia encore : elle passait maintenant négligemment la langue sur ses lèvres charnues, tout en l'observant avec langueur.

— Ce n'est pas la première fois que je te vois nu, murmura-t-elle alors que le linge chaud et humide passait dans le bas de son dos, je t'ai observé lorsque tu te baignais dans le ruisseau à Dunalastair.

Tavis émit un rire rauque, amusé par sa confession.

— C'était drôlement culotté de ta part ! Mais sans comparaison avec ce que tu es en train de faire…

Elle étouffa un petit rire sans pour autant cesser un instant les soins sensuels qu'elle lui prodiguait. Elle en avait terminé avec son dos et le contourna pour se placer face à lui. Les poings serrés, il se força à rester immobile.

Son inexpérience, mêlée à cette audace qui la rendait si provocante, était irrésistible : alors qu'elle tendait la main vers son membre, il la vit hésiter et interrompre son geste. Il n'allait pas la laisser s'arrêter en si bon chemin. Tavis lui empoigna la main et le linge mouillé et les dirigea vers son membre dressé, tendu de désir. Lorsque ses doigts entrèrent en contact avec sa chair, elle entrouvrit légèrement la bouche, le souffle court, visiblement troublée.

Le désir de Tavis ne connut plus de bornes. Son membre

gonfla encore entre ses mains. N'y tenant plus, il se débarrassa du linge. Il était grand temps de montrer à cette délicieuse effrontée qu'il ne se contenterait pas d'un simple baiser. Mais une fois encore, elle le prit de court.

En deux temps trois mouvements, Ciara dénoua les lacets de sa robe et la fit glisser sur ses épaules, révélant une fine chemise transparente. Il voyait nettement les ombres de son corps nu sous sa tunique légère. Les flammes qui dansaient dans la cheminée lui révélèrent ses courbes délicieuses ainsi que le triangle sombre qui cachait l'endroit qu'il désirait le plus toucher, caresser, goûter… Les pointes de ses seins se dressèrent sous son regard enflammé. L'avait-elle seulement remarqué ?

Toujours aussi audacieuse et bien plus courageuse que lui, Ciara s'avança vers lui en un geste d'offrande immémorial.

Vaincu, Tavis tenta encore de négocier avec sa conscience. D'accord, il voulait bien lui donner du plaisir mais il n'irait pas jusqu'à déshonorer la fiancée d'un autre homme.

— Je ne prendrai pas ce qui ne m'appartient pas, murmura-t-il. Mais je vais te procurer le plaisir que tu recherches, ma tendre Ciara, le plaisir qui peut exister entre un homme et une femme.

— Tu veux dire le plaisir qui peut exister entre toi et moi, Tavis.

Elle était l'innocence même et la séduction incarnée à la fois. Elle n'avait probablement pas compris que lui donner du plaisir ne signifiait pas forcément qu'il allait prendre sa virginité.

— Tu te souviens du baiser dont tu parlais, Ciara ? L'heure de ton baiser a sonné.

Il pensait naïvement que c'était à lui de jouer mais, déjà, elle ôtait sa tunique avant de poser ses mains en coupe sous ses seins comme pour les lui faire admirer. Ses mains glissèrent sensuellement jusqu'à ses hanches, elle se cambra et murmura :

— Embrasse-moi ici, Tavis.

Il avait écarquillé les yeux et la dévorait littéralement du regard. Son rêve le plus fou était devenu réalité. Son corps souple, ses seins qui épouseraient parfaitement le creux de ses paumes lorsqu'il les toucherait, tout, absolument tout était conforme à ses rêves.

Il ferma les yeux et pria pour trouver la force d'honorer sa promesse alors qu'il se penchait pour poser la bouche sur la pointe délicate d'un de ses seins. D'une main ferme, il la saisit à la taille et elle poussa un petit halètement. Sa douce Ciara pensait recevoir un baiser poli et certainement pas le baiser enfiévré qu'il venait de lui donner. Elle avait maintenant les jambes qui tremblaient. Il la porta dans ses bras jusqu'à son lit.

Il allait lui montrer ce qu'était un véritable baiser à présent. Tavis s'agenouilla près d'elle et ne la toucha d'abord qu'avec sa bouche. Il prit son autre sein dans sa bouche et le suça langoureusement pour le voir s'ériger un peu plus. Ciara se cambra et murmura son nom fiévreusement. Il l'embrassa et la lécha tout en remontant vers sa bouche. Elle ouvrit immédiatement les lèvres, ce qui le fit sourire.

Cette fois, c'était à lui de décider. Il commença par lui embrasser les lèvres doucement, légèrement. Elle sourit faiblement. Alors seulement, il prit possession de sa bouche, sa langue en envahit la chaleur humide. Lorsqu'elle se mit à lui sucer la langue, il sentit des décharges de plaisir se diffuser en lui. Elle n'avait vraiment peur de rien, cette petite coquine. Elle avait les mains dans ses cheveux et le tirait vers elle. Tavis avait beau être un homme expérimenté, il était à sa merci.

Et cela lui convenait parfaitement. Il aurait pu l'embrasser pendant des heures sans jamais s'en lasser. Il devinait à ses mouvements agités et innocents qu'elle n'avait pas conscience du plaisir qui l'attendait.

Tout cela ne faisait absolument pas partie de son plan !

Ciara avait pensé, lorsqu'elle avait encore les idées claires, qu'il allait la prendre dans ses bras et l'embrasser. Ç'aurait été merveilleux, délicieux. Mais rien ne l'avait préparée à… *cela*. Lorsqu'il lui avait déclaré qu'il était hors de question de lui faire perdre sa virginité, elle avait cru comprendre ce qu'il voulait dire. Mais rien, pas même la façon dont son corps avait réagi en le voyant entièrement nu la fois précédente, ne l'avait préparée au déferlement d'ondes de plaisir qui la parcouraient à présent. Elle n'avait pas prévu cette sensation de manque, à la fois merveilleuse et torturante.

Entre ses cuisses, la sensation de chaleur et de moiteur augmentait à chaque instant, de même que les battements désordonnés de son cœur. Elle brûlait de sentir Tavis la toucher, *là*. Il releva la tête malgré les efforts qu'elle faisait pour le tenir contre elle et se mit à rire.

— Ne t'inquiète pas, ma chérie. Je n'en ai pas encore fini avec les baisers.

Ciara sentit aussitôt son pouls s'accélérer et elle desserra son étreinte pour lui permettre de bouger comme il l'entendait.

Sa barbe déclenchait une myriade d'étincelles de plaisir partout où il posait sa bouche. Il caressait et embrassait chaque centimètre de sa peau, tandis qu'elle ne cessait plus de gémir. Ciara pria pour qu'il lui embrasse les seins une nouvelle fois, et lorsqu'il le fit, elle se cambra sous sa bouche.

Tavis l'apaisait puis la torturait sans cesse alors qu'elle anticipait la suite. Ciara avait l'étrange sensation qu'elle se dirigeait vers… vers quelque chose d'inconnu et de magnifique. Quand la bouche de Tavis quitta ses seins et se dirigea plus bas, vers cet endroit qui lui faisait mal, elle cessa de respirer. Il riait, l'animal ! Il savait ce qu'il lui faisait et appréciait pleinement la situation.

Elle l'attrapa par les cheveux et s'y agrippa alors qu'il embrassait ses cuisses de plus en plus haut. Lorsqu'il lui ordonna d'écarter les jambes, elle perdit la tête. Son corps obéit d'instinct, comme s'il comprenait.

Il s'agenouilla devant elle. Alors, elle ouvrit les yeux et vit qu'il la contemplait. Il contemplait… le cœur de sa féminité. Soudain gênée, Ciara tenta aussitôt de resserrer les jambes mais il l'en empêcha. Elle prit appui sur ses coudes et essaya de se couvrir le visage d'une main, mais lorsqu'il lui embrassa le haut des cuisses, les frôlant de sa barbe naissante, puis se rapprocha de la chair brûlante qui palpitait entre elles, elle fut incapable de résister. Elle ne pouvait que le fixer, choquée, tout en émettant des gémissements désarticulés.

Et lorsqu'il posa sa bouche sur son Mont de Vénus, l'intensité du plaisir fut telle qu'elle perdit le sens des réalités. Ciara s'abandonna complètement et perdit tout contrôle. Ses lèvres. Sa langue. Ses dents sur sa chair si tendre. Tout cela la rendait folle. Elle se laissa tomber sur le lit et succomba à l'ivresse du plaisir.

Des ondes de volupté lui traversaient tout le corps, mêlées à des vagues de chaleur. Lorsqu'une vague de plaisir plus puissante encore l'envahit, elle se laissa emporter par la jouissance. Elle cria, alors que son corps frissonnait et tremblait tout contre la bouche de Tavis. Quelque chose de profond en elle, quelque chose qui l'étreignait si fort qu'elle ne parvenait même plus à respirer, s'était relâché en un instant et, vague après vague, la jouissance parcourut ses veines, atteignant chaque recoin de son corps. Emportée dans un autre monde, Ciara ne s'aperçut pas tout de suite que Tavis se tenait maintenant à son côté et lui murmurait des mots tendres à l'oreille.

Elle pleurait mais ne s'en rendit compte que lorsqu'elle le vit lui essuyer les larmes qui coulaient sur ses joues en l'embrassant.

Vaguement ennuyée d'avoir perdu tout contrôle, Ciara n'osa pas le regarder dans les yeux. Puis il posa délicatement les lèvres sur les siennes et elle s'y risqua.

Les yeux de Tavis rayonnaient d'amour.

Chapitre 18

Dieu, elle était magnifique !

Fasciné, Tavis ne l'avait pas quittée du regard lorsqu'elle s'était abandonnée à lui et au plaisir qu'il lui donnait.

Son membre tendu lui faisait mal maintenant, mais il ne chercherait pas la jouissance finale. Lorsqu'elle l'effleura de la main, il eut un bref sifflement. C'était presque douloureux. Ciara se releva en prenant appui sur ses coudes et le regarda.

— Je t'ai fait mal ? demanda-t-elle d'une petite voix inquiète.

Il se mit à rire et fit non de la tête.

— Pas du tout.

— Et toi ? Tu n'as pas… ressenti le même plaisir, n'est-ce pas ? demanda-t-elle en tendant la main vers son membre palpitant.

Si elle ne cessait pas tout de suite d'en parler, ni de le toucher, il y avait fort à parier qu'il perdrait tout contrôle, aussi s'efforça-t-il de recouvrer un semblant de calme.

— Non. Mais ne t'inquiète pas pour cela, Ciara.

Il s'était assis et était sur le point de s'éloigner lorsqu'elle posa la main sur son torse et l'obligea à s'allonger de nouveau.

— C'est mon tour de t'embrasser, dit-elle.

Seigneur ! Voilà qu'elle avait retrouvé l'audace qui la caractérisait si bien. Sa gêne était déjà oubliée !

— Tu risques de me tuer, Ciara.

Elle éclata de rire et haussa les épaules.

— Il faut essayer pour le savoir.

Jamais une menace ne l'avait autant transporté. Simplement imaginer sa bouche sur lui le faisait trembler. Ciara se remit à rire. Avant de se mettre à genoux devant lui, comme il l'avait fait devant elle. Curieuse, elle l'observa tout à loisir, posant les yeux sur son torse, son ventre, son membre dressé. Tavis ferma les paupières. Peut-être qu'il parviendrait à se contrôler s'il s'abstenait de regarder ?

Elle lui avait à peine effleuré les tétons de sa bouche que déjà il se disait que la bataille était perdue d'avance. Lorsqu'elle se dirigea plus bas et qu'il sentit la chaleur de sa bouche et ses cheveux venir lui chatouiller les cuisses, il sut qu'il n'avait pas la moindre chance face à elle.

Ciara apprenait vite. Elle imitait tout ce qu'il avait fait avec une précision désarmante. Quand elle toucha l'extrémité de sa virilité du bout de la langue, Tavis serra les mâchoires.

— Je ne fais pas ce qu'il faut ? demanda-t-elle d'une voix rauque.

— Bien au contraire, répondit-il dans un grognement.

Alors, sans aucune pudeur, elle mit en application ses tout nouveaux talents avec un zèle admirable. Elle s'amusa à le torturer et Tavis ne pouvait que la supplier de continuer. Elle parcourut alors toute sa longueur de sa langue humide et brûlante.

Elle allait le rendre fou. Il ressentait un plaisir hors du commun. Elle utilisait ses lèvres et sa langue comme lui-même l'avait fait. Lorsque enfin elle ouvrit les lèvres, pour les poser sur son membre qu'elle enfonça ensuite dans sa bouche, la passion de Tavis ne connut plus de bornes. Il prit une nouvelle fois conscience de son inexpérience lorsqu'elle s'interrompit, ne sachant pas ce qu'elle devait faire ensuite. Tavis l'incita aussitôt à continuer, la guidant gentiment. La sentir autour de lui était d'un érotisme inégalé, si bien qu'il n'allait plus tarder à atteindre l'orgasme.

Elle avait beau être débutante, il ne lui avait guère fallu de temps avant de savoir comment le rendre fou… Lentement, il sentait la jouissance monter en lui. Il se délecta le plus longtemps possible de la sensation éprouvée au contact de sa bouche serrée sur son membre, puis il lui prit la tête dans les mains au moment où il atteignit l'orgasme. Sa semence se répandit dans sa main, tandis que de l'autre, il caressait la chevelure de Ciara.

— Je crois que j'aime embrasser, dit-elle en lui adressant un large sourire.

— Dans ce cas, il y a fort à parier que tu aimeras beaucoup le reste aussi.

Il avait parlé sans réfléchir. L'espace d'un instant, ils pensèrent tous les deux que ce n'était pas lui qui ferait le reste avec elle.

— Viens, Ciara. Tu devrais rentrer chez toi avant que quelqu'un ne s'inquiète de ton absence.

Il se glissa hors du lit et se mit à rassembler les vêtements de Ciara. Il s'aperçut soudain qu'elle ne bougeait pas d'un centimètre. Enfin, si. Elle s'étirait comme un chat… Puis, elle roula sur le ventre, lui donnant ainsi un aperçu de ses magnifiques fesses rebondies. Ses longs cheveux blonds cachaient en partie le spectacle adorable et la rendaient encore plus désirable.

— Aucun risque. Mes parents pensent que je passe la nuit chez Elizabeth, expliqua-t-elle. Une dernière nuit passée en compagnie d'une amie très chère à mon cœur.

Tavis frissonna. Il n'aimait guère tromper la confiance de Duncan, son mentor et ami, mais si le père de Ciara venait à apprendre ce qu'il venait de faire à sa fille, il fallait s'attendre à mourir lentement de ses mains et dans d'atroces souffrances.

— Pourquoi ne m'as-tu pas touchée de tes mains ? demanda-t-elle, un sourire curieux aux lèvres.

— Souviens-toi, Ciara. C'est toi qui m'as demandé un baiser, dit-il en lui tendant ses vêtements, et tu l'as obtenu.

— Tu parles comme si tu venais d'accomplir une corvée, dit-elle en riant. Je pensais que les hommes aimaient bien… *cela*.

Il vint s'asseoir à côté d'elle et posa ses vêtements sur un tabouret d'un geste brusque.

— C'est vrai que les hommes aiment cela. Mais tu dois bien comprendre, nous n'avons pas… Nous n'avons pas vraiment fait l'amour, Ciara.

— Je comprends les limites que tu t'es fixées, Tavis. Et je t'en remercie. Est-ce que me toucher enfreint ces règles ?

— Tu veux ma mort, ma douce !

— Certainement pas ! Nous pouvons parler si tu préfères.

L'adorable petite peste… Elle savait fort bien ce qu'elle faisait…

Tavis se jeta sur elle avant de lui laisser le temps de réagir. Tout en lui maintenant les poignets au-dessus du corps, il s'étendit sur elle, sans l'écraser. Il avait replié une de ses jambes et la frottait entre les cuisses de Ciara.

Les yeux déjà enfiévrés, elle soupira et se tourna vers lui, les seins exposés. La tentation était trop forte… D'une main, il se mit aussitôt à les caresser. Elle se cambra contre lui. Son cou était maintenant offert. Il se pencha un peu pour l'embrasser. Il sentit contre ses lèvres son pouls s'emballer. Chaque son qui sortait de la bouche de Ciara l'incitait à lui donner davantage de plaisir. Bientôt, sa main trouva le cœur de sa féminité et il glissa ses doigts sur sa chair tendre. La respiration de Ciara se fit de plus en plus forte et saccadée.

Cette fois elle savait ce qui l'attendait et elle répondait à chaque caresse. Lorsqu'il trouva la petite perle de plaisir cachée dans les replis tendres, il la toucha délicatement et Ciara écarta les jambes. Il lui embrassa alors le cou et commença à la mordiller gentiment, tandis qu'elle perdait peu à peu tout contrôle.

— Maintenant, Tavis ! le supplia-t-elle, au bord de l'extase.

Il obéit à ses désirs et se mit à la caresser de plus en plus intensément. Alors, elle se laissa emporter dans le tourbillon de la jouissance. Après avoir atteint la plénitude, elle s'écroula entre ses bras, douce et chaude.

Elle était magnifique, songea-t-il tendrement. Ils restèrent parfaitement immobiles pendant plusieurs minutes. Tavis savoura le simple plaisir de pouvoir la tenir ainsi contre lui, repue, heureuse, abandonnée…

— Il est temps pour toi de partir maintenant, ma douce, murmura-t-il en relâchant enfin son étreinte avant de rouler sur le côté.

Mais elle vint aussitôt se coller à lui et l'entoura de ses bras.

— Maintenant ? Si tôt ?

Sa résistance s'effritait déjà… et disparut complètement quand ses mains l'effleurèrent. Tavis s'adossa contre la tête de lit, lui offrant ainsi son corps tout entier.

— Ma douce Ciara, murmura-t-il alors qu'elle s'agenouillait devant lui et entourait son membre de ses deux mains.

Elle s'appliquait et effectuait des mouvements de va-et-vient à un rythme lent, tellement concentrée qu'un petit bout de langue rose dépassait entre ses dents. A la voir si appliquée, Tavis se mit à rire, avant de l'embrasser sur la bouche. Elle parvint alors à maintenir le rythme tout en caressant sa langue de la sienne. Il n'avait plus envie de rire maintenant. Il haletait et gémissait… Seigneur, il ne lui avait pas fallu longtemps pour l'emmener de nouveau sur les cimes du plaisir…

Quelques minutes plus tard, comblé et quelque peu désemparé par la violence de ses émotions, Tavis lui prit la main et y entremêla ses doigts.

— Il faut que tu partes, maintenant, pour de bon, lui murmura-t-il en lui embrassant la main.

— Oui, je sais. Je vais rentrer.

— Est-ce que tu regrettes d'être passée à présent ? demanda-t-il dans un souffle sans lâcher sa main.

Elle allait répondre à sa question mais referma la bouche au dernier moment. Qu'est-ce que cela leur apporterait de bon de dire ce qu'elle ressentait vraiment au fond d'elle ? Elle se contenta de secouer la tête.

Elle n'en avait pas encore tout à fait fini avec lui. Tavis ne se doutait de rien, mais elle était venue le voir avec deux choses en tête et, pour l'instant, elle n'avait rempli qu'une moitié de la mission qu'elle s'était assignée. La première partie de son plan s'était certes déroulée à merveille et plus jamais elle n'aurait à se demander à quoi les plaisirs de la chair pouvaient bien ressembler… Pourtant, la tâche la plus difficile restait encore à accomplir.

Ils se rhabillèrent mutuellement en silence. Tavis lui proposa un verre de bière avant de la laisser partir.

Ciara savait qu'il la suivrait à distance pour s'assurer qu'elle rentrerait sans encombre et sans se faire remarquer par quiconque. Il ne pourrait pas s'en empêcher. Elle se retourna vers lui au moment où elle allait soulever le loquet de la porte et s'immobilisa.

— J'ai une dernière chose à te demander, Tavis.

— J'espère que tu ne vas pas me demander d'assister à ton mariage, Ciara. J'en serais totalement incapable. Et je ne le ferais pas, même pour toi.

Ciara sourit, les yeux embués de larmes. Elle secoua la tête pour lui signifier qu'il s'agissait d'autre chose et détourna le visage quelques instants, le temps de reprendre contenance.

— Non, il ne s'agit pas de cela.

— De quoi s'agit-il donc ? demanda-t-il doucement.

— J'aimerais que tu me parles de Saraid. Tu m'as

affirmé l'autre jour que tu étais responsable de sa mort. Je voudrais vraiment savoir pourquoi elle te hante toujours des années après.

— Ciara, chuchota-t-il d'une voix suppliante.

— J'aimerais savoir pourquoi la femme que tu aimais possède toujours ton cœur et ton âme par-delà la mort. Tu me dois bien cela, Tavis.

Son visage avait pris un teint de cendre, heureusement il ne l'avait pas repoussée.

— Tu sais, j'ai été tentée de lui faire un croche-pied lorsqu'elle emprunterait le chemin pour se rendre à l'église le jour de votre mariage. Pour l'empêcher de t'épouser. Pour que tu m'attendes.

Elle avait une nouvelle fois des yeux pleins de larmes, mais elle réussit tout de même à esquisser un sourire.

— Elizabeth et moi étions prêtes à nous précipiter sur elle pour la faire tomber. Avec le recul, je regrette de ne pas l'avoir fait. J'ai commis une regrettable erreur de jugement.

— Tu n'avais quand même pas réellement prévu de faire une chose pareille ?

Il plissa les yeux puis se mit à rire quand il comprit qu'elle n'inventait rien.

— Alors c'est vrai toute cette histoire ? Qu'est-ce qui t'a retenue alors ?

— Ton regard. Tu te tenais à la porte de l'église et tu la contemplais avec des yeux emplis d'amour. J'ai tout de suite compris que je ne pouvais pas lutter contre la force de tels sentiments.

— Je l'aimais, c'est vrai.

— Depuis, tu m'as lancé plusieurs fois le même regard lors de notre voyage pour le comté de Perth. Je le reconnaîtrais n'importe où, ce regard, Tavis. Aussi, je n'ai plus de doute sur la nature de tes sentiments.

— Je ne vais pas nier l'amour que je te porte, Ciara.

Mais je ne peux pas t'offrir la même chose qu'à Saraid. Je ne peux pas t'épouser.

— Raconte-moi ce qui s'est passé, Tavis. Explique-moi comment elle est morte et pourquoi tu affirmes que tu l'as tuée.

Plus décidée que jamais, Ciara ajusta son châle sur ses épaules et prit place sur une chaise.

— Je ne partirai pas avant d'avoir compris pourquoi le cœur de l'homme que j'aime est fermé à double tour, ajouta-t-elle.

— Elle portait notre enfant, dit-il en passant nerveusement la main dans ses cheveux.

Puis il se tourna vers la cheminée, le regard fixé sur le feu qui se consumait lentement, avant de reprendre :

— Et sa grossesse l'inquiétait. Terriblement. Elle m'implorait toutes les nuits de ne pas la laisser seule. De ne pas la laisser mourir.

Il la regarda d'un air lugubre, avant de poursuivre :

— J'ai fini par me lasser de cette situation. Que Dieu me pardonne… Au début, elle avait tellement peur qu'il lui arrive quelque chose qu'elle ne voulait plus quitter la maison. Peu à peu, ses angoisses ont pris le dessus et elle a fini par ne plus vouloir rien faire du tout. Elle n'était plus jamais à mes côtés. Elle ne voulait plus monter à cheval. Elle ne voulait plus…

Abasourdie, Ciara sentit son cœur se serrer de douleur. Elle n'avait aucun souvenir de tout cela. Elle était si jeune à l'époque ! Elle n'aurait pas compris ce qui se passait de toute façon.

— Que s'est-il passé ? demanda-t-elle à voix basse.

— Je lui ai juré des centaines de fois d'assurer sa sécurité en toutes circonstances. Je lui ai juré qu'elle n'allait pas mourir, que je ne la laisserais jamais mourir.

Il secoua la tête mais, cette fois, il évita son regard.

— Un jour, Connor m'a demandé d'effectuer une mission qui allait m'éloigner du village toute une journée, peut-être même deux. Et j'ai accepté. J'aurais très bien pu attribuer cette tâche à quelqu'un d'autre, sachant à quel point Saraid avait peur de rester seule. C'est d'ailleurs ce que j'aurais dû faire. Seulement, j'avais tellement besoin de prendre un peu l'air… J'avais l'impression d'étouffer, j'avais l'impression de…

Soudain, il se leva précipitamment pour se servir un grand verre de bière. Il le but d'un seul trait. Ciara voyait bien à quel point toute cette histoire le peinait. Comme s'il était en train de la revivre.

— Nous nous sommes disputés, reprit-il. Une dispute épouvantable, et puis je suis parti sur un coup de tête. Je lui ai dit que je rentrerais quand je rentrerais, confessa-t-il d'une voix torturée, je ne savais pas que… Je n'aurais jamais pensé…

Il se frotta le visage vigoureusement et la regarda avec des yeux pleins de désespoir.

— Alors, elle a fait quelque chose qu'elle n'aurait pas dû faire. Par ma faute, dit-il dans un souffle.

Ciara vint s'agenouiller à ses côtés et lui prit tendrement la main, pour lui marquer son soutien. Il avait visiblement besoin de raconter cette histoire jusqu'au bout, de soulager cette peine qui était enfouie au plus profond de son cœur.

— J'ai mené à bien la mission que Connor m'avait confiée. C'était à environ une journée de cheval. J'étais sur le chemin du retour lorsque je l'ai trouvée.

— Que veux-tu dire ? Où était-elle ?

— Ses douleurs ont commencé après notre dispute. Au lieu de faire appeler la sage-femme ou d'aller voir une femme au village, elle est montée à cheval avec la ferme intention de partir à ma poursuite. Elle m'a rattrapé quelques heures plus tard. Ma colère n'était pas encore retombée, j'étais toujours furieux contre elle. Je lui ai donc ordonné de faire demi-tour et de rentrer à la maison, sans même écouter ce qu'elle avait à me dire. Puis, je suis reparti au galop en fulminant, toujours fou de rage. Le lendemain, sur le chemin du retour, je l'ai trouvée qui gisait à terre, à quelques centaines de mètres du village. Elle avait tellement saigné que je ne pouvais plus rien faire pour elle.

Un silence intense s'installa alors. La gorge nouée par l'émotion, Ciara s'efforça de trouver les bons mots pour le délester des chaînes qui le retenaient prisonnier depuis tant d'années.

— Ce n'était pas ta faute, Tavis, dit-elle d'une voix ferme, ce n'est pas toi qui as provoqué sa mort.

— Mais si, Ciara. Si je m'étais montré plus attentionné, si je l'avais écoutée, si j'étais resté, si j'étais rentré à la maison avec elle pour m'assurer qu'elle allait bien, elle serait peut-être vivante aujourd'hui.

— C'était la volonté de Dieu, Tavis. Et ce ne sont pas de simples mortels comme nous qui pouvons y changer quoi que ce soit. Si tu l'avais raccompagnée chez vous, cela ne l'aurait pas forcément empêchée de mourir en couches. Ce n'est pas ta faute !

— Je lui avais donné ma parole ! Tu comprends ? Ma parole ! Je lui avais fait le serment de m'occuper d'elle et je suis parti. Je l'ai abandonnée. Elle aurait au moins eu une chance de s'en sortir si je m'étais mieux conduit et n'étais pas parti sous le coup de la colère, ajouta-t-il d'une voix tremblante.

Ciara comprenait sa détresse. Il avait effectivement joué un rôle dans la mort de Saraid s'il avait agi comme il venait de le dire. Pourtant, Ciara avait la conviction que cela n'aurait pas changé le cours des événements s'il s'était comporté autrement. Tavis était tellement rongé par la culpabilité, la douleur qu'il ressentait était encore si intense qu'il n'était toutefois pas prêt à accepter la vérité. Une vérité qui pourrait en partie le dédouaner de ses fautes. Cela viendrait peut-être. Il fallait lui laisser le temps d'y réfléchir.

Plus tard, il comprendrait l'erreur qu'il avait commise en s'attribuant toute la faute. Il ne parvenait pas à se délester de son passé et il persistait à ignorer le futur qu'il aurait pu partager avec elle. Ne restait plus qu'à espérer qu'avec le temps, il saurait enfin se pardonner d'avoir agi ainsi.

Mais il serait de toute façon trop tard pour eux.

Ciara se leva à regret et se couvrit la tête de son châle. Il était temps de rentrer. Pas chez Elisabeth, car, en vérité, celle-ci n'était pas au courant de ce qu'elle avait projeté de faire cette nuit-là. Elle n'en avait parlé à personne. Elle comptait aller dormir dans la grange attenante à la maison d'Elizabeth, puis elle rentrerait chez elle au petit matin.

Voilà, elle avait mené à bien son projet. Cependant, elle n'était pas vraiment plus avancée maintenant, songea-t-elle, le cœur lourd.

— Je sais qu'il est trop tard pour nous deux, Tavis, mais je te supplie d'aller parler à Gunna, la sage-femme. Elle suivait Saraid depuis le début de sa grossesse et ne voit pas les choses de la même manière que toi. Cela pourrait t'aider à te reconstruire.

Hélas, Tavis ne semblait plus capable de l'entendre, après le récit de ces douloureux souvenirs.

C'est alors qu'un petit morceau de bois posé sur l'étagère au-dessus de la cheminée attira son attention. Ciara le prit dans sa main et se rendit compte qu'il s'agissait d'un cœur. Il n'avait pu se résoudre à lui sculpter un autre cheval, mais lui laissait finalement quelque chose de bien plus intime. Elle le garderait avec elle pour toujours. Comme les larmes s'étaient mises à rouler sur ses joues, elle se dirigea vers la porte.

— Adieu, Tavis, murmura-t-elle en pressant le précieux souvenir au creux de sa main.

Ciara ouvrit la porte et la referma rapidement derrière elle sans se retourner. Elle dévala le chemin puis se glissa discrètement à l'intérieur de la grange pour y passer le reste de la nuit. Elle se cala contre un mur et s'enroula dans son châle, secouée de sanglots.

Etrangement, ses yeux restaient secs. En dépit de la douleur qui lui broyait le cœur, elle se remémora les magnifiques moments qu'ils venaient de partager. Elle savait qu'elle avait fait le bon choix. Désormais, elle aurait au moins ce merveilleux souvenir de lui à chérir. Elle en aurait bien besoin pour supporter la petite vie paisible et ennuyeuse qu'elle allait mener auprès de James Murray.

Chapitre 19

Le jour commençait à peine à se lever. Il faisait gris, le ciel était bas. Tavis se dit que le temps correspondait bien à son humeur. Lorsque Ciara était partie, il était resté assis sur sa chaise le reste de la nuit… et avait pensé à Saraid.

Pas de son plein gré, d'ailleurs.

Il aurait préféré revivre les moments fantastiques qu'il avait partagés avec Ciara. Penser au bonheur qu'il avait ressenti lorsqu'elle avait frémi sous ses caresses et ses baisers. Il aurait voulu une nouvelle fois entendre ses soupirs, ses gémissements et sa voix haletante qui prononçait son nom au moment où la jouissance l'avait submergée. Il aurait mille fois préféré se souvenir de la ferveur avec laquelle elle avait appris à lui donner du plaisir !

Pourtant, au lieu de songer à ces merveilleux souvenirs, il avait passé toute la nuit à ressasser les mauvais. Il s'était souvenu de toutes ses erreurs commises envers Saraid, de la moindre mauvaise parole qu'il avait eue à son encontre. Puis, il avait repensé aux peurs indicibles qui avaient fini par engloutir la femme dont il était tombé amoureux, revivant ses demandes incessantes qui l'avaient rendu complètement fou. Le désespoir qui accablait Saraid n'avait fait que croître jour après jour, et il n'était pas parvenu à trouver le moyen d'y mettre un terme. Pourtant, il en avait passé des heures à essayer de la rassurer. En vain. Et peu importait ce que

Ciara avait dit, lui savait, il était responsable de la mort de Saraid. Pour d'innombrables raisons.

Il s'était montré incroyablement égoïste en éprouvant un tel besoin de s'éloigner d'elle. Il s'était montré extrêmement négligent en ne prenant pas ses craintes au sérieux. Il avait été incapable de s'occuper d'elle et de la protéger de ce qu'elle redoutait le plus. Mourir.

Ce faisant, il avait échoué en tant que mari mais aussi en tant qu'homme et Saraid en était morte. Cela se reproduirait-il une nouvelle fois s'il s'autorisait à prendre soin d'une autre femme ? Etait-il affligé d'un grave défaut de nature ou avait-il juste échoué cette fois-là, par bêtise, par immaturité ?

Tavis passa la journée dans un épais brouillard sans percevoir ce qui se passait autour de lui. Il s'obligea à terminer tout ce qu'il avait à faire.

Puis, il songea que c'était le moment idéal pour informer Connor de son projet de quitter Lairig Dubh. A sa demande, le laird acceptait de le recevoir après le repas du midi et lui apprit également qu'il n'y aurait pas de dîner au château ce soir-là car tout le monde s'occupait des préparatifs pour la fête du mariage le lendemain.

Tavis devrait donc repasser plus tard. Pour faire passer le temps, il décida qu'il allait s'entraîner au maniement des armes. Le ciel s'était couvert et la pluie tombait sans discontinuer depuis plusieurs heures, mais cela ne le décourageait pas. La pluie ne le gênait pas. Il ne la sentait pas. Il ne sentait plus rien, à vrai dire. Et c'était aussi bien. La seule chose dont il se réjouissait, c'était de ne pas avoir vu Ciara de la journée. Il ne l'aurait pas supporté.

Alors qu'il grimpait l'escalier qui menait aux appartements privés de Connor, Tavis se rendit compte aux éclats de voix que le laird était au beau milieu d'une terrible dispute avec sa femme. Détaché, il ne s'intéressa guère à ce qui se disait. Il se contenta d'attendre le retour au calme avant de les avertir de sa présence, mais Rurik, qui venait de le rejoindre, frappa à la porte sans se poser de questions.

— Cela pourrait encore durer un certain temps, Tavis. Nous n'allons quand même pas attendre ici jusqu'à la fin des temps, se justifia Rurik.

Pour quelle raison Rurik avait-il également été convoqué à cette discussion ? C'était logique, après tout. Rurik était le plus proche collaborateur du laird et supervisait toute son équipe.

Comme l'explication entre Connor et Jocelyne semblait devoir s'éterniser, Rurik ouvrit la porte et demanda d'une voix tonitruante :

— Sommes-nous censés attendre ici que vous ayez terminé ou pouvons-nous enfin entrer ?

Tavis secoua la tête. Sacré Rurik ! Il n'y avait que lui pour se permettre un tel comportement. Il était arrivé à Lairig Dubh en compagnie de son oncle. Moitié écossais, moitié scandinave, c'était un guerrier gigantesque et redoutable. Il s'était immédiatement engagé au service de Connor. C'était le combattant le plus féroce et l'ami le plus loyal du laird. Connor pouvait compter sur lui dans n'importe quelle situation. Rurik avait même renoncé au comté d'Orkney, qui lui revenait de droit, pour rester vivre à Lairig Dubh lorsqu'il avait épousé Margriet.

Tavis comprenait donc pourquoi Connor lui permettait de telles impertinences.

— Nous en avons terminé, hurla Jocelyne en passant devant eux, sans leur jeter un regard.

Puis, elle claqua violemment la porte derrière elle.

Rurik se garda bien de plaisanter en un moment pareil. Tavis, quant à lui, restait silencieux. Connor faisait les cent pas dans la pièce en jurant à mi-voix et semblait poursuivre la conversation avec Jocelyne même si cette dernière était partie au beau milieu de leur altercation.

— Sacrées bonnes femmes ! gronda Connor en se servant à boire.

Rurik le rejoignit et se servit un verre de bière ainsi qu'à Tavis.

— Sacrées bonnes femmes ! répéta Rurik en levant son verre avant de le vider d'une seule traite.

Tavis buvait en silence. Comment aurait-il pu émettre le moindre jugement sur les femmes ? Il ne s'en sentait pas le droit. Au bout d'un moment, Connor s'assit à son bureau et leur fit signe de l'imiter. Rurik resta debout, comme à son habitude, mais Tavis prit place sur une chaise.

— Parle, Tavis, je t'écoute.

— J'aimerais quitter Lairig Dubh. J'ai pensé que je pourrais mieux vous servir sur d'autres terres.

Il avait parlé avec davantage de facilité qu'il ne s'y était attendu. Connor et Rurik avaient aussitôt échangé des regards éloquents. Ils ne semblaient pas surpris le moins du monde. Aussi Tavis attendait-il leur réaction avec une certaine appréhension.

— Est-ce que ta demande a un lien quelconque avec Ciara et James Murray ?

Décidément, Connor savait se montrer très direct…

— Cela n'a absolument rien à voir avec eux. Demain, à l'heure qu'il est, ils seront mariés et ils vont ensuite partir vivre dans le comté de Perth. Il s'agit d'une demande personnelle.

— Tu peux nous expliquer ce que cela va t'apporter de quitter Lairig Dubh, dans ce cas ? demanda Rurik. Tu es mon commandant adjoint depuis quelque temps maintenant, et je pense sincèrement que ce poste est le meilleur que tu puisses espérer.

— Le jeune Dougal me remplacera sans problème. C'est un bon guerrier et il est prêt à endosser des responsabilités plus lourdes.

— Pourquoi veux-tu partir ? demanda Connor une nouvelle fois.

— Je ne peux plus vivre ici. J'ai besoin d'aller habiter ailleurs. Là où je ne serai plus hanté par mon passé, chaque minute de mon existence.

Doux Jésus ! Il n'avait absolument pas prévu de dire tout cela. A personne. Et encore moins à Connor.

— Nous en reparlerons une fois le mariage terminé et les Murray partis, Tavis. Je ne peux pas prendre la moindre décision avant d'avoir parlé aux régisseurs et commandants en service sur mes autres terres.

Tavis se leva, totalement déconcerté. Il savait que Connor n'allait pas approuver sa requête sans rechigner, mais il n'avait pas prévu une attente aussi longue avant toute prise de décision !

— Le plus vite sera le mieux, Connor. Faites en sorte que cela ne traîne pas trop.

Puis, il salua Connor et Rurik d'un signe de tête et se dirigea vers la porte. Juste au moment où il allait l'ouvrir, Connor le rappela :

— Tavis, y a-t-il autre chose dont tu aurais besoin de me parler ?

Tavis les regarda l'un après l'autre. Qu'est-ce que cela signifiait ? De quoi aurait-il dû lui parler ?

— Non, Connor. Rien d'autre.

Le laird hocha la tête et le laissa partir. Alors qu'il descendait les marches, il tomba sur Jocelyne qui l'attendait. Elle semblait ne pas avoir décoléré. Elle se mit à lui poser une avalanche de questions plus incompréhensibles les unes que les autres puis sembla se raviser. Il ne l'avait jamais vue dans un tel état. Enfin, elle secoua la tête d'un air résigné et monta les marches quatre à quatre.

Décidément, tout le monde semblait sur les nerfs au château. Les projets de mariage avaient-ils été pris en défaut ? Ou bien c'était l'accord avec les Murray ? Ou alors il se passait quelque chose d'autre dont il n'était pas au courant ? Peu lui importait, au fond. Il avait encore des choses à régler avant la décision finale de Connor.

Comme il quittait le château, Tavis se promit d'essayer de passer une bonne nuit car il n'avait pas fermé l'œil la veille. Un garçon l'interpella alors qu'il traversait le village. Il avait un message pour lui. Gunna, la sage-femme, voulait lui parler. Elle avait précisé qu'il devait passer la voir très rapidement, car elle devait partir assister une femme qui était sur le point d'accoucher et celle-ci habitait une ferme située à quelque distance.

Que lui voulait Gunna ? Etait-ce l'œuvre de Ciara ? C'était elle qui lui avait conseillé d'aller voir la sage-femme, après tout. Mais comment diable les mots d'une parfaite étrangère parviendraient-ils à le libérer de la culpabilité qui le rongeait depuis la mort de Saraid ? Ciara elle-même n'y était pas parvenue…

Tavis remercia le garçon de lui avoir communiqué le message et décida de l'ignorer purement et simplement. Il n'en pouvait plus de ressasser le passé. Pourquoi irait-il encore remuer toute cette souffrance ?

Si Ciara ne lui en avait pas parlé la veille, il n'aurait même jamais su que Saraid avait fait appel aux services de la vieille femme. Elle n'était enceinte que de quelques mois à l'époque et n'avait pas encore besoin d'une sage-femme. Elle était en bonne santé par ailleurs et n'avait pas de problèmes particuliers. Alors, pourquoi était-elle allée consulter Gunna ?

Bon sang ! Cela ne l'amènerait nulle part de rester planté là à retourner le problème dans tous les sens. S'il allait parler à la vieille femme, elle lui confirmerait au moins qu'il ne s'était pas trompé sur l'état de santé de Saraid.

Tavis traversa le village au pas de course. Il passa devant

la maison d'Elizabeth puis emprunta le chemin qui menait à la chaumière où la sage-femme vivait avec sa fille. Il frappa à la porte et s'annonça. La fille de Gunna allaitait son bébé et Gunna préparait ce dont elle avait besoin pour la naissance à laquelle elle allait prêter main-forte.

— Tavis, cela me fait très plaisir de te voir, lança Fia.

Le mari de Fia était un guerrier qui travaillait sous ses ordres. Un honnête homme.

— Tu as l'air en forme, Fia. Comment va le bébé ?

Il ne voyait qu'une petite tête couverte d'épais cheveux noirs, enfouie contre la poitrine de sa mère.

Elle caressa le crâne de son enfant et hocha la tête.

— Alpin se porte bien, répondit-elle.

Le prénom qu'ils avaient choisi le fit sourire.

— Tu veux que je t'accompagne, Gunna ? Je peux aller chercher un chariot, lui proposa-t-il.

Les premières fermes se situaient à une bonne distance et il lui faudrait un certain temps pour y aller à pied.

— Non, répondit-elle en secouant la tête, le mari de Nessa va m'envoyer un chariot d'ici peu. Viens avec moi, Tavis. Je dois le retrouver près de la rivière.

Il prit congé de Fia et sortit en compagnie de Gunna. Il lui prit son énorme sac et le porta sur son épaule. Ils firent quelques pas avant qu'il ne demande :

— Pourquoi m'as-tu fait venir ? Je peux faire quelque chose pour toi ?

— Tu es un bon gars, dit-elle en lui tapotant le dos, non, je n'ai besoin de rien. Seulement, en voyant Ciara l'autre jour, je me suis souvenue que nous ne nous étions jamais parlé depuis le décès de ta chère épouse.

— Pour être tout à fait honnête avec toi, je ne savais même pas qu'elle avait fait appel à toi, Gunna. Elle n'était enceinte que de cinq mois à sa mort.

— C'est vrai, dit-elle en lui montrant de la main la direction qu'ils devaient prendre.

Ils firent quelques pas, puis elle reprit :

— Sa grossesse l'inquiétait beaucoup. Ce n'était guère étonnant. Sa propre mère avait perdu quatre bébés avant de réussir à mettre au monde ses trois filles. Et, par la suite, ses deux sœurs sont mortes en couches.

Tavis s'arrêta un instant, abasourdi. Saraid n'avait jamais voulu lui expliquer d'où venaient ses terribles inquiétudes... Elle ne lui avait rien dit ! Il comprenait mieux ce qui la tourmentait désormais. Ses propres sœurs étaient mortes en accouchant !

— Elle ne m'a parlé de rien, dit-il d'une voix faible.

— Elle ne voulait pas que tu le saches. A moi, elle m'a tout raconté. Est-elle tombée de cheval ? Est-ce ainsi qu'elle est décédée ?

— Je l'ai trouvée en rentrant de Dalmally après avoir accompli une mission pour le compte du laird. Elle saignait abondamment et m'a dit que ses douleurs avaient commencé la veille.

Il ne donna pas de détails sur le reste et ne dit rien de son rôle dans la débâcle.

— Je lui avais dit qu'elle risquait de le perdre. Je lui avais conseillé de ne pas faire d'efforts et de ne rien porter, dit Gunna.

— Je n'en savais rien, murmura-t-il de nouveau.

— Certaines femmes ne sont pas faites pour porter des enfants, tu sais. Et ta Saraid en faisait partie. Elle le savait, mais elle voulait tout de même essayer pour toi.

La voix brisée, Tavis parvint toutefois à articuler :

— Est-ce que j'aurais pu faire quelque chose ?

— Oh ! non, dit-elle d'un air lugubre. C'était la volonté de Dieu. Même si j'avais été à ses côtés lorsque les douleurs ont commencé, je n'aurais pas pu la sauver. Et, à ce stade, l'enfant n'aurait pas survécu lui non plus.

C'était exactement ce qu'avait dit Ciara. Il n'aurait rien pu faire. Rien n'aurait pu sauver Saraid.

Pourtant, cela n'atténuait en rien son sentiment de culpabilité. Saraid était morte seule, abandonnée, terrifiée et elle avait souffert le martyre alors que lui galopait, en proie à la colère. Cela faisait maintenant des années qu'il regrettait ce qu'il avait fait. Des années que la culpabilité le rongeait. Il l'avait tuée, un point c'est tout.

Tavis aurait tellement voulu être à ses côtés, pour apaiser ses craintes et la porter dans ses bras plutôt que de la laisser allongée sur le bord de la route, seule pendant des heures. Le temps pour lui de la ramener chez eux, elle n'avait déjà plus toute sa tête. Le guérisseur était passé et lui avait donné une potion pour lutter contre la douleur, mais il n'y avait plus rien à faire pour arrêter l'hémorragie qui avait fini par lui coûter la vie.

« Si jamais il m'arrive quelque chose, tu dois continuer à vivre ta vie. » Les mots que Saraid avait si souvent prononcés au début de leur mariage, puis dans son rêve, lui revinrent soudain à la mémoire. Seigneur, elle savait ce qui allait arriver ! D'une manière ou une autre, elle savait ! Elle l'avait prévenu, mais il n'avait pas compris.

Sous le choc, Tavis sentit sa respiration se bloquer. Son esprit était vide, incapable de fonctionner. Lorsqu'il se rendit compte qu'il n'avançait plus, il regarda autour de lui et comprit que Gunna était partie. Il leva la tête et aperçut au loin un chariot. Il ne l'avait même pas vue partir…

Tavis avait besoin de réfléchir à tout cela mais il ne savait pas où aller. Et il lui était impossible d'aller voir la seule personne à qui il avait envie de parler. Ciara savait ce qui était arrivé. Et elle lui avait indiqué dans quelle direction regarder pour découvrir la vérité et l'accepter. Elle l'avait libéré de son passé.

« Je sais qu'il est trop tard pour nous deux… »

Lui apprendre la vérité ne lui apportait aucun bénéfice, elle l'avait fait pour lui. Elle avait été une meilleure amie pour lui qu'il ne l'avait été pour elle, en dépit de la protection qu'il lui avait apportée lorsqu'elle était enfant.

Quelle femme admirable ! Elle l'aimait suffisamment pour l'aider à se libérer de son passé et le laisser partir. Elle avait voulu lui faire comprendre que ses manquements envers une femme ne signifiaient pas pour autant que cela se répéterait. Et pourtant, il l'avait laissée tomber, elle aussi.

Tavis rentra chez lui, la mort dans l'âme. Les fantômes du passé le hantaient toujours. Comment parviendrait-il à réparer une vie où tout était allé de travers ? N'était-il pas trop tard pour corriger ses fautes et apprendre de ses erreurs passées ? Soudain, il se rendit compte que sa dernière sculpture, celle qu'il avait promis de lui faire, avait disparu de l'étagère de la cheminée.

Encore faible, assourdie, une lueur d'espoir s'alluma en lui.

Jamais Ciara n'aurait pensé que le plaisir pouvait autant faire souffrir… Tout son corps était endolori.

Ou peut-être avait-elle simplement cette impression parce qu'elle avait dormi contre un mur, enveloppée uniquement d'un châle ? Et voilà que son estomac se mettait de la partie. Elle n'avait rien avalé depuis la veille. Et elle avait fait beaucoup d'exercice depuis… Il était temps de rentrer chez elle.

Il faisait encore sombre dehors. Ses jambes étaient engourdies. Comme elle se demandait si elle s'était réveillée avant l'aube, elle s'aperçut que le soleil était déjà levé mais que de gros nuages noirs obscurcissaient le ciel. Elle entendit le tonnerre, au loin.

Ciara n'aurait jamais soupçonné le plaisir que certaines parties de son corps pouvaient lui donner. L'extase dont parlaient parfois les femmes en chuchotant n'était plus un mystère désormais. Tavis avait éveillé son corps, l'avait initié à de merveilleuses sensations. Cela l'avait profondément bouleversée. Il lui suffisait de repenser aux caresses intimes qu'il lui avait prodiguées, pour que la sourde pulsation se réveille entre ses cuisses. Ses seins durcissaient au seul souvenir de ce que la bouche de Tavis leur avait fait…

Arrivée à la chaumière de ses parents, elle se précipita dans sa chambre pour aller cacher le cœur de bois dans sa malle et prit ensuite le petit déjeuner en famille. Lorsqu'elle déclara qu'elle avait décidé de passer cette dernière journée avec eux, les yeux de sa mère se remplirent aussitôt de larmes et sa sœur lui demanda si elle pouvait lui prendre sa chambre maintenant qu'elle devenait l'aînée. Profondément émue, Ciara voulait profiter de chaque instant, car bientôt, très bientôt, ces moments ne seraient plus que de lointains souvenirs, lorsqu'elle vivrait loin d'ici…

Marian avait préparé son porridge préféré et lui avait exceptionnellement permis d'y ajouter des tonnes de crème. De son côté, son père les avait rejoints et s'était attardé plus longtemps que d'habitude. Ciara se demanda s'ils pouvaient deviner qu'elle était différente à présent. Elle, elle se sentait si différente… Elle était une femme désormais, alors qu'elle n'était encore qu'une jeune fille la veille au soir.

Après le petit déjeuner, tout le monde partit vaquer à ses occupations. Ciara se mit en devoir de préparer ses bagages. D'abord le nécessaire dont elle aurait besoin pour la nuit de noces qu'elle allait passer dans une chambre au château. Puis ensuite, les malles qu'elle allait emporter avec elle lorsqu'elle irait s'installer chez James. Elle se retrouvait dans la même situation que quelques semaines plus tôt. Elle hésitait beaucoup sur ce qu'il fallait emporter et ce qu'il fallait laisser. A la différence près que, cette fois, ce qu'elle n'emportait pas resterait définitivement dans cette chambre. Elle caressait les jouets de bois du bout des doigts lorsque sa mère entra. Ciara ne s'était même pas rendu compte qu'elle était en train de pleurer en silence. Voyant son désarroi, sa mère lui toucha doucement l'épaule et la prit dans ses bras.

— Allons, allons, ma chérie, essaya-t-elle de la réconforter. Tu auras bientôt tes propres enfants, et si tu tiens vraiment à ce qu'ils jouent avec ces animaux de bois, je pourrai toujours te les envoyer, tu sais.

— Je ne sais pas vraiment pourquoi je pleurniche comme cela, maman. Ce n'est pas comme si je ne m'y étais pas préparée. Je savais bien que ce jour allait finir par arriver.

— Savoir quelque chose et en faire l'expérience sont deux choses bien différentes.

Ciara se dégagea de l'étreinte de sa mère et la regarda droit dans les yeux.

— Je ne sais pas comment tu as fait, maman. Tu as endossé de telles responsabilités à ma naissance. Tu as accepté de t'occuper de moi. Puis tu as épousé papa, tu as débarqué dans un nouveau village, un nouveau clan et tu as commencé une nouvelle vie.

— Ce n'était pas difficile, Ciara. Parce que j'ai épousé un homme bien. Toi aussi, tu verras.

Ciara pensa alors à Tavis, l'homme qu'elle n'allait pas épouser, et ne trouva rien à répondre. Sa mère lui caressa le dos et se mit à lui démêler les cheveux de ses longs doigts. Les gestes tendres de sa mère lui manqueraient tant…

— Tu es en paix avec ce mariage ? demanda Marian.

— Oui. Beaucoup de bonnes choses en résulteront.

Sa mère l'embrassa sur la joue.

— Eh bien, il faut t'habiller maintenant, car il y a encore

beaucoup à faire. Nous devons aider Jocelyne pour les derniers préparatifs.

Lorsque sa mère sortit de la chambre en fermant la porte derrière elle, Ciara avait le regard fixé sur les animaux de bois. Tavis irait-il parler à Gunna ou resterait-il enlisé dans son chagrin et sa culpabilité ? Avait-il seulement remarqué que le cœur avait disparu de son étagère ?

Une fois prête, Ciara se rendit au château et y passa une bonne partie de la matinée, en compagnie de James. Lui aussi participait aux préparatifs pour la fête du mariage. Il se montrait d'ailleurs plutôt enthousiaste mais lord et lady Murray, eux, n'avaient pas l'air ravis. Ils devaient certainement penser que c'était une occupation réservée aux domestiques… Du reste, ils sortirent bientôt prendre l'air. Ils refusaient sans doute de voir leur fils s'acquitter de tâches ingrates à leurs yeux. Ou peut-être craignaient-ils de se faire embaucher de force ?

Pour sa part, Ciara avait compris depuis de longues années qu'elle était absolument incapable de rester assise pendant des heures à coudre, broder ou encore lire des livres de prières à voix haute. Enfin, toutes ces activités réservées à la gent féminine. Elle avait, certes, toutes les aptitudes nécessaires pour effectuer de telles œuvres mais aucune patience. Elle préférait monter à cheval, aller se promener, débattre avec son père ou jouer aux échecs avec sa mère.

Aussi, en voyant que lord Murray et sa femme avaient l'air aussi attachés à leurs principes rigides, Ciara prit peur. Réussirait-elle à modifier son comportement lorsqu'elle vivrait sous leur toit ? Tiendraient-ils compte de l'éducation particulière qu'elle avait reçue ? Son avenir s'annonçait sous des auspices inquiétants.

A la mi-journée, tout le monde se retrouva au château pour un repas léger, puisque les cuisiniers étaient en train de préparer les rôtis, les ragoûts, les poissons et les desserts qu'ils allaient servir après la cérémonie de mariage. Ciara était installée à côté de James. Visiblement gêné, celui-ci ne pipait mot depuis qu'il avait entendu quelques réflexions légères à leur adresse. Pourtant, il y en aurait bien d'autres et plus grivoises encore, pendant la fête ! De son côté, Ciara s'y était préparée.

Comme malgré elle, ses yeux se portèrent vers la tour carrée où se trouvait leur chambre de noces. Elle savait que sa mère l'avait déjà préparée avec l'aide de lady Murray. Elles avaient sans doute mis de jolis draps et ajouté d'autres agréables surprises, si elle interprétait le clin d'œil que sa mère lui avait adressé un peu plus tôt.

Plus tard dans la journée, lorsque tout fut enfin prêt, Ciara descendit au village avec sa mère et Elizabeth.

— Tu veux bien passer la nuit avec moi, Elizabeth ? J'aimerais beaucoup profiter de ta compagnie pour cette dernière nuit, demanda Ciara comme elles arrivaient à la croisée des chemins.

— Du moment que vous ne passez pas toute la nuit à papoter et à rester éveillées, intervint sa mère.

— Je… Je ne peux pas, bredouilla Elizabeth, le regard fuyant. On a besoin de moi à la maison. Pardonne-moi, Ciara, murmura-t-elle encore d'une voix tremblante.

Sidérée, Ciara la serra dans ses bras et secoua la tête, impuissante face à la violence de l'émotion de son amie.

— Il n'y a rien à pardonner, voyons. Nous passerons beaucoup de temps ensemble quand nous vivrons dans le comté de Perth, toutes les deux, Elizabeth. Ce n'est pas la peine de te tourmenter pour cette nuit.

Elizabeth hocha la tête tristement puis partit sans ajouter un mot.

— Les mariages et les enterrements font souvent ressortir le meilleur et le pire chez chacun d'entre nous,

Ciara. L'émotion est toujours à son comble en de pareils moments, la rassura sa mère.

De toute façon, Ciara n'était nullement fâchée contre Elizabeth. Elle pensait à Tavis… Elle avait passé la journée à espérer qu'il irait parler à Gunna. Elle avait espéré qu'il… Allons, tout cela n'avait plus d'importance désormais, la nuit tombait déjà et il ne s'était pas manifesté.

Ciara ne devait regarder que vers l'avenir désormais. Ses vêtements étaient soigneusement pliés au fond de ses malles. Elle était prête pour le voyage vers Perth et vers sa nouvelle vie auprès de James… Ne restait que le petit cœur de bois que Tavis avait sculpté en pensant à elle et dont elle ne savait que faire. D'un côté, elle avait envie d'écouter ce que son instinct lui dictait et de l'emmener avec elle. Mais la voix de la raison lui soufflait qu'il n'était pas sain de s'accrocher désespérément au passé… Mieux valait laisser ce souvenir sur l'étagère.

Tavis avait été son premier ami et elle ne l'oublierait jamais. Cependant, il était plus que temps de le reléguer dans le passé.

En dépit de ses bonnes résolutions, toutefois, Ciara sentait la colère monter en elle. Elle avait terriblement envie de taper du pied, tant la rage l'étouffait. Comment pouvait-il lui faire une chose pareille ? Il allait la laisser partir une nouvelle fois…

Elle s'éloigna brusquement de l'étagère où s'étalaient tous ses souvenirs et prit une profonde inspiration. Elle devait maintenant abandonner tout espoir. Il n'y aurait jamais rien entre eux… Il fallait l'oublier, sinon ce n'était pas une paisible vie conjugale qui l'attendait mais un mariage plein d'amertume ! Saurait-elle le chasser de ses pensées à l'avenir ou continuerait-il à venir la hanter ? Elle voulait tant croire que le temps finirait par faire son œuvre.

Sa mère et sa sœur, qui avaient probablement senti à

quel point elle était nerveuse, vinrent la rejoindre dans sa chambre un peu plus tard, pour discuter un moment avec elle. Leur présence affectueuse lui fit regretter l'absence d'Elizabeth.

Elle sentait bien qu'il se passait quelque chose chez son amie. Elle devrait avoir une petite conversation avec elle le lendemain matin pour éclaircir les choses. Ciara avait beau essayer de se souvenir si elle avait dit ou fait quelque chose qui aurait pu blesser son amie, rien de spécial ne lui revenait à la mémoire. Peut-être que sa mère avait raison, après tout… Les mariages faisaient souvent surgir toutes sortes d'émotions contradictoires.

Marian lui avait apporté une tasse de vin très chaud, agrémenté d'un peu d'alcool fort pour l'aider à dormir. Ciara ne fit aucun commentaire et but à petites gorgées pendant que sa mère la bordait sous ses couvertures une toute dernière fois.

Ciara ne saurait jamais si c'était le breuvage ou son cœur en effervescence qui en avait été à l'origine, mais sa nuit fut marquée par une succession de rêves plus merveilleux les uns que les autres. Dans ses songes, la nouvelle vie qui l'attendait était un véritable enchantement. Elle rêva de ses noces, de la fête, de la nuit de noces et même de son premier enfant. Les rêves s'étaient succédé et avaient tous été source d'une immense joie.

Pourtant, lorsque Ciara se réveilla le lendemain matin au lever du soleil, elle plaqua ses mains sur sa bouche pour retenir un cri d'horreur… Le mari idéal qui l'avait accompagnée dans ses rêves n'était pas celui qu'elle allait épouser dans quelques heures…

Tavis avait hanté ses rêves et c'était avec James qu'elle allait se présenter devant l'autel.

Chapitre 20

Sous le choc, Ciara entendait sa mère se déplacer dans la maison à pas feutrés, comme pour ne pas la déranger. Précaution inutile.

Son esprit était étrangement vide. La cérémonie était prévue aux environs de midi et les festivités se poursuivraient jusqu'à une heure avancée de la nuit. Or, Ciara avait pris la ferme résolution d'accomplir son devoir et elle allait s'y tenir. Elle devait bien cela à ses parents mais aussi aux MacLerie. Et maintenant qu'elle savait tout ce que sa mère avait abandonné pour s'occuper d'elle, épouser James était finalement bien peu de chose en comparaison.

Elizabeth n'était pas encore arrivée et Ciara commençait à trouver son retard inquiétant. Son amie devait normalement l'aider à se préparer avant de partir avec elle à l'église en compagnie de ses parents.

Bientôt, ce serait le grand départ. Tous les détails du voyage n'étaient pas encore réglés, mais les parents de James avaient émis l'idée de passer par Glasgow avant de rentrer chez eux. Trouverait-elle cela étrange de voyager aux côtés de son mari ? Un mari avec qui elle dormirait chaque nuit. Un mari dont elle devrait s'occuper le jour. Elle écoutait ses parents parler à voix basse et se demandait combien de temps il leur avait fallu pour tomber amoureux l'un de l'autre après leur mariage quelque peu précipité. Les sentiments qu'ils éprouvaient l'un envers l'autre semblaient si puissants. Ils paraissaient si soudés… Ils n'avaient probablement pas connu un départ laborieux.

Quand vint le moment de s'habiller pour la cérémonie, sa mère l'aida à enfiler la robe que la couturière avait apportée. Puis, elles ornèrent sa chevelure de fleurs. Son père se tenait près de la porte de sa chambre et les regardait en silence. Il avait les yeux brillants de larmes. Cela lui confirmait une nouvelle fois qu'elle avait fait le bon choix, songea Ciara.

Le bon choix pour tout le monde.

Il était temps de partir à l'église à présent. Ils passèrent d'abord chercher Elizabeth. Ciara ne se souvenait pas avoir modifié leurs projets, mais l'agitation avait été telle au cours de la semaine qui venait de s'écouler qu'elle avait peut-être oublié quelque chose. Cependant, en les voyant arriver, la mère d'Elizabeth se figea sur place, effroyablement pâle. Quelque chose ne tournait décidément pas rond dans cette histoire.

— Elizabeth est-elle prête, Edna ? demanda Marian.

Edna secoua la tête. Son regard passait nerveusement de l'une à l'autre.

— Je pensais qu'elle était avec vous ! Sa robe n'est plus là… Hier soir, elle est partie en disant qu'elle allait passer la nuit chez toi, Ciara. Elle a dit qu'en tant qu'amie, elle se devait d'apaiser tes craintes à la veille de ton mariage.

— Hier soir, elle m'a pourtant soutenu que vous aviez besoin d'elle lorsque je lui ai demandé de passer la nuit avec moi !

— Viens, Ciara, dit son père en lui pressant la main pour la rassurer, il faut y aller. Dès que nous serons à l'église, j'enverrai des hommes à sa recherche. Elle est peut-être tout simplement en train de t'attendre, nulle raison de s'inquiéter. Peut-être vous êtes-vous mal comprises dans l'excitation du moment.

Ciara acquiesça. Son père avait sûrement raison. Elizabeth l'attendait à l'église. Tout irait bien. Son amie ne pouvait être absente lorsqu'elle échangerait ses vœux avec James, ensuite elle l'accompagnerait vers sa nouvelle demeure près de Perth, comme prévu.

Alors qu'ils s'approchaient de la muraille d'enceinte, Ciara s'aperçut que des gens s'étaient assemblés pour les saluer à leur passage. Ils lui souhaitèrent beaucoup de bonheur puis leur emboîtèrent le pas. Lorsqu'ils pénétrèrent dans la cour du château pour se diriger vers la petite église, une foule compacte s'était rassemblée derrière eux. Cela lui fit chaud au cœur. Même si elle n'était pas née ici, ils l'avaient tous acceptée et la traitaient manifestement comme l'une des leurs. Une joyeuse atmosphère régnait. Des petites filles distribuaient des fleurs et venaient toucher sa robe et ses cheveux, les yeux remplis d'admiration.

En chemin, Ciara ne put s'empêcher de jeter un regard vers le sentier qui menait à la maison de Tavis. Si ses parents l'avaient remarqué, ils se gardèrent de faire le moindre commentaire. En retenant un soupir de regret, Ciara reprit sa route vers l'église, vers son destin.

Ils venaient juste d'atteindre le porche de l'église quand la pluie se mit à tomber.

— Cela porte chance à la mariée s'il pleut le jour de son mariage, cria quelqu'un dans la foule.

Des rires fusèrent aussitôt car tout le monde savait bien qu'il y aurait forcément eu quelqu'un pour dire exactement la même chose si c'était le soleil qui avait été de la partie.

— Rentre à l'intérieur, Ciara, dit sa mère. La pluie finira bien par cesser.

Ciara laissa d'abord passer la foule puis entra dans l'église. Elle chercha Elizabeth des yeux, mais ne la vit nulle part.

— Elle n'est pas ici, papa, dit-elle tandis que Duncan parcourait également la foule des yeux, les sourcils froncés.

— Je vais aller voir le père Micheil et lui demander si par hasard il ne l'aurait pas vue. Je vais également envoyer quelqu'un se renseigner au château.

Le regard inquiet que ses parents avaient échangé la rendait terriblement nerveuse. Elizabeth ne manquerait son mariage pour rien au monde. C'était impossible. Quelque chose l'en avait forcément empêchée.

S'était-elle trouvée mal ? Etait-elle en sécurité en ce moment même ?

Sa mère lui prit la main et la pressa doucement.

— Il va la trouver, ne t'en fais pas. Tout va bien se passer. C'est le jour des noces de ma fille bien-aimée. Pluie ou pas, Elizabeth ou pas, c'est un jour vraiment spécial pour toi et rien ne viendra gâcher cette journée. Je t'interdis de te faire du souci aujourd'hui, ma chérie, dit-elle en lui adressant un large sourire.

La pluie redoubla d'intensité dehors et Ciara attendit l'arrivée de James, emplie d'un sentiment de fatalisme morose. Ils allaient bientôt prononcer les mots qui les uniraient à jamais. Il allait s'occuper d'elle comme l'avaient fait son père et sa mère, avant lui. Ils feraient tous les deux leur possible pour vivre en harmonie. Tout irait bien…

Alors pourquoi avait-elle l'envie irrépressible de faire quelque chose de très embarrassant ? Pourquoi rêvait-elle de crier, de s'enfuir en courant et de défaire tous les arrangements et les accords passés entre les deux clans ? Pourquoi désirait-elle faire à présent ce que James lui avait expressément demandé de ne pas faire au jour de leurs noces ?

— C'est un sentiment de panique passager, ma chérie. Prends une profonde inspiration, cela va finir par passer, lui dit sa mère qui avait dû remarquer son trouble.

— Toi aussi tu as connu cela le jour de ton mariage, maman ? demanda-t-elle, tout en suivant les conseils que sa mère venait de lui donner.

— Bien sûr. Ton père n'avait pas la moindre idée de ce à quoi il s'engageait en s'unissant avec ma famille. Il a été forcé de m'épouser sans savoir la moitié de ce qu'il aurait pourtant dû savoir.

— Forcé ? J'ai du mal à imaginer que l'on puisse forcer papa à faire quoi que ce soit !

— C'était pourtant bel et bien le cas. Il était lié par les mots et les contrats qu'il aime tant écrire habituellement. Il n'a eu d'autre choix que de m'épouser et de nous emmener toutes les deux.

— Les choses ont finalement bien tourné pour vous deux, dit Ciara en songeant qu'il n'y avait pas deux personnes au monde qui s'aimaient plus que ses parents.

— Oui, Ciara, tu as raison. Regarde ce que nous sommes devenus.

Sa mère savait y faire, à sa manière… Elle avait réussi à apaiser quelque peu ses craintes. Les choses allaient bien se passer entre James et elle. Ils mèneraient certainement une vie très agréable… Ciara s'efforça de se concentrer sur ces pensées positives pendant les quelques minutes qui suivirent.

Mais elle commençait à vraiment s'inquiéter à présent, car Elizabeth n'était toujours pas arrivée, pas plus que les Murray. Et son père n'avait pas réapparu, lui non plus.

Les gens qui attendaient dans l'église commençaient également à s'impatienter car ils avaient compris qu'il se passait quelque chose d'anormal. Des questions et des murmures s'élevaient désormais de toutes parts.

Puis, alors qu'elle regardait une nouvelle fois en direction de la porte restée ouverte, Ciara crut être victime d'une hallucination. Rêvait-elle ? Là-bas, à l'entrée de l'église, elle distinguait la silhouette du seul homme qu'elle ne s'attendait pas à voir le jour de son mariage.

L'homme qui lui avait expliqué qu'il ne pourrait pas venir, parce que c'était au-dessus de ses forces.

Tavis.

Il se tenait sous la pluie à mi-chemin entre l'église et les portes du mur d'enceinte, au milieu d'une conversation visiblement très animée avec Duncan.

Que se passait-il donc, à la fin ? Elle voulut aller voir quel était le sujet de leur dispute mais sa mère l'en empêcha.

— Ciara, c'est James que tu vas épouser. Laisse ton père s'occuper de ses affaires avec Tavis.

Hélas, Ciara ne pouvait détacher son regard de la scène. Sa mère dut sentir son trouble car elle l'entraîna un peu plus loin à l'intérieur de l'église. Loin des portes. Loin de Tavis. Le cœur de Ciara se serra douloureusement.

— Viens, assieds-toi, le père Micheil a fait apporter une chaise pour toi en attendant que la tempête se calme.

Ciara n'avait pas le choix. Elle n'allait quand même pas repousser sa mère et s'enfuir ? Quel bien en découlerait-il ? James lui avait bien précisé qu'il n'avait pas envie de se retrouver humilié le jour de son mariage. Avait-il deviné que cela risquait d'arriver ? Elle secoua la tête, atterrée. Pour retrouver un semblant de calme, elle fit le vide dans son esprit et se répéta que c'était elle et elle seule qui avait choisi cette voie. Et elle avait donné sa parole. Son estomac se contracta violemment mais elle devait continuer à patienter.

Sauf que c'était trop lui demander. Elle n'était pas patiente ! Soudain, elle explosa.

— Que se passe-t-il à la fin ? Où est James ? Ses parents devraient être là à l'heure qu'il est !

— Je ne sais pas, ma chérie. Je vais aller voir ton père pour comprendre ce qui se passe.

Sa mère avait enfin compris que sa patience avait atteint ses limites et qu'elle risquait de ne plus attendre très longtemps son futur mari si on ne lui disait pas ce qu'il se passait. Marian appela sa sœur auprès d'elle et la chargea de rester aux côtés de Ciara. De nombreuses personnes la questionnèrent à son passage, hélas, Ciara n'entendait pas ce qu'elle leur répondait. A peine était-elle sortie que l'assemblée se mit à jacasser tout en regardant vers la porte.

Croyant que James et ses parents étaient enfin arrivés, Ciara se leva. Comme elle ne tenait plus en place, elle décida de rester debout en attendant le retour de ses parents. Tavis se tenait maintenant dans l'encadrement de la porte et continuait à échanger des propos plutôt vifs avec son père. Un grand silence régnait dans l'église à présent. Tout le monde était suspendu à leurs lèvres. Enfin, Ciara put entendre ce qu'ils se disaient.

— Ne fais pas cela, Tavis, dit Duncan comme pour le mettre en garde. Il y a trop de choses en jeu. Pour Ciara et pour le clan aussi.

— C'est à elle de décider, Duncan, répondit-il suffisamment fort pour être entendu de tout le monde.

A elle de décider ? Qu'était-il en train de fabriquer, au juste ?

Tavis se fraya un passage vers elle à travers la foule compacte qui s'était massée autour de lui. Ses parents le suivaient de très près. Apparemment, personne au sein du clan MacLerie n'allait manquer l'occasion d'entendre leur conversation. Cela alimenterait certainement les cancans pendant des mois…

— Les papiers sont déjà signés, Tavis. D'un point de vue légal, elle est quasiment mariée avec James Murray, argumenta encore Duncan. Arrête, je t'en prie, tu vas lui briser le cœur en faisant cela, ajouta-t-il en tirant Tavis par la manche pour le retenir.

— En faisant quoi, papa ? demanda-t-elle en se précipitant à leur rencontre.

Sa mère murmura alors quelque chose à l'oreille de son

père mais, excédé, il la repoussa et s'interposa carrément entre Tavis et elle.

— Le laird lui-même soutient ce mariage. Es-tu prêt à te faire exclure du clan pour Ciara ?

Ainsi, il… Tavis voulait… Impossible !

— Oui, si elle veut de moi.

Brusquement bouleversée, Ciara leva les yeux vers lui. L'amour y brillait, limpide, sans trace des ombres du passé. Elle n'y lut plus ni culpabilité, ni souffrance. Devait-elle croire un tel miracle ? Si seulement elle l'osait…

— Tavis, que se passe-t-il ?

Ciara se pressa les mains l'une contre l'autre, prête encore à entendre ce qu'il avait à lui dire, avant de disparaître de sa vie pour toujours.

— Tu avais raison, Ciara. Sur tant de choses !

— En voilà un qui sait comment parler aux femmes ! lança quelqu'un.

Tout le monde se mit à rire mais le visage de Tavis s'était assombri. Il semblait extrêmement grave à présent.

— Tu es la femme qu'il me faut.

Puis il s'interrompit, comme s'il essayait de se souvenir de ce qu'il voulait dire. Ciara était bien trop abasourdie pour prononcer le moindre mot.

— Tu es une femme éduquée, tu sais lire et écrire dans cinq langues et tu t'y connais en négociations. Tu as de nombreux talents et possèdes de solides connaissances dont bien des hommes n'ont même jamais entendu parler. Tu es intelligente et vive d'esprit.

C'était, mot pour mot, ce qu'elle lui avait dit pour le convaincre de l'épouser lors de cette fameuse nuit. Cette nuit qui s'était achevée dans la souffrance et l'humiliation.

Cependant, Tavis n'avait pas fini.

— Et tout cela m'importe peu. Seul compte ton amour.

Et tu m'aimes, Ciara. Je sais que tu m'aimes. Tout comme moi, je t'aime, dit-il, un large sourire aux lèvres.

— Tavis, ce n'est pas uniquement une question d'amour, intervint Duncan.

— Oui, je sais, il y a aussi tous ces traités, répliqua-t-il en grognant. Et je serai proscrit pour l'éternité parce que j'ai interféré avec les affaires du laird.

Tavis se tourna brusquement vers Marian et Duncan.

— Duncan, tu as toi aussi été confronté à ce genre de décision. Souviens-toi. Tu aurais pu te détourner de Marian à l'époque. Est-ce que la menace de tout perdre, dit-il en montrant de la main les MacLerie, t'a empêché de lui demander sa main ?

Ses parents échangèrent rapidement un regard. Apparemment, ils comprenaient parfaitement la démonstration qu'il leur faisait. Ciara retint un sourire, n'osant pas encore croire à son bonheur. Tavis se retourna vers elle.

— Ciara, tu m'as aidé à y voir plus clair et j'ai compris les erreurs que j'ai commises dans le passé. Mais la foi que tu as en moi m'a également montré que je peux devenir un homme meilleur, à l'avenir. Je veux que tu sois mon avenir, Ciara. Mon cœur t'appartient déjà. Veux-tu du reste ?

Elle sourit. Il venait de lui faire savoir qu'il avait remarqué la disparition du cœur en bois qu'il lui avait sculpté. Au moment où elle allait lui répondre, son père l'interrompit :

— Ciara, réfléchis bien, je t'en prie. Si tu acceptes d'épouser Tavis, tu risques de tout perdre. Le laird peut très bien décider de vous envoyer en exil ou même demander que Tavis soit exécuté pour haute trahison ! Et qui peut dire comment les Murray réagiront ? Ils pourraient parfaitement nous faire une déclaration de guerre. Tout cela en vaut-il vraiment la peine, Ciara ? Réfléchis sérieusement aux conséquences de tes actes avant de prendre ta décision, dit-il d'un ton très solennel.

Elle se contenta de regarder ses parents l'un après l'autre et ils comprirent aussitôt.

— A toi de me le dire, maman ? demanda-t-elle. Finalement, cela en valait-il la peine ?

Les yeux de sa mère se remplirent aussitôt de larmes. Cependant, Marian arborait aussi un large sourire… Elle hocha la tête.

— Cela en valait vraiment la peine, ma chérie, murmura-t-elle en prenant la main de Duncan, et cela en vaut toujours la peine.

Bien sûr ! Ciara l'avait toujours su ! L'amour valait toujours la peine d'être vécu, même si le prix à payer était parfois très élevé. C'était son amour qui lui avait permis de toujours garder espoir, songea Ciara. Malgré tous ses devoirs envers sa famille et son clan. Malgré son sens de l'honneur et toutes les responsabilités qui lui incombaient. Pouvait-elle maintenant refuser ce dont elle avait toujours rêvé ? Et à quoi bon ?

— Je veux t'épouser, Tavis, murmura-elle.

Mais tout le monde l'avait entendue. Ces mots provoquèrent immédiatement un chahut du diable dans l'assemblée. Les MacLerie se mirent à les acclamer et Tavis finit par la prendre dans ses bras pour l'embrasser. Et ce ne fut guère un baiser poli. Son étreinte lui fit comprendre qu'il en exigerait davantage plus tard…

Toujours prudent, Duncan tint à ramener leur attention sur les réalités qui les attendaient.

— C'est au laird de prendre une décision, Ciara. Les choses ne sont pas aussi simples. Tu ne peux pas te délier de tes engagements sans son accord.

— Trouve un moyen, alors, Duncan. C'est toi le conciliateur, lança Tavis. Allons voir Connor et attendons sa décision, dit-il en prenant fermement Ciara par la main.

Il était visiblement décidé à ne plus la laisser partir. Et cela l'enchantait…

— Je ne laisserai pas un autre homme épouser ma femme. Pas de mon vivant, jura-t-il en l'embrassant sur la main tout en se dirigeant vers la porte.

— Le laird ! hurla quelqu'un. Connor arrive !

L'information se répercuta tout le long de l'église. Ils allaient apparemment être fixés sur leur sort plus vite que prévu. La foule laissa passer Connor, Jocelyne et Rurik. Les Murray les suivaient à quelque distance mais James n'était pas avec eux.

Où diable était-il passé ?

Le laird se dirigea immédiatement vers le père Micheil et demanda à lui parler en privé. Ciara ne parvenait pas à entendre leur conversation. Tout ce qu'elle voyait, c'étaient des poignées de main et des hochements de tête. Sidérée, elle comprit que tous fuyaient son regard. Jocelyne. Lord et lady Murray. Aucun d'entre eux n'osait la regarder en face. Se doutaient-ils de quelque chose ? Ils allaient être mortifiés… Qui accepterait de subir une telle humiliation ? Devant tous les MacLerie, en plus ! Pour l'heure, étrangement, c'étaient eux qui semblaient extrêmement mal à l'aise…

Au même moment, Connor appela ses parents et les Murray pour leur parler.

Son père allait-il évoquer la proposition de mariage que Tavis venait de lui faire ? Allait-il prendre leur défense et négocier en leur nom auprès du laird ? Ses mains tremblaient. Tavis lui passa le bras autour de la taille pour la réconforter. Aussitôt, une chaleur rassurante se propagea dans tout son corps. Elle avait fait le bon choix, elle n'avait aucun doute à ce sujet. Et elle ne changerait pas d'avis, même si cela signifiait qu'elle devait quitter Lairig Dubh pour toujours.

Le laird s'éclaircit la gorge pour réclamer le silence. Le sort en était jeté.

— Je t'aime, Ciara, lui murmura Tavis. Je ne te remercierai jamais assez de m'avoir ouvert les yeux avant qu'il ne soit trop tard et de m'avoir fait comprendre que je ne pouvais pas vivre sans toi.

— Que va-t-il décider, Tavis ?

Tavis connaissait le laird mieux qu'elle, mais la situation était complexe... Ils avaient commis un outrage en ne respectant pas ses ordres. Allait-il leur pardonner ? Ou allait-il les punir tous les deux pour avoir osé défier son autorité ? Difficile à dire...

Connor se tenait très droit. Il parcourut la foule des yeux puis fixa son regard sur elle. Il secoua la tête, les lèvres pincées. Cela n'augurait rien de bon. Ciara sentit son courage vaciller.

— La situation est grave, commença-t-il. Nous avions engagé d'honnêtes négociations avec les Murray et avions conclu un accord qui faisait d'eux nos alliés. Et au moment même où nous allions unir nos deux clans par les liens sacrés du mariage, nous apprenons qu'un acte ignoble a été perpétré à notre encontre.

Ces mots la firent frémir. Jamais Ciara n'avait entendu Connor parler avec une telle gravité et cela la terrifia. Ils étaient condamnés. La décision que Tavis et elle avaient prise était fondée uniquement sur leurs sentiments, lesquels menaçaient à présent de provoquer une guerre !

— Monseigneur..., l'interrompit lord Murray en s'avançant vers lui.

Mais Connor l'interrompit d'un geste autoritaire.

— Le contrat de mariage a été négocié avec une impartialité totale et une dot vous a été accordée, lord Murray. Notre accord stipulait que votre fils devait épouser l'une des nôtres. Cela ne peut être contesté par personne.

De plus en plus étonnée, Ciara prit appui contre Tavis.

Connor semblait cette fois s'en prendre au père de James. Mais pourquoi ? Et où était James ? Il aurait dû être présent.

— Monseigneur, je ne le conteste pas. Mais je n'avais aucune idée de ce qui se tramait derrière mon dos. Nous ferons toutes les concessions que vous nous demanderez, mais, je vous en prie, permettez que cette affaire se règle pacifiquement.

Ciara dévisagea alors lord Murray et s'aperçut qu'il semblait encore plus effrayé qu'elle ne l'était. Pourquoi craignait-il la colère du laird ? Complètement déroutée, elle s'écarta un peu de Tavis et demanda :

— Lord Murray ? Que s'est-il passé ? Lady Murray, où est James ?

— Nous ne nous doutions de rien, Ciara. Nous n'avions aucun moyen de savoir qu'il agirait de la sorte, mon enfant, je vous le promets, répondit-elle d'une voix pleine de regrets.

— Que voulez-vous dire ? demanda-t-elle, de plus en plus confuse.

— Ciara, le jeune James Murray s'est déshonoré et a également souillé l'honneur de sa famille aujourd'hui, expliqua Connor.

— James ne ferait jamais une chose pareille, répliqua-t-elle. C'est un homme d'honneur et il était très investi dans ce mariage. Il me l'a dit. Il m'a aussi demandé mon consentement. C'est moi qui…

Connor leva la main pour l'interrompre.

— Ciara, je suis au regret de devoir t'informer que ton fiancé, leur fils, dit-il en désignant du menton les parents de James qui tremblaient de peur, a enlevé ton amie Elizabeth la nuit dernière avec la ferme intention de la forcer à un mariage clandestin. Il a laissé un message qui expliquait ses projets et a rompu le contrat qui te liait à lui.

Ciara resta bouche bée. Lady Murray perdit connaissance en entendant les mots terribles que Connor venait de prononcer. Lord Murray eut à peine le temps de la rattraper. Il l'allongea immédiatement au sol.

— Monseigneur, je vous en prie, écoutez-moi, implora-t-il alors que les domestiques venaient porter secours à son épouse.

Immobile, Ciara restait médusée. Elle regardait la scène en silence alors que Tavis lui pressait la main en souriant. Les choses ne pouvaient tout de même pas être aussi simples pour eux, si ?

— Nous ne voulons pas la guerre, monseigneur. Allons en parler en privé. Nous parviendrons bien à un accord. Je vous en prie, dit lord Murray en s'inclinant devant Connor.

Le laird réclama le silence, une nouvelle fois, avant de consentir.

— James, malgré son jeune âge, a eu le courage dont j'ai manqué, murmura Tavis à son oreille. Et Elizabeth ? Crois-tu qu'elle était consentante ?

Lentement, Ciara émergea de sa torpeur. Les choses prenaient enfin sens…

— Je pense qu'ils ont planifié cela ensemble, répondit-elle en pensant à tous les petits indices qu'elle n'avait pas correctement déchiffrés jusque-là.

James aimait quelqu'un d'autre, exactement comme elle, il avait été confronté au même dilemme. Les questions qu'il lui avait posées sur son consentement, sur tout le reste… Voilà où il voulait en venir !

Contrairement aux Murray, les MacLerie qui avaient assisté à la scène avaient tous compris comment les choses allaient se dérouler. Ciara, rompue aux arcanes de la négociation, savait encore plus précisément vers quelle conclusion ils se dirigeaient.

Connor jouerait la carte de l'offensé et Murray offrirait alors un meilleur traité que celui qui était initialement prévu. Pour atténuer l'outrage que son fils avait causé en se conduisant comme il l'avait fait, pour tenter aussi de calmer le tempérament volcanique de la Bête des Highlands, Murray ferait des concessions qu'il aurait refusées à grands cris quelques jours plus tôt seulement. Connor jouerait ensuite au grand seigneur magnanime et accepterait les nouveaux termes du traité, malgré la terrible offense qu'il avait dû subir. C'était couru d'avance ! Ciara sentit un éclat de rire monter en elle.

Pourtant… rien ne l'assurait encore que Connor leur permettrait de se marier, ni le prix qu'ils auraient à payer pour avoir agi comme ils l'avaient fait.

Tandis que son esprit tournait à plein régime, le laird sortit de l'église, suivi de ses plus proches conseillers. Beaucoup leur adressèrent des clins d'œil amusés en passant devant eux, visiblement enchantés de ce renversement de situation.

Plusieurs hommes soutenaient lady Murray pour la raccompagner dans sa chambre. Au passage, lord Murray s'arrêta devant Ciara et secoua la tête tristement.

— Je suis sincèrement désolé pour vous, ma chère Ciara. Je ne sais pas ce qui lui a pris. Jamais je n'aurais pu croire cela de James. C'est un tel déshonneur ! Comment a-t-il pu vous faire une chose pareille, vous abandonner au pied de l'autel ? C'est épouvantable. Vraiment épouvantable, ajouta-t-il en pressant le pas pour rattraper Connor.

— Je dois aller avec eux, dit Duncan.

— Je vais y aller aussi, renchérit Tavis, je vais parler à Connor.

— Non, Tavis. Mieux vaut que tu restes ici avec Ciara. Je vais essayer de découvrir ce qu'il compte faire de vous. Je me demande s'il était déjà au courant de ton intervention lorsqu'il est entré dans l'église…

Sans attendre de réponse, Duncan partit et demanda à Rurik de faire évacuer les lieux. De toute façon, l'église s'était vidée en moins de temps qu'il n'en fallait pour le dire.

Bientôt, il ne resta plus qu'elle, Tavis et le père Micheil qui priait à genoux devant l'autel, apparemment imperturbable.

Ciara se laissa tomber sur une chaise, encore abasourdie par tout ce qu'elle venait d'apprendre. Il lui fallut quelques minutes pour remettre de l'ordre dans ses idées. Enfin, elle se tourna vers Tavis.

— Connor était-il au courant pour nous deux ? demanda-t-elle d'une voix inquiète.

— Il avait peut-être quelques soupçons. Ce n'est pas impossible qu'il se soit douté de quelque chose, admit Tavis avec un petit sourire satisfait. Je suis allé le voir tôt ce matin et je lui ai dit que j'avais besoin de son soutien.

— C'est vrai ? Enfin, Tavis, il aurait pu… Il aurait pu…

Toutes les éventualités tournoyaient dans sa tête. Et très peu d'entre elles finissaient bien. Que pouvait-il bien arriver à un homme qui avait désobéi à son laird et apportait le déshonneur à son clan ?

— Je n'aurais jamais laissé Connor entrer désarmé ou sans les armes appropriées sur un champ de bataille, Ciara. Je ne savais pas comment tout cela allait finir, certes, mais je comptais sur le soutien de Connor, comme il a bénéficié du mien pendant toutes ces années que j'ai passées à son service. Et puis, je lui ai promis fidélité et allégeance quelle que soit la décision qu'il prendrait à notre encontre.

— Tu es sûr de ce que tu fais ? demanda-t-elle.

— J'ai parlé à Gunna comme tu m'avais conseillé de le faire, murmura-t-il. Elle m'a dit la vérité sur ce qui est arrivé à Saraid. Je ne me doutais de rien, tu sais ?

— Ce n'était pas ta faute, répéta-t-elle en plongeant son regard dans le sien.

— J'étais tellement rongé par la culpabilité qu'il ne m'est même jamais venu à l'esprit d'aller interroger Gunna ou qui que ce soit d'autre pour obtenir des réponses.

Il lui baisa la main et secoua la tête.

— Je n'osais pas croire en moi avant que tu ne m'obliges à affronter mes peurs, ma douce.

Ciara sourit à travers ses larmes. Si elle ne s'arrêtait pas rapidement, son visage allait être ravagé comme chaque fois qu'elle pleurait !

— Mais que fais-tu de toutes tes autres objections ? Tu m'as parlé de mon éducation, de ma richesse, de mes talents et de je ne sais quoi d'autre encore. Sans oublier ton incapacité à m'aimer…

Tavis se mit à rire. De ce rire qu'elle adorait. Cela faisait si longtemps qu'il n'avait manifesté une telle bonne humeur !

— J'avoue que j'ai parfois été intimidé par toutes les choses que tu sais faire et dont je me sens tout à fait incapable.

— James m'a dit la même chose.

— Vraiment ? Quand cela ?

— Il y a quelques jours. Je pense qu'il réfléchissait à ce qu'il convenait de faire… Et alors, Elizabeth nous a interrompus.

— Je suis ravi que tu l'aies effrayé par tes innombrables talents, alors.

— Moi aussi. Crois-moi, je l'aurais fait plus tôt si j'avais su que cela fonctionnerait…

Les yeux dans les yeux, ils éclatèrent de rire. Qu'il était bon d'être enfin l'un à l'autre.

Tavis se sentait rayonner de bonheur. Il la serra fort dans ses bras et l'embrassa. Pas comme il l'aurait souhaité car ils se trouvaient tout de même dans la maison de Dieu. Mais le temps viendrait où il pourrait lui exprimer toute sa passion… Dès que tout serait réglé. Dès que le père Micheil les aurait mariés. Et peu importait la décision que Connor prendrait. Il comptait bien l'épouser avant la tombée de la nuit si c'était possible.

— Tu sais, je pourrais t'apprendre à lire et à compter, proposa-t-elle.

— On verra plus tard. Je veux d'abord me concentrer sur d'autres de tes talents, ma douce, dit-il en lui adressant un petit sourire coquin.

— Tavis ! Le père Micheil pourrait t'entendre ! murmura-t-elle d'une voix indignée, la main sur la bouche.

— Je pensais à tes prouesses aux échecs, voyons, dit-il en lui faisant un clin d'œil. Mais à quoi pensais-tu donc, petite effrontée ?

A la vérité, il ne pensait plus à rien d'autre, à présent qu'ils avaient évoqué le sujet. Il lui tardait de la faire sienne, corps et âme.

Pendant de longues minutes, ils restèrent assis en silence, avec pour toute compagnie le père Micheil qui marmonnait des prières à voix basse. Tavis en profita pour adresser lui aussi quelques prières au ciel. Il ne voulait pas arracher Ciara à tous ceux qu'elle aimait. Mais il ne voulait pas non plus être à l'origine d'un conflit entre Duncan et Connor.

Il remercia le Tout-Puissant de lui avoir décillé les yeux pour lui faire découvrir la vérité. Il n'aurait rien pu faire pour sauver Saraid. Il n'était qu'un homme. Forcément faillible. Et il avait maintenant la chance de devenir un homme meilleur. Il serait le meilleur des maris pour Ciara.

Des bruits de pas résonnèrent dans l'église derrière eux. Le verdict allait tomber.

Tavis baisa la main de Ciara et se retourna, prêt à affronter leur destin. Ici ou ailleurs, il serait toujours à ses côtés.

Chapitre 21

Duncan et Marian remontaient lentement l'allée centrale. Tavis retint son souffle. Leurs visages étaient impassibles. Etait-ce bon signe ? Le prêtre interrompit ses prières et se releva pour se joindre à eux.

— Eh bien, Duncan, un compromis a-t-il été trouvé entre le laird et les Murray ? demanda le père Micheil.

— Oui, mon père, répondit Duncan.

Puis, il s'adressa à Tavis et Ciara :

— Lord Murray est absolument anéanti par ce que James a fait aujourd'hui, mais on peut dire que ce scandale sert très bien vos affaires. Si vous vous étiez manifestés plus tôt, je ne suis pas certain que Connor aurait permis que les choses se passent ainsi.

— Qu'a-t-il dit ? demanda Tavis.

— Comme lord Murray n'avait pas entendu la déclaration que tu as faite à Ciara tout à l'heure, Connor a réussi un véritable tour de passe-passe. Il a joué au patriarche bienveillant et compréhensif face aux faiblesses de la jeunesse. Il a accepté de rompre le contrat de mariage tout en exigeant de conserver les avantages qui étaient stipulés dans le contrat initial, à savoir l'accès aux ports de Perth et de Dundee.

Pourquoi faire cela ? Pourquoi tant de bienveillance ? s'étonna Tavis.

— Finalement, James a bien épousé une MacLerie, mais pas celle qui lui était promise. Aussi, Connor va constituer une dot pour Elizabeth dès qu'on les aura retrouvés et que leur mariage sera confirmé.

— Dis-moi, Duncan, le laird est-il très contrarié ? demanda Tavis.

— On peut dire qu'il l'est ! tonna Connor, qui venait d'entrer dans l'église.

Jocelyne le suivait de près ainsi que Rurik et son épouse.

— Contrarié que tu n'aies pas vu ce que tout le monde avait vu depuis des années, Tavis.

— Connor, je…

Puis il s'interrompit, car Connor n'avait pas du tout l'air en colère.

— J'ai laissé la peur et la fierté prendre le dessus, admit Tavis avec simplicité.

— Oui, c'est exactement ce que tu as fait. Mais lorsque tu es venu me voir pour me parler, je savais bien ce que tu avais en tête. Aussi, quand James Murray est venu me consulter pour me confier le même dilemme, je n'ai eu qu'à suggérer un moyen rapide de régler toute cette histoire une bonne fois pour toutes. Et à mon avantage encore !

Tavis secoua la tête, incrédule.

— James est venu vous parler ? Quand ?

— Hier, environ une heure avant que tu ne viennes, Tavis. En fait, c'est à Jocelyne qu'il a parlé pour être tout à fait précis.

— D'où la dispute, dit Tavis, qui se souvenait de la querelle dont il avait été témoin.

— Oui, confirma Jocelyne. James savait que tu n'étais pas heureuse, Ciara, mais que tu comptais t'acquitter de ton devoir. Il m'a également avoué qu'il était tombé amoureux d'Elizabeth lors de votre voyage. Comme il ne pouvait pas se confier à ses parents, il est venu me voir. Quelqu'un lui aurait raconté que j'avais réussi à apprivoiser une certaine bête féroce…

— Pourquoi ne m'avez-vous rien dit, laird ? demanda Tavis.

— C'était à toi de prendre la décision, Tavis ! Si je t'avais mâché tout le travail, comment saurais-tu aujourd'hui que tu étais prêt à tout perdre pour Ciara ?

— Alors, les parents de James ne se doutent de rien ? demanda Ciara, un large sourire aux lèvres.

— Non, répondit Connor. Et mieux vaut pour lui que je ne leur dise rien !

— Où a-t-il emmené Elizabeth ? demanda Ciara, qui s'inquiétait tout de même pour son amie.

— Je n'ai rien demandé et ne veux rien savoir.

Tavis retint un sourire. Sage décision. Connor était informé de la situation mais ne tenait pas pour autant à tout diriger. Si jamais on l'interrogeait par la suite, il pourrait nier toute implication puisqu'il n'avait fait que donner des conseils, sans jamais intervenir directement.

— Mais est-elle bien partie de son plein gré ? insista Ciara. Il ne l'a pas forcée ?

A peine eut-elle posé la question que la vérité lui sauta aux yeux. Bien sûr, il s'agissait d'un mariage d'amour et aucune contrainte n'avait été employée ! Il lui avait certainement fallu beaucoup de courage, mais James avait suivi les mouvements de son cœur.

— Et maintenant ? demanda Ciara, qui voulait connaître le sort qui leur serait réservé.

— Lord Murray a concédé que si tu épousais Tavis, cela adoucirait sans doute la douleur que James t'a causée en renonçant à se marier avec toi. Un mariage rapide et discret, il va sans dire. Il l'a suggéré de son propre chef. Il souhaitait sincèrement laver l'affront que tu viens de subir devant tout ton clan.

Connor s'interrompit alors, la regarda droit dans les yeux avec le plus grand sérieux et lui demanda :

— Alors, veux-tu de lui pour mari ?

Soudain bouleversée, Ciara ne put retenir les larmes qui coulèrent librement sur ses joues. Tout ce dont elle avait toujours rêvé allait se réaliser. Enfin. Elle n'osait croire à son bonheur !

— Je peux vraiment l'épouser ? demanda-t-elle d'une voix tremblante.

— Du calme, ma douce, murmura Tavis en lui essuyant délicatement les joues, je veux que tu sois heureuse aujourd'hui, sèche tes larmes.

— Je suis heureuse, bégaya Ciara. Tellement heureuse.

— Le père Micheil est prêt si vous le voulez, intervint Duncan.

— Tout de suite ? s'étonna-t-elle en regardant le prêtre qui avait déjà sorti son livre de prières.

— Les aspects juridiques ont déjà été réglés, expliqua le prêtre.

De plus en plus ahurie, Ciara tourna la tête à gauche et à droite pour s'apercevoir que tous les gens qui comptaient dans sa vie lui souriaient. C'était un instant béni, magique ! Qui aurait pu prédire un tel retournement de situation ? Transportée de bonheur, Ciara saisit la main de Tavis, qui referma ses doigts chauds sur les siens. Elle allait être à lui, comme il était à elle, pour toujours.

Profondément émus, ils prononcèrent leurs vœux à tour de rôle et se jurèrent fidélité. Enfin, ils allaient partager leur vie, leurs rêves… Ils étaient épris l'un de l'autre depuis si longtemps !

Comme sur un nuage, Ciara quitta ensuite l'église au bras de Tavis et ils regagnèrent le château où la fête devait avoir lieu. Ce n'était pas le mariage initialement prévu, bien sûr. C'était Tavis, et non James, qui occupait la table d'honneur, toutefois personne ne se permit de faire le moindre commentaire.

Le cœur léger, Ciara passa la soirée à danser, à manger et à boire. Cependant, plus l'heure passait, plus elle songeait à sa nuit de noces. Elle l'attendait avec une impatience plus vive de minute en minute. Elle avait déjà connu un avant-goût délicieux du plaisir que Tavis pouvait lui procurer et maintenant qu'elle était son épouse légitime, elle mourait d'envie de se donner totalement à lui.

Dieu merci, elle n'aurait pas à se contenter d'une petite vie paisible et étriquée. A la place, elle allait connaître la passion enfiévrée entre les bras de l'homme qu'elle aimait… Pour un peu, les plaisanteries grivoises qui commençaient à fuser de toutes parts l'auraient fait sourire.

Si elle avait épousé James, il y aurait forcément eu une cérémonie du lit nuptial. Or, avec Tavis, elle allait y échapper. Il n'était pas un étranger et les enjeux n'étaient pas les mêmes. Ils pourraient donc se retirer en privé dans la chambre qui leur était réservée à l'étage quand bon leur semblerait. Ciara sentit son cœur battre plus vite dans sa poitrine.

Tard dans la nuit, alors qu'il restait encore de nombreux invités en train de manger et de danser, Tavis la souleva brusquement de terre et la porta dans ses bras jusqu'à leur chambre, sous les hourras de la foule qu'elle entendait à peine, car il lui susurrait à l'oreille ses projets pour la nuit. Son cœur se mit à battre la chamade… Une fois dans la chambre, Tavis avait fermé le loquet de la porte. Ils ne risquaient donc pas d'être dérangés par des fêtards…

Sur le seuil, Ciara resta bouche bée. La pièce était ravissante. On avait parsemé le lit de pétales de fleurs et allumé de nombreuses bougies tout autour. L'atmosphère était intime et très romantique. Il y avait également un assortiment de desserts plus appétissants les uns que les autres disposés sur un plateau en argent. Et une bouteille de vin. Les yeux embués de larmes, elle regarda Tavis leur verser un verre à chacun. Soudain, Ciara se sentait un peu nerveuse.

— Tu as l'air inquiète, ma chérie, dit-il en lui tendant son verre.

Puis, très lentement, il la contourna sans cesser de la contempler. Dans son dos, il lui écarta les cheveux des épaules pour dégager sa nuque. Ciara se rappelait ce qu'elle avait ressenti lorsqu'il y avait posé sa bouche la dernière fois… Le souffle court, elle attendait, impatiente de sentir de nouveau ses lèvres caresser sa peau.

Lorsque sa bouche se posa contre son cou, elle ne put retenir un gémissement. Son contact était brûlant. Doucement, Tavis délaça le haut de sa robe et déposa une pluie de baisers le long de la courbure de son cou, en découvrant peu à peu chaque centimètre de peau jusqu'à l'épaule.

Mais Ciara brûlait d'un feu inconnu. Pourquoi ne lui arrachait-il pas ses vêtements et ne se jetait-il pas sur elle, elle en avait tellement envie ! En même temps, ce qu'il faisait était si délicieux qu'elle aurait pu rester des heures à savourer la douceur de sa bouche…

— Je ne suis pas inquiète, dit-elle en soupirant, je suis juste…

Que ressentait-elle en fin de compte ? Elle était bien incapable de l'expliquer. Du désir, sans aucun doute, de l'impatience et de l'appréhension aussi. Tavis se mit à rire face à son silence soudain.

— Dis-moi, ma douce, qu'est-ce qui t'effraie ?

Sa bouche était revenue caresser le point particulièrement sensible situé juste derrière son oreille. Elle se mit à frissonner.

— J'ai peur… de ne pas réussir à te donner du plaisir cette nuit, avoua-t-elle faiblement.

— Eh bien ma chérie, sois rassurée. Si tu me donnes

plus de plaisir que la nuit que nous avons passée ensemble chez moi, je n'y survivrai pas.

Il lui prit son verre de vin et le reposa sur la table sans cesser de la tenir fermement contre lui. Ciara rejeta la tête en arrière, grisée de sentir dans son dos la force de son désir pour elle. D'instinct, elle ondula les hanches pour venir à la rencontre de sa virilité.

— J'ai réussi à me retenir cette nuit-là car tu ne m'appartenais pas, mais maintenant… maintenant tu es toute à moi.

A ces mots, il la fit pivoter face à lui pour prendre sa bouche. Sa robe en partie délacée glissa sur ses épaules. Comme elle allait l'ôter, il lui maintint les bras dans le dos en secouant la tête.

— C'est mon tour de te déshabiller.

Sa voix rauque fit couler de la lave dans les veines de Ciara et son ventre se contracta d'excitation. Une douleur sourde et délicieuse pulsait entre ses cuisses et elle se sentit devenir moite, à la simple pensée de ce qui allait se passer entre eux.

Il entreprit de dénouer les derniers lacets de sa robe avec une lenteur calculée. Puis il la fit glisser le long de ses bras, de sa poitrine, de son ventre et de ses hanches ; enfin, la robe tomba par terre. Ciara avait si chaud qu'elle ne songea même pas à être gênée de sa nudité. Tavis se baissa aussitôt pour ramasser l'étoffe et l'étendit soigneusement sur une chaise. Ce petit geste attentionné la toucha profondément. Lorsqu'il releva les yeux sur elle, Ciara sentit des milliers de brûlures la réchauffer, partout où ses yeux se posaient sur elle. Il la dévorait littéralement du regard. Ciara se sentait aimée, désirée comme jamais.

Il revint vers elle et passa le dos de la main sur la tunique qu'elle portait à même la peau. Il la frôlait du bout des doigts, la faisant trembler d'impatience. La pointe de ses seins s'était durcie jusqu'à lui faire mal. Dieu, elle voulait bien plus que de simples effleurements ! Elle avait renversé sa tête en arrière et ses cheveux lui balayaient le dos et les hanches. L'attente allait la rendre folle, elle n'en pouvait plus…

— S'il te plaît, supplia-t-elle, je t'en prie…

Heureusement, elle n'eut pas besoin d'en dire plus.

Tavis aurait continué sa lente exploration si Ciara n'avait rien dit. Seulement, puisqu'elle le suppliait de la satisfaire, il n'allait pas la décevoir. Un désir ardent s'était emparé de lui depuis qu'il l'avait tenue entre ses bras et il craignait de perdre le contrôle. Mais puisque c'était elle qui le demandait… Se laissant enfin aller à la passion qui brûlait dans ses veines, il s'empara de ses lèvres et la serra contre lui. Il lui ôta sa tunique d'un geste fluide. Leurs baisers enfiévrés l'excitaient terriblement.

La respiration saccadée de Ciara augmentait encore son désir… Il la couvrit de baisers. Dans le cou, sur les épaules, puis il descendit jusqu'à la pointe de ses seins et se mit à les titiller du bout de la langue. Sous ses caresses, Ciara tremblait de volupté. Il la guida jusqu'au bord du lit et l'aida à s'asseoir. Fébrile, il s'agenouilla entre ses jambes qu'il écarta avec douceur. Elle avait tellement aimé cela la première fois… Il avait bien l'intention de lui faire perdre la tête.

Avec une lenteur appliquée, il déposa des baisers sur l'intérieur de ses cuisses. Il devait l'aider à se détendre, à s'abandonner. Elle n'avait aucune expérience, après tout…

Bientôt, Ciara ouvrit davantage les jambes, emportée par le désir qui la faisait trembler. Il lui souleva les cuisses et les posa sur ses épaules. Il s'agrippa à ses hanches pour la maintenir fermement en place et commença à embrasser le cœur de sa féminité avec délectation. Ciara se mit à gémir de plaisir. Puis, soudain elle se cambra, visiblement comblée par ce baiser si intime. Mais il ne comptait pas s'arrêter en si bon chemin.

D'une main ferme, Tavis maintint ses hanches agitées de tremblements et passa la langue sur le petit bouton qui la ferait chavirer, tout doucement. Puis, il recommença d'un mouvement circulaire, un peu plus fermement. Brusquement, Ciara fut parcouru d'un violent frisson. Il s'interrompit un instant. Le plaisir qu'elle manifestait ne fit qu'augmenter son propre désir…

Trop impatient pour se déshabiller, Tavis se défit rapidement de ses chausses et plaça les jambes de Ciara autour de ses hanches, son membre à l'entrée de sa féminité. Il la pénétra tout doucement d'abord, pour permettre au corps de Ciara de s'habituer à lui, puis de plus en plus profondément. Comme elle continuait de gémir voluptueusement, il donna ensuite un dernier coup de reins et la fit sienne.

Ils ne faisaient plus qu'un désormais. Leurs corps étaient enchaînés l'un à l'autre, et l'expression de transcendance qu'arborait le visage de Ciara le bouleversa. La passion la faisait rayonner ! Elle était resplendissante de bonheur… Profondément ému, Tavis se pencha sur elle pour l'embrasser fougueusement. Sans quitter sa bouche, il entama un mouvement de va-et-vient, étouffant sur ses lèvres ses gémissements.

Il sentit Ciara se cambrer tout à coup sous lui, ce qui lui permit de s'introduire plus profondément encore. Comme il se retirait légèrement avant de donner un nouveau coup de reins, elle lui empoigna les fesses. Tavis perdit alors tout contrôle et laissa son désir imprimer un rythme sauvage à leur union. Elle était sienne désormais…

— Tu es à moi, lui murmura-t-il à l'oreille à plusieurs reprises, tandis que les ondes de plaisir commençaient à s'espacer après l'orgasme, tu es à moi, rien qu'à moi.

— Je suis à toi, susurra-t-elle.

*
* *

Une fois la vague de volupté apaisée, Tavis resta en elle. Intriguée, Ciara sentit qu'il n'était plus aussi fougueux que quelques instants plus tôt. Elle resta parfaitement immobile. Comme c'était merveilleux de le garder en elle… Lorsqu'il finit par s'écarter, elle ressentit une curieuse sensation de vide qu'elle n'aurait su expliquer.

Tavis se releva pour se débarrasser de ses vêtements. Il apporta une cuvette remplie d'eau ainsi qu'un linge mouillé qu'il lui tendit. L'eau tiède délicatement parfumée à la rose tombait à point nommé. Cela permit à Ciara de se rafraîchir. Pourtant, à son grand étonnement, elle n'avait pas vraiment souffert de cette expérience. A l'exception d'une douleur fugace lorsqu'il l'avait pénétrée, elle n'avait ressenti qu'une incroyable extase durant leur union.

Plein d'attentions, Tavis l'aida à descendre du lit pour lui permettre de se glisser sous les draps. Une fois confortablement installée, il la rejoignit et la prit tendrement dans ses bras.

Ils restèrent dans cette position, parfaitement silencieux, pendant quelques minutes. Puis, Ciara se tourna vers lui.

— Je me demande où James et Elizabeth peuvent se cacher.

Tavis étouffa un petit rire et l'embrassa.

— Toi, alors ! Jamais je ne me serais attendu à ce que tu parles de cela, surtout maintenant.

— C'est ma meilleure amie, Tavis. Elle aurait dû m'en parler tout de même ! Je suis fautive également : j'étais tellement absorbée par mes propres malheurs que je n'ai même pas remarqué que James et Elizabeth étaient en train de tomber amoureux l'un de l'autre, juste sous mon nez.

— Tu crois vraiment que c'est le moment de parler d'eux ? demanda-t-il d'une voix légèrement irritée.

— Tu veux peut-être parler d'autre chose ? demanda-t-elle

d'une voix mutine. Nous ne sommes pas attendus en bas avant demain matin, tu sais…

Il poussa un grognement. Il n'avait pas l'air fâché, mais il n'avait clairement pas envie de parler. Ciara eut un rire amusé.

— Tout cela est vraiment nouveau pour moi, tu sais, avoua-t-elle, un peu embarrassée, je ne sais pas vraiment… ce qui se fait.

— Ce qui se fait ?

Il la fit rouler sur le dos et se mit à califourchon sur elle. Son corps était brûlant.

— Ciara, nous sommes nus, dans un lit, et c'est notre nuit de noces. Ce n'est ni le lieu, ni le moment de nous préoccuper de ce qui se fait ou non !

Elle sentit avec délice son membre durcir contre sa cuisse, comme pour clarifier un peu plus ses intentions…

— Est-ce que nous pouvons… ?

Sa voix s'éteignit dans un gémissement de volupté lorsque sa virilité se pressa entre ses cuisses. Le simple contact de sa peau contre la sienne la faisait chavirer. Mais elle ne savait pas vraiment comment lui demander ce qu'elle désirait tant…

— Ciara, mon amour, murmura-t-il en lui mordillant l'oreille, nous pouvons faire tout ce qui nous plaît. Et c'est ce que nous allons faire dès à présent, tu veux bien ?

Il l'embrassa fougueusement et elle sentit toutes ses inquiétudes s'envoler instantanément. Toutes ces longues années pendant lesquelles elle avait attendu, espéré et prié étaient enfin derrière elle. Il était à elle désormais, rien qu'à elle, et ils avaient toute la vie devant eux pour profiter l'un de l'autre.

A commencer par cette nuit…

Chapitre 22

Marian arborait un sourire radieux. Tout comme Jocelyne, Margriet et Margaret. Elles étaient assises à la table d'honneur à côté de leurs maris respectifs et ne cessaient de bavarder et de sourire.

Les hommes avaient pensé que Tavis ne déclarerait peut-être jamais son amour à Ciara, alors qu'elles, elles avaient toujours été persuadées du contraire. Et ce jour leur donnait raison. Quelle victoire ! Marian était comblée. Malgré les épreuves que Tavis avait traversées avec la perte de Saraid, jamais il ne s'était détourné de sa fille. A la vérité, il ne cessait même jamais de la regarder. C'était à l'évidence plus fort que lui.

Sans même s'en rendre compte, Marian poussa un profond soupir de soulagement. Ses trois amies lui adressèrent aussitôt un large sourire.

Leurs maris, eux, réagissaient différemment.

Connor secoua la tête, mauvais perdant.

— James aurait fait un bon mari, lança-il, revêche.

Les autres hommes hochèrent immédiatement la tête en guise d'assentiment. Ils avaient du mal à accepter la défaite ! Les pauvres ! Ils avaient perdu leur pari face à leurs femmes.

— Je pensais vraiment qu'il allait la laisser épouser James, renchérit Rurik. Il ne semblait pas prêt à sauter le pas. Même s'il la désirait.

— Rurik ! s'exclama Margriet. C'est d'amour que nous sommes en train de parler !

— Moi, j'étais sûr que Tavis ne pourrait pas la laisser partir et qu'il finirait par se déclarer, contredit Duncan. Ciara a le don de savoir ce qu'elle veut et de tout faire pour l'obtenir. Et peu importe le temps que cela prend…

— Et tu n'es pas peu fier d'elle, dit Marian. Penses-tu qu'elle continuera à t'assister dans ton travail, maintenant qu'elle est mariée ?

— Je suis sûr que Tavis et elle vont trouver un terrain d'entente.

— Eh bien, dit Connor en levant son verre, je leur souhaite beaucoup de bonheur. A Tavis et Ciara !

— A Tavis et Ciara ! trinquèrent-ils en chœur.

Marian jeta un regard à ses amies et leur rappela :

— Allons, ne crions pas trop vite victoire. Il faut attendre une année entière de mariage pour remporter définitivement notre pari, je vous le rappelle.

— D'ici là, ce sera le tour de ta fille ou de ton fils de se marier, Jocelyne, dit Margriet.

Jocelyne pâlit et Connor éclata de rire.

— Eh oui ! C'est plus facile lorsque cela concerne l'enfant de quelqu'un d'autre, n'est-ce pas, mon amour ? demanda-t-il en caressant la joue de sa femme.

— Tu as raison, Connor. Les nôtres me semblent encore si jeunes… Je sais qu'il sera bientôt temps de les laisser voler de leurs propres ailes, mais…

— Allons, si leurs mariages sont à l'image de celui de Tavis et Ciara, nous pourrons nous estimer heureux.

Une fois leurs verres vides, chaque couple prit tour à tour congé. La soirée était avancée et il leur tardait de regagner leur maison. Bientôt, Connor et Jocelyne furent seuls.

— Es-tu content de ce mariage, Connor ? Cela va-t-il causer des problèmes avec les Murray ?

— Je crois que tout va aller pour le mieux. Murray pense qu'il s'en est sorti avec une dot tout à fait acceptable. Et comme il préfère la douceur d'Elizabeth, il est convaincu que son fils a gagné au change. Il est désormais un de nos alliés. Et de notre côté, nous gardons Ciara parmi nous, là où est sa place, et Tavis continuera à travailler pour moi là où j'ai le plus besoin de lui. Et puis nous avons gagné un accès aux ports de Perth et de Dundee, ce qui va me permettre de développer le commerce avec le continent. Alors, oui, je t'assure que je suis content !

— Dis-moi la vérité, tu avais deviné que les choses se passeraient ainsi ?

— Je savais que Tavis ne pourrait pas la laisser épouser un autre homme. C'était extrêmement clair, même pour moi qui ne connais rien à l'amour, enfin, selon tes dires.

Jocelyne éclata de rire.

— Il y a donc de l'espoir. Tout n'est peut-être pas perdu en ce qui te concerne, mon amour, dit-elle doucement, en lui caressant la main.

— Peut-être bien…

Epilogue

Lairig Dubh, Ecosse, printemps 1373

Ciara explorait la maison et caressait chaque meuble du bout des doigts. La table du repas, la tablette au-dessus de la cheminée, les chaises, les tabourets… Tavis avait tout fabriqué de ses mains. Pour elle. Pour eux

Il y avait passé des mois entiers. Il avait coupé, poncé et poli dès qu'il avait un moment de liberté, entre les missions que le laird lui confiait. Ciara ressentit un élan de tendresse et de fierté en observant la finesse et l'élégance du mobilier. A présent que tout était terminé, elle aurait pu passer des heures à admirer son travail. Elle pouvait lire dans chaque courbure du bois l'amour qu'il avait mis dans chaque objet et cela la touchait profondément.

Ciara grimpa les marches qui menaient à l'étage et pénétra dans la chambre. Comme le reste, le lit était tout neuf. Tavis l'avait confectionné dans de grandes dimensions et orné de sculptures délicates sur la tête de lit et les colonnades. Le voyant faire, Ciara avait surmonté son dégoût des travaux d'aiguille, et, avec l'aide de sa mère et de sa sœur Beitris qui excellait dans cet art, elle avait confectionné le couvre-lit chatoyant qui s'y étalait à présent. Elle s'avança pour le lisser de la main. Un sourire lui vint aux lèvres, à la pensée que sa maison respirait l'amour.

Après la célébration de leur mariage, ils avaient tous deux accepté l'offre du laird et s'étaient installés au château en attendant la construction de leur nouvelle maison. Tavis, pas plus qu'elle, ne souhaitait s'installer dans la maison où il avait vécu avec Saraid. Ils avaient donc convenu d'utiliser une partie de sa dot pour construire un nouveau foyer. Et le résultat s'étalait sous ses yeux. Leur maison était enfin prête.

Juste à temps.

L'année qu'ils venaient de passer avait été délicieuse et tous deux s'étaient facilement adaptés à la vie maritale. Chacun vaquait à ses occupations, avec la certitude de retrouver l'autre à son retour. Ainsi, le laird avait demandé à Ciara de travailler avec son père afin de mettre ses talents au service du clan. Elle adorait cela. Tavis, lui, s'occupait toujours de la garde personnelle de Connor et voyageait en compagnie du laird lorsque cela était nécessaire.

Quand ils avaient eu un peu de temps pour eux, Ciara avait appris à lire à Tavis comme elle le lui avait proposé si longtemps auparavant. Lui, de son côté, lui avait également appris de nombreuses choses. A cette pensée, une chaleur désormais connue se répandit dans son ventre. Quel mari attentionné il était… surtout au lit.

Il lui avait également appris à faire des compromis et à cuisiner. On lui avait enseigné beaucoup de choses au cours de son existence, mais, jusque-là, Ciara n'avait guère eu le loisir de s'essayer dans la cuisine. Or, maintenant qu'ils allaient emménager dans leur nouvelle maison, c'était elle qui allait en être responsable. Elle n'avait pas encore dit à Tavis qu'elle avait recruté quelqu'un pour l'aider à tenir la maison et pour s'en occuper en leur absence…

Elle entendit soudain la porte s'ouvrir et des bruits de

pas familiers derrière elle. Tavis lui passa les mains autour de la taille puis les posa sur son ventre arrondi.

— Tu n'as rien porté dans l'escalier, j'espère ? demanda-t-il en frottant son nez contre son cou pour la chatouiller.

— Non, mon amour, répondit-elle en pivotant sur elle-même.

Puis, il la relâcha et l'incita à s'asseoir.

— La maison te plaît ? Tu as vu notre chambre, Ciara ?

— Oui, elle est telle que je l'avais rêvée.

Ciara retint un soupir ému. Tavis avait beau prétendre ne pas aimer parler et trouver toujours un prétexte pour éviter les conversations, ils avaient pourtant discuté chaque centimètre carré de cette maison. Pas un seul morceau de bois n'avait été coupé sans l'assentiment de l'un et l'autre. Puis il s'était chargé de tout, avec le même soin qu'il avait mis pour fabriquer des petits animaux de bois pour l'amuser lorsqu'elle était enfant.

Les précieux jouets de bois, aujourd'hui agrémentés de nouvelles figurines, étaient disposés sur une étagère dans la chambre où dormirait leur enfant. Celui-ci jouerait avec eux en grandissant, tout comme elle l'avait fait des années plus tôt. Cette idée lui était si douce.

— Qu'a dit Gunna ? demanda-t-il d'une voix légèrement inquiète.

— Notre enfant se porte comme un charme, Tavis.

— Et toi ?

— Je vais bien aussi. Tant que je ne ressens aucune douleur, je peux continuer à mener mes activités habituelles.

— Pas de cheval.

— Pas de cheval, capitula-t-elle en soupirant. Et je dois également m'abstenir de porter quoi que ce soit, c'est compris.

— Tu vas suivre ses instructions à la lettre ?

— Mais oui !

Ciara ne put s'empêcher de lever les yeux au ciel. Pourtant, elle comprenait son angoisse. Il s'inquiétait terriblement pour elle. Quoi de surprenant après ce qu'il avait vécu avec Saraid ? Elle voyait bien qu'il l'observait de plus en plus attentivement à mesure que sa grossesse progressait. Parfois, lorsqu'elle se réveillait la nuit, il la tenait serrée contre lui et la regardait dormir.

— Tout ira bien, je te le promets, assura-t-elle en se tournant vers lui pour caresser sa joue et plonger son regard dans ses yeux verts.

Dieu comme elle l'aimait ! Et elle savait que son amour se lisait dans ses yeux.

Sa patience était enfin récompensée. Tout, dans son nouveau foyer, était exactement comme elle l'avait rêvé la première fois qu'elle avait demandé à Tavis de l'épouser. Dire qu'il lui avait fallu près de dix ans pour enfin l'avoir rien qu'à elle ! Jamais, non jamais, elle ne regretterait de l'avoir attendu toutes ces années.

Cela en valait vraiment la peine… Et plus encore.

À découvrir ce mois-ci

5 nouveaux romans dans la collection

Les Historiques

TENTÉE PAR LE LORD

de Helen Dickson - n°635

Angleterre, Derbyshire, 1816. En acceptant de devenir la femme de chambre de Mlle Araminta, Lisette savait que la tâche serait rude. Non que cette jeune lady lui donne du fil à retordre – elles s'entendent à merveille ! – ni qu'elle ait à se plaindre du somptueux domaine de Castonbury Park… L'objet de son tourment est le propre frère de sa maîtresse : le colonel Montague. En séducteur impénitent qu'il est, il la presse de ses avances, et lui dit cent fois son désir de faire d'elle sa maîtresse… et sans cesse elle tremble à l'idée que la chose s'ébruite et qu'on la chasse. Mais combien de temps pourra-t-elle résister, et surtout garder son secret ? Aux Indes, toute une nuit, le colonel Montague l'a longuement, ardemment tenue dans ses bras. Et si, manifestement, il n'en a pas gardé le moindre souvenir, de son côté, Lisette n'a jamais oublié les sensations extrêmes de leur brûlante étreinte.

LA FLAMME DES HIGHLANDS

de Terri Brisbin - n°636

Ecosse, 1370. Ciara a bien cru perdre pour toujours Tavis, destiné à une autre. Mais lorsque celui-ci se retrouve un jour libéré de ce lien, un fol espoir envahit la jeune femme. Tavis, son ami d'enfance, son seul et unique amour, peut enfin être à elle ! Leur heure serait-elle venue ? Hélas, obnubilé par les alliances politiques, son père étouffe son bonheur naissant en arrangeant un mariage pour elle. Comme si sa propre fille n'était qu'une vulgaire monnaie d'échange, un être privé de sentiments, de cœur et de droits ! Ciara est révoltée, frustrée… et convaincue au plus profond d'elle-même que Tavis brûle d'un même désir. Consciente d'outrepasser les lois de son clan, elle décide d'avouer sa passion à l'homme qu'elle aime et de le conquérir.

LA ROSE D'EDIMBOURG
de Amanda McCabe - n°637

Angleterre et Ecosse, 1564. Convoquée par la reine Elisabeth, Celia est stupéfaite. La souveraine attend d'elle qu'elle se rende à la cour d'Edimbourg, pour suivre discrètement les projets de mariage de Marie Stuart. Bien qu'elle ne se sente vraiment pas l'étoffe d'une espionne, Celia ne peut refuser cette délicate mission. Comment décevoir la reine elle-même, quand on est veuve et sans ressources ? Résignée, Celia tente de se consoler en rêvant des plaisirs de cette cour d'Edimbourg qu'on dit si raffinée... Mais le rêve en rose tourne au gris quand elle découvre qui se cache dans l'équipage en partance pour l'Ecosse – l'homme qui a fait battre son cœur, avant de le briser trois ans plus tôt. Le même qui, aujourd'hui, lui adresse un de ses sourires ravageurs, comme s'il semblait déterminé à la reconquérir...

ALTESSE MALGRÉ ELLE
de Carol Townend - n°638

Constantinople, XIe siècle. Lorsque la princesse Théodora lui demande de se faire passer pour elle à bord du bateau qui doit la ramener à Constantinople, Katerina sent la panique l'envahir. Sa maîtresse a certainement perdu la raison ! Comment elle, simple suivante, et de surcroît ancienne esclave, pourrait-elle passer pour une princesse ? Imiter la voix impérieuse et les attitudes gracieuses de Théodora ? Il le faudra bien, car Katerina a juré obéissance à celle qui a jadis racheté sa liberté. Tremblante, elle affronte la troublante proximité du commandant Ashfirth, chargé de l'escorter étroitement. Et craint, dès le premier regard, que ses yeux d'azur ne percent tous les secrets qu'elle cache sous ses voiles...

LIBERTIN ET AMOUREUX
de Bronwyn Scott - n°639

Angleterre, 1835. Riordan enrage. Qu'avait-il besoin d'engager une femme séduisante pour s'occuper de ses neveux, juste au moment où ses devoirs de comte l'appellent à trouver enfin une épouse de son rang... Une fois de plus, son tempérament ardent a guidé son choix. Jamais auparavant il n'avait croisé de gouvernante aussi mystérieuse et distinguée que cette Mlle Caulfield : son port de reine, son éducation et ses manières sont davantage ceux d'une lady. Tout comme cette délicieuse confusion qui la fait rougir lorsqu'il s'approche trop près d'elle. Sans doute est-ce sa réputation de débauché qui la trouble ainsi, et il pousserait volontiers le jeu jusqu'à la tenter... par un baiser brûlant. Car il pressent que, derrière sa conduite irréprochable, c'est du feu qui coule dans les veines de son exquise gouvernante.

LA FIANCÉE DE L'IRLANDAIS
de Michelle Willingham - n°640

Irlande, 1170. Isabel de Godred a toujours obéi à son père, le despotique baron de Thornwyck. Pourtant, lorsqu'il lui ordonne d'épouser et d'assurer la descendance de Patrick McEgan, suzerain de Laochre, elle y consent l'angoisse au cœur. Saura-t-elle s'imposer dans une contrée inconnue, à la tête de sujets hostiles et aux côtés d'un homme qui ne l'aime pas ? Car, Patrick, elle le sait, considère leur mariage comme un tribut à payer pour la paix de son peuple. Un sacrifice auquel il a dû se résoudre la mort dans l'âme... et qu'il risque de lui faire payer cher.

LE BAL DES PROMESSES
de Julia Justiss - n°641

Angleterre, 1815 . De retour en Angleterre après plusieurs années passées sur le continent, lord Sandiford apprend que Sarah, son grand amour de jeunesse, a épousé un autre homme et lui a donné un enfant. N'osant croire en son infortune, il se rend chez elle et, devant l'évidence de son bonheur, prend une farouche résolution : puisque l'objet de sa passion est définitivement perdu pour lui, il contractera un simple mariage de raison, rien de plus. Et seulement afin d'assurer sa descendance, comme l'exige son rang. Mais Sarah refuse de le laisser renoncer à l'amour : elle demande à sa meilleure amie Clarissa, une jeune et bouillonnante aristocrate, de lui trouver l'épouse qui saura le combler...

A paraître le 1er octobre 2014

UNE SCANDALEUSE LADY
de Marguerite Kaye – n° 642

Angleterre, 1816. A son père, le duc de Rothermere, qui s'obstine à la pousser vers ses prétendants, lady Kate oppose un refus tout aussi obstiné. Pourquoi devrait-elle lier son destin à l'un de ces êtres insipides et vains, qui ne la désirent que pour sa fortune, jamais pour elle-même ? Sa belle détermination vacille le soir où elle rencontre Virgil Jackson. Grand, la peau aussi sombre que la sienne est pâle, il émane de lui une aura aussi intense qu'indéfinissable. Plus encore qu'au charisme que lui confère sa position sociale, cela tient-il à ses origines ? A sa formidable ascension ? Ou bien à son passé singulier, pour ne pas dire… trouble ? Kate est fascinée… Ainsi, il existe un homme capable de l'envoûter ! Transportée, elle l'invite à Castonbury Park. Sans deviner quels bouleversements sont hôte inattendu va provoquer dans sa famille… et surtout dans sa vie.

A LA MERCI DU HIGHLANDER
de Terri Brisbin – n° 643

Ecosse, XIVe siècle. Rob Matheson, chef de clan, contient à grand peine sa rage. En enlevant la fille du chef des MacLerie, le clan ennemi, son cousin a bravé son autorité et rompu les règles. Plus grave, cette brute a lancé un défi, une véritable déclaration de guerre aux MacLerie. Devant l'assemblée des guerriers, la captive, terrifiée mais surtout tremblante de colère, lui jette des regards haineux. Cette prisonnière, hélas, il ne la connaît que trop bien : c'est la farouche, la belle, la noble Lilidh, celle qui fait battre son cœur d'un désir interdit.. Alors que les deux clans brûlent d'en découdre, comment protéger la jeune femme sans passer pour un faible ? Rob Matheson ne voit qu'un seul stratagème qui puisse assurer la sécurité de Lilidh tout en convainquant ses guerriers qu'il est bien le chef puissant et viril qu'ils attendent: la garder captive... mais dans sa propre chambre.

UN MARIAGE TANT DÉSIRÉ
de Jillian Hart – n°644

Le cœur battant à tout rompre, Willa descend sur le quai de la gare. Après un premier mariage désastreux, elle a tellement peur d'être de nouveau déçue, humiliée par un homme ! Mais dans sa condition, sans ressources et enceinte, elle ne peut envisager de rester seule. Prête à tout pour que son enfant ne grandisse pas sans père, elle s'est résolue à publier une annonce matrimoniale. Et la voilà, aujourd'hui, sur le point de confier son destin à un homme dont elle ignore presque tout. Là-bas, sur le quai, elle aperçoit enfin celui qui va devenir son mari : des yeux clairs, une carrure imposante, des mains de travailleur... Un trouble immense s'empare d'elle. Cette nuit, elle partagera de nouveau le lit d'un homme...

LES AMANTS DE CONSTANTINOPLE

de Carol Townend – n° 645

Constantinople, XIe siècle. Lorsque le barbare alité dans une chambre du Palais ouvre ses yeux clairs, Anna frissonne malgré elle. Une telle force émane de son corps, de ses mains puissantes qu'il est difficile d'imaginer qu'on ait pu terrasser un tel homme et faire de lui un esclave... Une esclave, un être privé de liberté, une marchandise - n'est-ce pas ce qu'elle est, elle aussi, que son propre père veut marier contre sa volonté ? Mais elle ne laissera pas ce terrible projet aller jusqu'à son terme. Si elle a acheté ce barbare au marché aux esclaves, hier, ce n'est pas seulement parce que son regard fier et rebelle a allumé en elle un feu ardent, c'est aussi pour lui mettre en mains un marché qui les sauvera tous les deux du destin qu'on a tracé pour eux. Un marché désespéré : elle lui rendra sa liberté, à condition qu'il l'épouse...

MYSTÉRIEUSE GEORGIE

d'Anne Herries – n° 646

Angleterre, 1815. « Vous pouvez choisir de venir chez moi ou de vous débrouiller seule. A votre guise ! » Lorsque cet homme qu'elle connaît à peine lui propose l'hospitalité, Georgie est bouleversée. Elle vient pourtant de tenter de le détrousser, affamée après des jours d'errance dans les rues de Londres. Mais loin de lui en vouloir, il semble la prendre en pitié et lui offre un refuge, alors même qu'elle refuse de parler. Comment avouer qu'elle s'est enfuie de chez son oncle, qui voulait la marier de force à un créancier véreux ? Son inconnu ne serait-il pas tenté de la reconduire chez elle pour profiter de la situation ? Mais quelque chose dans son maintien militaire et dans ses manières protectrices l'incite à lui faire confiance. Après tout, elle a simplement besoin de rester cachée jusqu'à son anniversaire, jour où elle entrera en possession de son héritage. Et d'ici là, sans toit et avec un oncle à ses trousses, a-t-elle d'autre choix que d'accepter ?

INDOMPTABLES PASSIONS

d'Anne Rossi – n° 647

Elles sont cinq. Cinq héroïnes, toutes d'origines différentes, héritières rebelles ou sages, pures comme l'eau claire ou cachant farouchement leur secret. Chacune avec sa personnalité, son histoire et ses rêves. Mais toutes réunies par une chose : au printemps de leur vie de femme, une rencontre inattendue va bouleverser leur avenir apparemment tracé d'avance. Une rencontre au goût d'interdit, de celles qui vous entraînent dans une passion indomptable. Précipitées par le destin dans les bras d'hommes auxquels tout les oppose, poussées par un tempérament ardent, insoumise dans l'âme, chacune devra choisir entre l'appel du cœur et celui du devoir, et traverser les exquis et dangereux tourments du désir. Zulie, Marianne, Isabelle, Hortense et Victoire… Chacune après l'autre, elles vont vibrer au rythme de leur nouvelle destinée : l'ivresse de la passion...

LE LYS ET L'ÉPÉE

de Catherine Archer – n°648

Angleterre, 1200. Au retour d'une croisade en Terre Sainte, sir Simon Warleigh découvre que son ennemi juré, le comte de Kelsey, l'a calomnié auprès du roi Jean afin de s'emparer de ses biens. Pour rentrer en grâce et conserver son fief, il se voit contraint par Sa Majesté d'épouser Isabelle, la fille du duc. Cette dernière, une beauté glaciale, consent sans broncher à cette union forcée. Une apparente indifférence qui dissimule en fait une sensibilité à fleur de peau et un espoir secret: avoir bientôt un enfant à aimer. Espoir déçu car Simon, se méprenant quant aux raisons de sa froideur, met un point d'honneur à ne pas l'approcher et lui témoigne une courtoisie formelle qui blesse et inquiète la jeune femme. Redoutant que son mari, sitôt son autorité pleinement rétablie, ne la répudie, elle décide de se battre pour que lui soit épargné un déshonneur qui, en outre, lui ôterait toute chance de devenir mère un jour…

Best-Sellers n°619 • historique
Envoûtée par le duc - Kasey Michaels
Paris, Londres, 1814
Lorsqu'il apprend qu'il doit succéder à son oncle, Rafael est sous le choc. Rien ne l'avait préparé à devenir duc un jour. Comment lui, un capitaine qui vient de passer six ans sur les champs de bataille, pourrait diriger le domaine familial ? Heureusement, il sait qu'il peut compter sur le soutien de Charlotte, sa chère amie d'enfance, à qui il a pensé avec tendresse toutes ces années. Elle qui chaperonne aujourd'hui ses sœurs à Ashurst Hall pourra le guider dans ses nouveaux devoirs. Mais lorsqu'il revient au domaine, c'est pour découvrir que l'adolescente maladroite qu'il avait laissée a disparu. A sa place, c'est une séduisante jeune femme, fière et sûre d'elle, qui l'accueille. Rafael est sous le charme... Mais autre chose en elle a changé. Si elle lui offre généreusement ses conseils, comme il l'espérait, Charlotte se dérobe avec gêne dès qu'il essaie d'en savoir plus sur elle. Pourquoi a-t-il l'impression qu'un terrible secret l'éloigne irrémédiablement de lui ?

Best-Sellers n°620 • historique
Audacieuse marquise - Nicola Cornick
Angleterre, 1816
Lorsqu'un aristocrate sans vergogne tente de la faire chanter, Tess comprend qu'il est temps d'assurer ses arrières. Elle avait cru pouvoir camoufler ses activités politiques sous une réputation de coquette mondaine et frivole, mais hélas, une femme seule est toujours vulnérable. Si elle veut continuer à œuvrer dans l'ombre contre la pauvreté et l'injustice, il lui faut une couverture honorable. Et qui pourrait mieux l'aider en cela que le vicomte Rothbury, mandaté pour arrêter les opposants au régime ? Elle a souvent croisé chez son beau-frère cet Américain franc et viril, anobli pour services rendus à la Couronne : elle sait qu'il ne sera jamais vraiment accepté dans la haute société tant qu'il n'aura pas épousé une aristocrate. Une riche marquise, par exemple... Tess frissonne en considérant les dangers d'une telle alliance mais, à n'en pas douter, ce mariage la placerait au-dessus de tout soupçon. Seulement, il lui reste encore à convaincre le vicomte, qu'on dit très méfiant à l'égard des femmes du monde...